**"TOUT EST COMME AVANT,"
CHUCHOTA ROY**

"Non ! " haleta Samantha, "ce n'est pas juste !
Vous arrivez ici un beau soir et vous me
demandez d'oublier le passé ? "

"Je veux seulement votre confiance," répondit-il
d'un ton grave, presque triste. "Mais vous avez
raison, je n'avais pas le droit d'en espérer
autant… "

Il se détourna et se dirigea vers la porte. "Je dois
partir."

"Sans plus d'explication ? " jeta-t-elle.

Il revint alors vers elle et l'embrassa. Samantha
sentit le désir la gagner à nouveau. Elle aurait
voulu ne plus jamais quitter l'étreinte de ses bras
chauds et rassurants.

"Ne m'interrogez plus, Samantha," fit Roy en
s'écartant. "Souvenez-vous de ce soir, souvenez-
vous que je ne vous ai pas menti, je ne vous ai pas
trompée. Ne l'oubliez jamais… "

OUTES LES RAISONS DU MONDE...

HARLEQUIN SEDUCTION !

Chères lectrices,

Depuis que nos deux premiers romans HARLEQUIN SEDUCTION ont paru, vous avez été nombreuses à nous féliciter de notre nouvelle collection et nous en sommes heureux!

HARLEQUIN SEDUCTION vous a plu... vous avez été séduites par ses magnifiques couvertures, ses intrigues captivantes et plus longues, ses personnages attachants, ses histoires d'amour tumultueuses et sensuelles dans des pays merveilleux...

HARLEQUIN SEDUCTION vous emmène dans un autre univers où le rêve, l'aventure, l'amour n'ont pas de limites... un univers que vous ne voudrez pas quitter!

HARLEQUIN SEDUCTION vous offre tout ce que vous attendez d'une grande histoire d'amour!

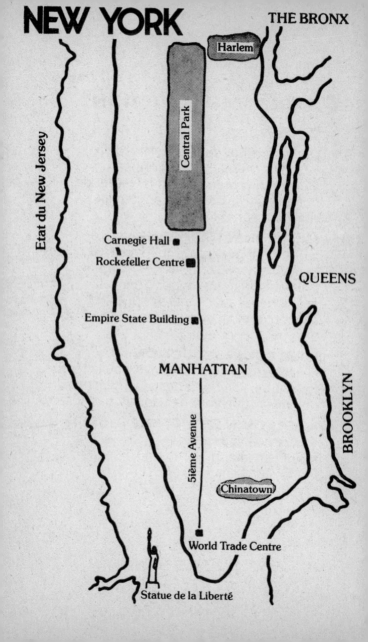

Erica Hollis

TOUTES LES RAISONS DU MONDE...

HARLEQUIN SEDUCTION

PARIS • MONTRÉAL • NEW YORK • TORONTO

Publié en novembre 1983

ISBN 0-373-45030-3

Dépôt légal 4e trimestre 1983
Bibliothèque nationale du Québec et Bibliothèque nationale
du Canada.

Imprimé au Québec, Canada — Printed in Canada

1

SAMANTHA avait les sourcils froncés quand elle arriva devant le restaurant. Cela n'allait pas, quelque chose n'allait pas. Une anxiété indéfinissable la troublait. Elle allait dîner avec l'homme qu'elle avait rêvé de revoir depuis près d'un an et pourtant, au lieu de se sentir heureuse et impatiente, elle était perplexe, incertaine, et même un peu effrayée.

C'est ridicule, s'assura-t-elle fermement ; mais elle ne pouvait se défaire de ce malaise persistant. Après avoir mis fin brutalement à leur relation, après l'avoir tenue à distance pendant des mois et des mois, limitant leurs rapports à de stricts contacts professionnels, Roy Drummond venait de lui téléphoner, chez elle. Sa voix tendue, pressante, résonnait encore à ses oreilles.

— Pouvons-nous nous rencontrer ? *Chez Paul* par exemple. Je dois absolument vous parler. Pas au bureau. C'est très important.

Samantha avait failli refuser, par principe, mais le ton de Roy avait éveillé sa curiosité.

— A huit heures ? avait-elle proposé.

— Parfait.

Et il avait raccroché sans un mot de plus. Quelques instants plus tard, elle avait appelé Jean-Paul, un de ses collègues de travail, pour décommander leur rendez-vous, puis elle avait enfilé sa robe de crêpe rose et noué un foulard prune autour de son cou.

Ses yeux verts, prompts à changer de nuance, étaient sombres quand elle franchit l'auvent de *chez Paul*, un des établissements les plus luxueux de New York. Le portier lui ouvrit la porte ; un maître d'hôtel s'avança vers elle.

— Samantha Coolidge, annonça-t-elle. M. Drummond a réservé une table.

L'homme consulta son carnet, s'inclina et la guida vers une petite table un peu à l'écart. Un serveur s'approcha aussitôt.

— Un cocktail, madame ?

Roy n'était pas encore là, autant boire quelque chose en l'attendant.

— Oui, un daïquiri, s'il vous plaît.

Elle observa nonchalamment la salle. Elle n'était venue ici qu'une fois, avec Mme Edwige, sa patronne. Le décor vert sombre adouci par des lampes roses rehaussait l'éclat des femmes et estompait les rides ou les traces de fatigue sur tous les visages. Samantha quant à elle n'avait besoin d'aucun artifice pour rayonner. Ses longs cheveux blonds lustrés encadraient un visage ovale à la peau claire et aux traits réguliers ; sa longue silhouette mince était bien proportionnée. En fait, on la prenait souvent pour un des mannequins qui allaient et venaient dans les bureaux des parfums *Enchanté*.

On lui apporta son verre, elle en but une longue gorgée. Roy était en retard. Cela ne lui ressemblait pas, il était toujours à l'heure pour les réunions de travail et, à l'époque où ils se voyaient régulièrement, il arrivait systématiquement en avance. Deux mois... deux mois de sorties, de promenades, de rires, de complicité, deux mois encore bien ancrés dans sa mémoire en dépit de l'année écoulée depuis. Roy avait été engagé par les parfums *Enchanté* en sa qualité de chimiste diplômé d'Oxford. Sa personnalité, mélange de force, de charme et de vulnérabilité, avait aussitôt séduit la jeune fille. Son énergie passionnée, susceptible de se muer à tout instant en une confiance presque enfantine, le rendait irrésistible.

Samantha repoussa fermement ces souvenirs trop dangereux. Ils étaient comme l'eau d'un torrent barré, prêt à s'infiltrer par la moindre fissure de la digue et à la submerger. La jeune fille acheva son cocktail et jeta un coup d'œil à sa montre. Huit heures et demie. Elle regrettait presque d'avoir accepté de venir. Amy avait peut-être raison à propos de Roy, songea-t-elle. Amy, toujours raisonnable et pleine de bon sens... Au lycée déjà, elle avait la tête sur les épaules et tempérait le caractère trop romanesque de Samantha. Leurs études finies, les deux adolescentes étaient restées très proches. Leurs carrières respectives avaient encore renforcé leur amitié : Amy avait ouvert une boutique de produits de beauté, les parfums *Enchanté* cherchaient justement de nouveaux distributeurs, le petit magasin de la deuxième avenue était vite devenu un de leurs points de vente les plus importants.

Samantha fut tirée de ses réflexions par le maître d'hôtel.

— M. Drummond vient d'appeler, annonça-t-il. Il ne va pas pouvoir venir vous rejoindre.

Elle se raidit.

— Est-ce tout ? Il n'a pas donné d'explication ?

L'homme haussa les épaules d'un air navré pour toute réponse. Samantha jeta un billet sur la table et se leva, furieuse. Les autres clients étaient tous absorbés dans leurs conversations, mais elle eut l'impression humiliante que des dizaines de paires d'yeux la suivaient jusqu'à la porte.

Une fois dehors, elle inspira profondément l'air frais de la nuit. Le portier héla un taxi, elle s'engouffra sur le siège arrière et donna l'adresse d'Amy. Tandis que la voiture roulait, ses poings se décrispèrent peu à peu.

Pourquoi ? *Pourquoi ?* Cela n'avait pas de sens, c'était comme une gifle, une insulte délibérée. A moins que Liza ne soit la vraie responsable ?...

Liza, belle, élégante, posée, était le mannequin vedette de la maison *Enchanté*. Roy et elle étaient inséparables depuis plusieurs mois. Liza Manship avait-elle eu vent de leur rendez-vous et avait-elle interdit à Roy de s'y rendre ? Mais il n'aurait pas accepté de se laisser dissuader aussi facilement ?... Il avait paru nerveux au téléphone, comme s'il avait un problème grave. Pourquoi avait-il cherché à la voir ?

Samantha se mordit la lèvre, agacée de n'avoir

aucune réponse à apporter à toutes ses questions. Elle s'interrogeait encore quand elle descendit du taxi et sonna à la porte. Amy lui ouvrit aussitôt ; avec son intuition habituelle, elle devina immédiatement le trouble de son amie.

— Je t'écoute, déclara-t-elle en l'entraînant à la cuisine. Raconte-moi tout pendant que je sors le poulet du four. As-tu dîné ?

— Non, mais je n'ai pas très faim.

Samantha se laissa tomber sur une chaise et entreprit de tout lui dévoiler, d'une voix hachée, précipitée, rageuse. Quand elle eut achevé son récit, Amy la menaça d'un index grondeur.

— Je te l'ai toujours dit, Roy Drummond prend un curieux plaisir à te rabaisser. Dès qu'il a compris combien tu étais proche de Mme Edwige, il t'a abandonnée. Il n'a pas supporté de savoir que tu occupais une place très importante dans la firme, il est jaloux de ton succès. Tu n'as jamais voulu me croire.

— Non, pas complètement, soupira Samantha. Et je ne suis toujours pas convaincue, même aujourd'hui. Roy ne peut pas être aussi retors ; il y a autre chose, je le sais.

— Ah ces romantiques incurables ! Dieu nous garde de leur ressembler !... Approche ta chaise, je vais servir le poulet. Veux-tu que je te dise ? Tu es toujours amoureuse de ce garçon, voilà tout ! Tu ferais mieux de l'oublier, Sam.

La jeune fille sourit. Pour Amy, elle avait toujours été « Sam », depuis le lycée.

— Tu as peut-être raison, mais cela ne m'explique

toujours pas son comportement de ce soir. Pourquoi aurait-il eu brusquement envie de me jouer un mauvais tour après tant de temps ? Cela ne rime à rien. Et cela ne ressemble pas non plus à un caprice auquel Liza se serait opposée.

— Eh bien, trouve une autre explication ! Mme Edwige ne cesse de louer ton bon sens, mais tu ne te sers vraiment pas de ce talent quand il s'agit de ta propre vie !

— On analyse toujours les autres mieux que soi-même, objecta Samantha. C'est bien pourquoi on a besoin d'amis. Nos sentiments nous aveuglent.

— Dans ce cas, débarrasse-toi de tes sentiments pour Roy Drummond. Il serait temps. En fait, tu penses toujours à lui à cause de la façon dont il t'a quittée. Tu tiens à lui parce qu'il se dérobe... Ou alors, tu es comme Mme Edwige, tu ne supportes pas l'échec.

Samantha fit une moue boudeuse.

— Tu es trop gentille ! As-tu autre chose à ajouter ?...

Amy se contenta de hausser les épaules.

— ... Tu n'as jamais eu beaucoup de sympathie pour Mme Edwige, n'est-ce pas ?

— De la sympathie ? répéta sa camarade d'un air songeur. Je ne sais pas. Je l'admire, pour son énergie, son talent, ses idées. En fait, j'aime plus ce qu'elle fait que ce qu'elle est.

— Tu es injuste envers elle, tu t'arrêtes aux apparences. Mme Edwige est obligée de jouer un rôle. Mais en réalité, elle peut être très généreuse et compréhensive.

— On pourrait en dire autant de Lucrèce Borgia, riposta Amy... Je peux me tromper, bien sûr, mais je ne comprends pas pourquoi tu regrettes encore Roy Drummond quand Jean-Paul n'attend qu'un mot de toi...

Samantha hocha la tête. Jean-Paul, le neveu de Mme Edwige était un des plus beaux hommes qu'elle ait jamais rencontrés.

— ... En outre, tu l'aimes bien, poursuivit Amy. Tu me l'as avoué toi-même. Pour l'amour du ciel, pourquoi continues-tu à te torturer l'esprit à propos de Roy ?

La jeune fille ne l'écoutait plus, perdue dans ses pensées. Jean-Paul et elle avaient commencé à se voir quand Roy s'était mis à courtiser Liza Manship. Cela n'avait rien d'une coïncidence : elle avait tout fait pour encourager son admirateur...

— Eh bien ? J'attends ! Qu'as-tu à répondre à cela ?

Elle leva les yeux vers Amy d'un air résigné.

— Parfois, je me demande si ce n'est pas un simple problème de phéromones.

— Phéro... Qui est-ce ?

— Personne, expliqua-t-elle en riant. Les phéromones sont la substance dégagée par les insectes pour attirer leurs congénères. Grâce à cela, les fourmis, les abeilles et ainsi de suite se reconnaissent entre elles. C'est une sorte d'odeur, très sélective.

— Et à ton avis, cette substance nous porte vers certaines personnes et pas vers d'autres ?

— C'est possible, oui. Tu l'as sûrement remarqué, nous sommes toujours séduits par une personne particulière ou par un certain type d'êtres. Mais bien sûr, nous sommes des humains, pas des insectes. Nous ne sommes pas obligatoirement régis par nos phéromones.

— Hum, oui, cela pourrait expliquer bien des choses, acquiesça Amy. Mais comme tu le faisais toi-même remarquer, nous ne sommes pas esclaves de cette substance, n'est-ce pas ? Donc, rien ne t'empêche d'oublier Roy !

Elle posa ses poings sur ses hanches, triomphante.

— Aïe ! gémit Samantha, prise au piège.

Son amie, très satisfaite d'elle-même, détourna la conversation pendant le reste du repas. Samantha toucha à peine à son plat. Elle se leva enfin et serra Amy dans ses bras.

— Merci de m'avoir écouté, lui dit-elle affectueusement.

— De rien… Sam, ajouta-t-elle gravement, cesse d'être une romantique. Sois réaliste pour une fois.

La jeune fille hocha la tête et sortit très vite. Un taxi la ramena chez elle. Elle était épuisée, troublée. Les paroles d'Amy la poursuivaient. Pourquoi ne s'intéressait-elle pas davantage à Jean-Paul ? Il était beau, séduisant, toutes les femmes auraient volontiers échangé leur place avec elle. Pourtant, elle le trouvait terne d'une certaine façon. Il n'éveillait en elle aucune passion, aucune étincelle.

La voiture s'arrêta devant le petit immeuble en pierre de taille dans lequel elle louait un appartement. Ici, on se sentait très loin des gigantesques constructions d'acier et de verre pour lesquelles Mme Edwige avait une prédilection marquée.

Samantha, quant à elle, aimait les choses anciennes, leur grâce et leur caractère. Elle était toujours heureuse de rentrer chez elle.

Elle s'était immobilisée sur le perron pour prendre ses clefs quand une automobile démarra dans un crissement de pneus. Machinalement, elle leva les yeux... et les écarquilla, stupéfaite, en reconnaissant la courte chevelure noire brillante, les pommettes hautes, le port de tête dédaigneux.

— Liza Manship! murmura-t-elle.

Non, ce n'était pas possible, elle n'avait pas eu le temps de bien voir; il devait s'agir d'une méprise. Pourtant, elle était sûre de ne pas s'être trompée. Liza avait-elle fait le guet pour voir si elle rentrerait chez elle seule ou en compagnie de Roy? C'était plausible. Elle avait très bien pu découvrir qu'ils avaient rendez-vous. Pourtant, la voix de Roy au téléphone n'était pas celle d'un homme s'apprêtant à tromper son amie pour un soir.

Sourcils froncés, Samantha ouvrit la porte de son appartement et la referma derrière elle. Elle se déshabilla rapidement, enfila un long peignoir confortable et se blottit dans le fauteuil près de la fenêtre du salon, laissant une seule lampe allumée. Elle avait décoré son logis de meubles simples et classiques dénichés chez des brocanteurs. L'ensemble s'harmonisait bien avec les pièces aux plafonds hauts, ornés de moulures. Les doubles rideaux de toile jaune, très gais, offraient un contraste agréable et apportaient une touche moderne.

Elle laissa sa tête rouler sur le dossier, pensive. Une sorte de peur incompréhensible l'habitait. Pourquoi devrait-elle s'effrayer d'un rendez-vous manqué et d'une petite amie jalouse ? Ou était-ce plutôt le fait de voir le passé ressurgir qui l'inquiétait ?

Elle avait évoqué ses deux mois avec Roy trop souvent déjà ; pourtant, ce soir, elle allait recommencer, mais d'une façon différente. Elle allait passer au crible toutes leurs rencontres pour y chercher un indice, une explication...

Ce matin-là, elle buvait du café dans son bureau quand Roy Drummond était entré. Elle revoyait encore cette première image, les yeux très bleus, les cheveux blonds en bataille, la haute silhouette, le sourire hésitant, plein de charme. Il avait les traits trop peu réguliers pour être vraiment beau, mais il était attirant, tout de suite.

— Roy Drummond... s'était-il présenté d'une voix profonde, très britannique.

Et Samantha, en dépit de son élan de sympathie spontanée, s'était sentie vaguement agacée : il avait quelque chose de hautain, de dédaigneux.

— ... Je crois que vous êtes en train de renverser votre café, avait-il ajouté avec une politesse excessive.

Les joues cramoisies, elle avait marmonné quelques mots en redressant son gobelet et en essuyant la petite flaque sur son bureau. Le nouveau venu avait esquissé un tout petit sourire, indulgent et amusé ; malgré elle, elle avait eu envie de pouffer de rire. Roy avait patiemment attendu qu'elle ait réparé l'incident.

— Vous êtes chargée de guider les nouveaux employés dans la maison, je crois ?

— C'est une de mes tâches, en effet. Vous devez être le chimiste engagé pour diriger le département des recherches ?

— C'est exact. Si vous n'êtes pas trop occupée, je vous serais reconnaissant de bien vouloir me faire visiter les bureaux... Quand vous aurez fini de boire votre café, bien sûr.

Samantha avait regardé la tasse avec une moue.

— Il ne m'en reste presque plus.

— Dans ce cas, nous commencerons notre visite par le distributeur de boissons...

Il avait insisté pour lui offrir sa consommation puis lui avait emboîté le pas dans les longs couloirs.

— Madame Edwige m'a parlé de vous en termes très élogieux. Vous êtes son assistante, si j'ai bien compris ?

— Madame Edwige est trop généreuse. Officiellement, je suis chargée du marketing.

— Notre présidente a certainement beaucoup de qualités, mais je n'y inclurais pas la générosité !

C'était dit sur le ton de la plaisanterie, Samantha avait ri de bon cœur.

La visite guidée durait généralement toute la journée ; celle-ci n'avait pas fait exception. Roy posait de nombreuses questions, tous les employés étaient déjà partis quand ils avaient regagné le bureau de la jeune fille. Elle rassemblait ses affaires pour partir, mais le jeune chimiste l'avait contemplée avec un sourire engageant.

— Nous n'allons pas nous arrêter si vite ?

— Je vous ai tout montré, me semble-t-il.

— Grands dieux, non !

— Que voulez-vous voir d'autre ?

— Un restaurant, un endroit que vous aimez particulièrement et où nous pourrions dîner.

Elle s'était efforcée de dissimuler son plaisir.

— Ah ! avait-elle murmuré.

— Vous êtes libre ce soir, n'est-ce pas ?

— Oui, mais j'aimerais rentrer chez moi me changer. Nous pourrions nous retrouver *chez Tonio,* dans la douzième rue.

— Parfait ! A sept heures.

— Non, huit heures.

Il avait accepté, ils s'étaient quittés devant l'immeuble. Samantha ne comprenait pas très bien pourquoi elle ressentait une telle exaltation. Une seule chose était sûre : elle venait de rencontrer un homme fascinant. Et cette première soirée le lui avait confirmé. Roy était un de ces rares hommes capables de parler de tout et de rien sans être fastidieux.

— Dites-moi, avait demandé Samantha au dessert, pourquoi avez-vous quitté votre pays pour venir jusqu'ici ?

— Oh ! l'envie de voyager, une offre d'emploi intéressante...

— Vous aimerez New York. On y trouve le pire et le meilleur, c'est une ville envoûtante.

— J'ai déjà découvert le meilleur aujourd'hui...

Ses yeux bleus rayonnaient, sa main avait frôlé celle de la jeune fille. Elle avait senti une douce chaleur l'envahir.

— ... Rendez-moi un service, Samantha, montrez-moi New York, faites-moi connaître tout ce qu'il y a d'insolite, de curieux, de particulier... tout ce qui vous plaît. Je vous en serais très reconnaissant.

Son cœur battait à tout rompre ; au prix d'un effort, elle n'avait rien trahi de son émotion.

— Il est toujours agréable de partager ce qu'on chérit.

— C'est donc entendu. Nous commencerons dès demain, après le travail.

Elle venait de faire le premier pas dans une aventure merveilleuse, à la fois inattendue et comme... naturelle, oui : il lui semblait avoir prévu cette rencontre depuis toujours...

Soir après soir, elle avait joué les guides touristiques, entraînant Roy dans les lieux les plus prestigieux et les recoins les plus secrets de l'immense cité. Très vite, ils avaient pris l'habitude de se promener main dans la main. En errant dans les rues, entre les gratte-ciel gigantesques, elle avait l'impression de vivre un conte de fées ; ils étaient comme deux enfants égarés pour le plaisir. Avec Roy elle redécouvrait sa ville. Ils se nourrissaient de sandwichs avalés à la hâte au coin d'une rue pour ne pas perdre une minute de leur exploration. Roy était un compagnon idéal, il s'émerveillait de tout, admirait chaleureusement les endroits où elle l'amenait et savait ponctuer leurs conversations de remarques intelligentes. Tout leur était prétexte à rire.

A cette époque-là déjà, Samantha savait qu'elle était en train de tomber amoureuse de lui, mais elle n'y pensait pas vraiment. Une fois ou deux pourtant, l'arrogance du jeune homme était venue ternir son bonheur insouciant.

— Parlez-moi de vous, lui avait-il un jour demandé. Vous n'êtes pas née à New York, n'est-ce pas ? Qui était Samantha Coolidge avant de devenir la brillante directrice de marketing des parfums *Enchanté* ?

— Des couettes blondes, un garçon manqué jouant dans les jardins de Phoenix, en Arizona… Vous n'avez sûrement jamais entendu parler de cette ville, j'imagine.

— Non, en effet. Avez-vous des frères et des sœurs ?

— Je suis fille unique.

— Ah ! je comprends mieux à présent !

— Quoi donc ?

— Votre tendance à occuper le devant de la scène, à vouloir jouer le rôle principal.

Samantha l'avait foudroyé du regard.

— Comment osez-vous dire une chose pareille ? Je pense uniquement à votre plaisir, je vous emmène dans des lieux susceptibles de vous intéresser !

— C'est vrai, mais cela n'y change rien. Vous devez être née sous le signe du lion, non ?

Elle avait pincé les lèvres, refusant d'avouer qu'il avait deviné juste, mais ses joues cramoisies s'étaient chargées de répondre pour elle.

— Néanmoins, c'est injuste, avait-elle encore protesté.

— Depuis quand l'injustice et la vérité sont-elles une seule et même chose ?…

L'espace d'une seconde, elle avait été frappée par l'expression amère, dure avec laquelle il avait prononcé cette phrase. Mais la seconde d'après, il avait retrouvé son sourire tendre.

— ... Ne soyez pas si ombrageuse, avait-il soufflé. Vous êtes une actrice pricipale délicieuse. Les lions brillent, dominent, étincellent malgré eux, ils n'y peuvent rien.

Soudain, il l'avait prise dans ses bras et s'était emparé de ses lèvres, très doucement d'abord, puis de façon plus exigeante. Impulsivement, elle avait noué ses bras autour de son cou et ils étaient restés enlacés un long moment.

— Parlez-moi encore de la petite Samantha Coolidge, avait murmuré Roy en se remettant à marcher.

— J'ai eu beaucoup de chance. Mon père gagnait suffisamment d'argent pour m'envoyer à l'université, ma mère me comprenait en toutes circonstances, ils m'ont beaucoup soutenue pendant mes études. Ils croyaient à mon succès. Aussi, très sûre de moi, j'ai décidé de venir tenter ma chance dans la grande ville. Et qu'ai-je découvert à votre avis ? La grande ville ne m'attendait pas, je lui étais indifférente ! J'ai exercé toutes sortes d'emplois avant d'arriver aux parfums *Enchanté,* perdue, découragée, presque décidée à rentrer chez moi.

— Toutefois, vous avez réussi.

— On m'a beaucoup aidée.

Roy n'avait pas insisté pour en savoir davantage. Ce soir-là, quand il l'avait raccompagnée chez elle, il l'avait à nouveau embrassée. Elle s'était dégagée la première, troublée, vaguement effrayée par l'intensité de sa propre réaction.

— Roy, nos rencontres sont en train de changer, avait-elle murmuré.

— Ah! Vous vous en apercevez enfin? Il était temps! l'avait-il taquinée gentiment.

Oh! oui, elle s'en apercevait bel et bien! Roy savait la toucher, l'émouvoir, la blesser puis la consoler aussitôt après comme aucun autre. Ses sentiments pour lui devenaient plus profonds chaque jour et elle en concevait parfois une crainte sourde.

— Vous êtes un être dangereux, Roy Drummond, lui avait-elle affirmé environ une semaine plus tard. Vous me laissez parler, vous m'interrogez et petit à petit, vous commencez à tout savoir sur moi!

— C'est en partie vrai, avait-il acquiescé en riant. Néanmoins, j'ai encore beaucoup à apprendre, Samantha...

La jeune fille voyait à peine les journées passer. Elle attendait impatiemment l'heure de retrouver Roy, de sortir avec lui, de retrouver ses bras et ses lèvres...

Samantha s'agita sur son fauteuil. Cette évocation du passé l'avait bouleversée, elle se leva, très lasse. Elle alla à la cuisine, but un verre d'eau, le rinça et le posa sur l'égouttoir avec des gestes mécaniques.

Comme elle se glissait dans son lit, les événements de la soirée lui revinrent en mémoire, étranges, effrayants. Les yeux grands ouverts dans le noir, elle tenta de comprendre pourquoi elle avait si peur.

C'est absurde, se réprimanda-t-elle, refusant de céder à cette inquiétude inexplicable. Il lui arrivait fréquemment de nourrir de sombres pensées, ou même d'avoir des cauchemars quand elle était trop fatiguée, ce qui était le cas ce soir-là. Elle éteignit la lumière, se roula en boule le visage enfoui dans l'oreiller, et finit par s'endormir d'un sommeil agité par des frayeurs sans nom.

2

SE lever le lendemain matin ne fut pas trop difficile ; mais quant à avoir bonne mine… c'était une autre histoire. Or, Samantha avait particulièrement envie de paraître reposée : sous aucun prétexte elle ne donnerait à Roy Drummond le plaisir de lire sur son visage les marques de l'inquiétude et du dépit.

Avant de se regarder dans le miroir, elle prit une longue douche bien chaude. Puis, drapée dans une serviette, elle s'examina. Comme toujours, sa peau accusait les effets de sa nuit blanche ; elle était trop pâle, presque blême. Elle se poudra, se maquilla avec soin et enfila une robe bleu marine et blanc. Le résultat la rassura un peu : elle était prête à affronter Roy.

Cette journée était doublement importante. Une semaine auparavant, Mme Edwige, très exaltée, avait annoncé une conférence au sommet des cadres de la maison. Elle avait délibérément tenue secrète la cause de cette réunion, se contentant d'y faire quelques allusions obscures au cours des jours suivants. Et naturellement, tout le monde s'interrogeait, depuis les secrétaires jusqu'aux représentants en passant par les photographes et les mannequins.

— Ne devriez-vous pas me mettre au courant, Madame ? avait demandé Samantha.

— Non mon petit, pas même vous !

Les petits yeux noirs de Mme Edwige brillaient, elle savourait chaque instant de ce mystère savamment entretenu. Cependant, il ne s'agissait pas seulement d'un jeu ; les avocats de la firme n'avaient pas cessé d'aller et de venir, quelque chose d'important se préparait.

Une atmosphère de grande excitation régnait dans les bureaux quand elle y arriva. Carole Hill, la secrétaire, l'attendait.

— Voici la liste des participants à la conférence d'aujourd'hui, annonça-t-elle. Je vous ai également apporté des dossiers urgents.

— Bien, je m'en occupe tout de suite.

Avant de s'atteler à la tâche, elle jeta un coup d'œil à la colonne des noms, celui de Roy y était, bien entendu. Elle eut envie d'aller le trouver au laboratoire pour lui demander une explication, mais elle s'en abstint. Le travail avant tout.

La matinée était déjà bien avancée quand on frappa à sa porte. Le battant s'entrebâilla... Samantha se reprocha sa déception en voyant apparaître Jean-Paul. Elle avait secrètement espéré une visite de Roy. Le neveu de Mme Edwige la gratifia d'un regard admiratif.

— Eh bien, Samantha, vous essayez encore de provoquer la jalousie de nos mannequins ?

Non, seulement d'une d'entre elles, répondit-elle
en son for intérieur. Jean-Paul s'approcha d'elle et se
pencha par-dessus le bureau pour l'embrasser. Elle
lui tendit la joue en souriant.

— Dînons-nous ensemble, ce soir ?

— Ecoutons d'abord ce que Mme Edwige a à nous
dévoiler, temporisa-t-elle.

Le jeune homme était vraiment beau, presque
trop. La perfection peut être ennuyeuse, avait-elle lu
quelque part. Néanmoins, elle avait beaucoup d'affection pour lui, elle se plaisait en sa compagnie...
Du reste, ne l'avait-elle pas encouragé elle-même à la
courtiser ? A dire vrai, elle en concevait un certain
malaise ; elle s'interrogeait souvent pour savoir si elle
avait eu raison.

— Tout le monde doit se rendre dans le bureau de
Mme Edwige dans un quart d'heure, déclara-t-il.
Croyez-moi, ce sera une réunion passionnante.

— Ah ? Elle vous en a donc révélé la teneur ?

— Elle ne pouvait pas garder le secret complètement ; et après tout, je suis son neveu. A tout de
suite, ma chérie !

Samantha fixa la porte après son départ. Certes, il
était un parent de Mme Edwige, mais elle était son
assistante directe ! L'attitude de sa patronne était
bien surprenante...

Impulsivement, elle se leva et sortit dans le couloir. De nombreuses photos représentent les mannequins de la maison ornaient les murs ; la plupart
d'entre elles étaient des portraits de Liza Manship.
La jeune fille pressa le pas, soudain oppressée.

L'atmosphère aseptisée des laboratoires l'impressionna comme toujours. Dans ce sanctuaire, on créait des couleurs et des senteurs ; c'était le lieu des éprouvettes, des formules, des règles à calculer. Tout était mesurable, quantifiable, analysable.

Elle scruta les longues tables carrelées de blanc et finit par apercevoir Roy. Il s'avançait vers elle, de sa démarche souple, les cheveux légèrement ébouriffés. Un détail curieux la frappa : ses yeux bleus, d'ordinaire si pétillants, étaient voilés ce matin. Il paraissait tendu. Se préparait-il à subir ses reproches ?

— Une explication s'impose, me semble-t-il, articula-t-elle froidement quand il s'arrêta devant elle. En fait, j'escomptais bien vous voir passer à mon bureau plus tôt.

— Je n'ai pas pu venir.

Interloquée, elle le dévisagea, cherchant à percer son expression indéchiffrable.

— C'est tout ? Vous n'avez pas pu venir ?

— J'ai averti le restaurant.

Samantha rougit de colère.

— En effet, c'était fort délicat de votre part. Néanmoins, cela ne me semble pas suffisant.

— Il faudra vous en contenter. Une affaire imprévue m'a retenue ailleurs, je n'ai pas pu me libérer.

— Et je suis censée m'accommoder de cette réponse ?...

Roy haussa les épaules et brusquement, une ombre de désespoir passa sur ses traits. Ou était-ce simplement de l'indifférence ? Elle ne parvint plus à se contenir.

— ... Vous ne manquez pas seulement de considération pour les autres, Roy Drummond, vous êtes un goujat ! Ne me rappelez plus jamais. Je n'aurais pas dû accepter de vous rencontrer hier soir. Dorénavant, nous nous en tiendrons à des contacts purement professionnels, et uniquement pendant les heures de travail. Est-ce clair ?

Il ne répondit rien et elle tourna les talons. Pour le calme et la froideur, c'était réussi ! maugréa-t-elle intérieurement, mortifiée d'avoir laissé libre cours à sa fureur. Elle arriva dans son bureau tremblante de rage. Quel égoïsme ! Quelle impudence ! Rien, pas un mot d'excuse ! Même une toute petite phrase pour exprimer son repentir aurait suffi mais non ! il n'avait « *pas pu venir* », un point c'est tout !

Elle inspira plusieurs fois, profondément, pour se calmer. Roy avait tellement changé… ce regard terne, cette expression dure… Peut-être avait-il simplement plus de problèmes qu'elle n'avait voulu le reconnaître ? L'amour est aveugle, dit-on. Pourtant, ce n'était pas cela ; Roy Drummond s'était transformé, il n'était plus l'homme dont elle était tombée éperdument amoureuse. Et si Liza Manship s'intéressait à ce nouveau personnage, grand bien lui fasse ! Elle consulta sa montre et se hâta vers la salle de réunion.

Samantha avait eu beau se rendre des centaines de fois dans le grand bureau de Mme Edwige, elle était toujours aussi fascinée quand elle y entrait. La double pièce était entièrement blanche, mais pas du blanc froid des hôpitaux : c'était une étrange combinaison de pureté et de sensualité, un cocon enveloppant, vibrant, chaud… nu, songeait-elle parfois. Et dans ce décor, Mme Edwige paraissait plus grande, plus imposante. Ce matin-là, elle portait une robe-caftan pourpre.

— Comment allez-vous, Samantha ? s'enquit-elle de sa voix rauque teintée d'un fort accent français.

— Je suis dévorée de curiosité.

— Tant mieux ! C'est parfait !

Sans être belle, Mme Edwige était encore très séduisante à quarante ans. Ses cheveux et ses yeux noirs brillants attiraient l'attention. Certains la décrivaient comme une femme dure, âpre au gain, rapace. Elle avait la réputation d'être sans pitié dans le milieu des cosmétiques. Mais tous ses détracteurs lui vouaient malgré tout une vive admiration... et ressentaient parfois même une pointe de jalousie. Samantha était une des seules à la juger d'une tout autre façon.

C'était Mme Edwige qui l'avait prise en main quand elle était arrivée dans la firme, perdue, un peu effrayée. Mme Edwige l'avait envoyée dans les meilleures écoles pour étudier le marketing, les relations publiques, la publicité ; elle l'avait préparée à son rôle actuel, celui d'assistante de direction. Sans elle, Samantha n'aurait eu ni le temps ni l'argent nécessaires pour se former, elle n'aurait même pas su à quelle porte frapper pour s'instruire dans cette branche ; elle était redevable de tout à sa patronne.

Certes, Mme Edwige lui donnait un salaire assez bas compte tenu de ses qualifications ; Amy se plaisait à le souligner fréquemment. Mais Samantha écartait régulièrement cet argument : on ne pouvait pas tout voir en termes d'argent.

— Toi et ta maudite loyauté ! grommelait Amy.

— Et qu'as-tu à redire à la loyauté, je te prie?
— Rien, quand elle est bien placée.

Samantha sortit de sa rêverie en voyant Jean-Paul entrer. Il s'assit à côté d'elle et posa sa main sur son dos, un geste qui, pour une raison incompréhensible, eut le don de l'agacer. Elle était injuste, se reprochat-elle. Les autres cadres arrivaient les uns après les autres. La jeune fille s'efforçait de ne pas regarder en direction de la porte, mais elle ne pouvait pas s'en empêcher. Roy apparut enfin, en compagnie de Liza.

Mme Edwige fit une entrée théâtrale. Elle sortit de la petite pièce contiguë qui servait de coffre-fort en portant religieusement une boîte de velours bleu.

— Je ne vais pas attiser votre curiosité plus longtemps... annonça-t-elle.

Avec des mines coquettes, elle souleva le couvercle et sortit une bouteille toute simple, sans étiquette. Lentement, elle la fit tourner entre ses doigts, agitant le liquide presque incolore qui se trouvait dedans. Une expression de véritable triomphe faisait luire ses yeux de braise.

— ... Je vous donne, murmura-t-elle, le prochain million de dollars des parfums *Enchanté*. Je vous donne le plus grand miracle de ce siècle dans le domaine des cosmétiques. Je vous donne... la nouvelle senteur d'*Enchanté*.

Elle déboucha le flacon, le tendit à Samantha. Celle-ci huma le contenu, l'approcha encore, aspirant avec délice le parfum, paupières mi-closes.

— Il est extraordinaire, chuchota-t-elle, très original ; rêveur... oui, subtil et rêveur.

— *Rêveur?* le terme est excellent! Nous l'utiliserons dans la campagne publicitaire, approuva Mme Edwige avec un hochement de tête satisfait.

Le flacon passa de main en main. Chacun admirait la délicatesse et la fraîcheur de ce nouveau produit.

— Mais vous ne savez pas encore le plus important, reprit Mme Edwige. La plupart des eaux de toilette ne tiennent pas quand on les porte. Celle-ci embaume de plus en plus au bout de la première heure. L'inventeur a trouvé une nouvelle formule grâce à laquelle la texture de la peau renforce l'effet du parfum.

— C'est un argument de vente fantastique ! s'exclama le chef du département commercial.

— Et qui est l'inventeur, au juste ?

Roy venait de poser cette question, d'une voix étonnamment sèche. Samantha lui jeta un coup d'œil ; il paraissait parfaitement calme, pourtant.

— Un nommé André Dessatain. Le mois dernier, lors de la foire internationale de Paris, un ami m'a parlé de cet homme qui travaille seul, retranché au fond d'une province française. Il me l'a présenté, et André Dessatain m'a montré sa trouvaille. J'ai immédiatement préparé un contrat ; tous les autres grands parfumeurs étaient également présents, il fallait faire vite pour les devancer. Heureusement pour moi, M. Dessatain ne connaissait personne. C'est un solitaire, il s'intéresse uniquement à son métier.

— Vous avez eu de la chance en effet, commenta Roy. Vous l'avez fait signer tout de suite, naturellement.

— Naturellement, acquiesça Mme Edwige. Je lui ai

proposé un arrangement spécial, celui-là même que j'avais établi voici trente ans pour *Enchanté,* notre fétiche depuis le jour de son lancement...

— ... Et le parfum le plus vendu du monde, renchérit fièrement Samantha.

Mme Edwige lui adressa un sourire chaleureux.

— Ce nouveau produit va lui ravir la première place, je vous le prédis. Pour l'instant, je l'appelle *Enchanté numéro deux,* mais il nous faudra lui trouver un nom rapidement. L'échantillon restera dans le coffre, avec le contrat. Roy, dès demain matin, je vous en donnerai un extrait et vous commencerez à analyser la formule pour pouvoir démarrer la production de masse...

Le jeune homme hocha la tête avec un calme démenti par la nervosité de ses mains, crispées sur le rebord de la table. Que se passait-il donc ? Mme Edwige, était trop occupée à donner des directives enthousiastes pour s'apercevoir de quoi que ce soit.

— ... Frank, battez le rappel de tous nos distributeurs ; Tony, je compte sur vous pour créer le flacon, l'emballage et les affiches. Quant à vous mon petit, acheva-t-elle en se tournant vers Samantha, vous superviserez toutes les opérations. Jean-Paul sera votre assistant. Je vous ferai décharger de toutes vos autres tâches et vous pourrez ainsi vous consacrer exclusivement à cette campagne de promotion. Le succès dépendra de vous... Rangez la boîte dans son abri, voulez-vous ?

Samantha prit le précieux écrin et alla le poser sur l'étagère de la chambre forte. Quand elle revint dans la salle de réunion, tout le monde était reparti à l'exception de Jean-Paul et de Mme Edwige. Celle-ci la prit par le bras.

— Vous allez réussir un travail fantastique ma chérie, je le sais. J'ai parlé de vous à André Dessatain, il a été très impressionné par vos qualifications. Il s'en remet entièrement à nous. J'ai confiance en vous, Samantha. Vous serez parfaite.

Dans le couloir, la jeune fille croisa Roy Drummond. Il s'arrêta, parut vouloir lui dire quelque chose, mais Samantha pressa le pas, tête haute. Elle n'avait pas le temps de penser à lui ; un travail écrasant et passionnant l'attendait.

Elle rassembla ses affaires, entassa une pile de dossiers dans sa mallette et rentra chez elle. Après un léger repas, elle étala les documents sur la table du salon et s'attela à la tâche. Laisser sa pensée errer librement était chose difficile ; des idées toutes faites s'imposaient à elle, des suggestions déjà utilisées cent fois dans la promotion de parfums lui revenaient et elle devait les repousser chaque fois. Peu à peu pourtant, elle se mit à prendre des notes, d'une main rapide, écrivant à mesure qu'elle réfléchissait.

Les heures passaient comme des minutes. La nuit était déjà bien avancée quand elle repoussa enfin ses papiers, satisfaite de ses premières esquisses. Elle pouvait être fière, à aucun moment elle n'avait songé à Roy Drummond.

Mais à présent, son visage tiré et froid, son regard traqué lui revenaient en mémoire. Elle s'était promis de revivre dans leurs moindres détails les deux mois où ils s'étaient connus, elle devait aller jusqu'au bout, malgré la fatigue, malgré la souffrance...

Des jours de douceur et d'espoir, chacun apportant de nouvelles certitudes, de nouvelles découvertes. Comment était-elle tombée amoureuse de lui ? De mille façons différentes, lui semblait-il. En bavardant et en se taisant, dans l'exaltation et dans le calme... et surtout dans le partage des petites choses.

Cette promenade dans le parc, main dans la main... Roy s'était soudain agenouillé, il venait de découvrir un champignon niché sous une touffe de mousse. Du bout des doigts, il avait caressé le chapeau orangé puis s'était relevé et avait serré sa compagne contre lui.

— Etes-vous un amateur de champignons ? avait-elle demandé.

— Oui, de champignons et de souvenirs, avait-il répondu avec un sourire nostalgique. Un jour, je vous emmènerai avec moi en Angleterre, Samantha. A mon tour, je vous montrerai tous les endroits que j'aime. J'ai grandi dans le Sussex, mais au début de l'automne, j'allais toujours chez une grand-tante, dans le Suffolk. Elle m'a initié à la cueillette et m'a appris à reconnaître les espèces comestibles et les vénéneuses...

Samantha s'était blottie dans ses bras, les yeux levés vers lui, émue par son expression tendre.

— ... Nous sortions à l'aube, le brouillard se levait à peine, l'herbe était couverte de rosée. Quand les premiers rayons de soleil apparaissaient, nos paniers étaient pleins... Avez-vous déjà vu un trône des fées ?

— Non, du moins je ne le crois pas. Qu'est-ce ?

— Je vous en trouverai un. C'est très rare. On découvre parfois une variété disposée en cercle parfait ; au milieu, l'herbe est très fine et douce. C'est cette herbe que l'on nomme trône des fées... Les anciens considéraient les champignons comme des plantes magiques. Ils s'en servaient pour invoquer les bons ou les mauvais esprits, selon ce qu'ils avaient dans le cœur au moment où ils les cueillaient.

— Et vous, Roy, à quoi pensiez-vous quand vous avez touché celui-ci ? avait-elle murmuré timidement.

— A ceci...

Le visage grave, il s'était penché vers elle. Leurs lèvres s'étaient unies. Une bouffée de bonheur chaud avait envahi la jeune fille en sentant les mains de Roy se poser sur sa gorge, la caresser, descendre vers sa poitrine. Elle n'avait pas esquissé le moindre geste pour se dégager tant était grand son plaisir... bientôt doublé d'un désir lancinant, de plus en plus fort, de plus en plus incontrôlable...

Avec une petite grimace, elle s'était écartée, le cœur battant, apeurée par l'intensité de sa propre réaction. Elle avait essayé de rire.

— La magie des champignons !

— Vous ne m'avez pas cru ?

— A présent, si, avait-elle avoué à voix très basse.

Le lendemain, en rentrant du bureau, elle avait trouvé un grand paquet devant sa porte. A la cuisine, elle avait ôté le papier d'emballage brun, ouvert une boîte blanche... c'était une soupière ancienne, magnifique, au couvercle orné de champignons en céramique de couleur. A l'intérieur, elle avait découvert une feuille pliée.

« Très chère Samantha, ces champignons exerceront leur pouvoir magique quand vous vous y attendrez le moins. J'ai prononcé la formule consacrée qui commence par ce mot :

Tendresse,

Roy »

Les yeux embués, elle avait caressé le bel objet avant de le ranger à la place d'honneur dans la vitrine à porcelaines du salon. Ce soir-là, quand Roy était venu la chercher pour sortir, il y avait bel et bien de la magie dans l'air...

Quelques jours plus tard, une note discordante était venue troubler sa joie. Roy et elle étaient allés voir une comédie dans un de ces petits théâtres de quartier où la qualité des spectacles fait oublier l'incommodité des sièges et l'insuffisance de chauffage.

Samantha avait adoré cette comédie dramatique à la fois légère et intelligente, mais Roy, à côté d'elle, ne cessait de s'agiter impatiemment. En sortant, ils étaient allés boire un verre.

— Comme c'était enjoué et chaleureux ! s'était-elle exclamée.

— Faible et insipide, au contraire.

— Pourquoi dites-vous cela ? Parce que les personnages étaient dotés de compassion et de tendresse ?

— Ils étaient timorés, impuissants.

Roy avait le visage dur, les mâchoires crispées.

— Avons-nous vraiment vu la même pièce ? avait-elle essayé de plaisanter.

— On voit toujours ce qu'on veut bien voir.

— En tout cas, Maggie ne m'a vraiment pas fait l'effet d'une femme timorée. Il faut de la force pour comprendre, pour pardonner.

— La compréhension ! avait répété Roy avec un rire cynique. C'est si commode, n'est-ce pas ? On la porte au nues, on s'y complaît !

— Quel mal y a-t-il à être généreux ?

— Aucun quand ce n'est pas une preuve de lâcheté. Maggie, comme beaucoup d'autres, s'est servie du pardon parce que c'était plus facile. La justice, la vérité, le châtiment, voilà qui demande du courage ! La compréhension est uniquement un problème de passivité.

Il s'était radossé, lèvres serrées. La violence de ses répliques trahissait une émotion intense, turbulente, très profonde. Samantha ne l'avait jamais vu ainsi, elle était à la fois effrayée et touchée ; elle devinait en lui une force qu'elle n'avait pas soupçonnée auparavant. Gentiment, elle avait posé sa main sur celle du jeune homme.

— Qu'y a-t-il, Roy ? Qu'est-ce qui vous tourmente ainsi, ce soir ?

— Rien qui doive vous affecter, avait-il assuré en s'efforçant de sourire. On a parfois l'impression de se heurter à des écueils dans la vie, voilà tout... Sortons d'ici, j'ai besoin de prendre l'air...

Dehors, le froid l'avait saisi.

— ... Si vous le voulez bien, j'aimerais passer chez moi prendre un manteau.

— Certainement.

Samantha était curieuse de voir son logis. Il avait loué un petit appartement dans un vieil immeuble rénové en attendant de trouver mieux. C'était un studio sommairement meublé, aux proportions exiguës. Le lit prenait presque toute la place.

— Mon boudoir ! avait solennellement annoncé Roy. A Londres, certains de mes placards étaient plus grands ! Voulez-vous boire un verre ? J'ai du cognac et de l'eau de seltz.

Elle avait accepté et s'était installée sur le divan. Tandis qu'il préparait leurs boissons, elle avait remarqué une lettre posée sur la table ; les timbres étaient anglais. Roy, revenant vers elle, avait surpris son regard.

— Elle est arrivée ce matin, s'était-il contenté de dire d'un ton laconique.

— Est-ce la cause de votre mauvaise humeur ?

— Peut-être. Mais je vais mieux à présent...

Il s'était assis à côté d'elle et l'avait prise dans ses bras.

— ... Vous êtes si jolie, Samantha !

Ce soir-là, son baiser avait été plus violent, plus exigeant qu'à l'accoutumée. La jeune fille en savourait l'ardeur presque âpre, mais elle attendait le moment de répit, l'instant où Roy se contenterait de la tenir, serrée contre lui, tendrement. Au lieu de cela, ses lèvres se faisaient toujours plus impérieuses, ses mains la parcouraient sans relâche, s'insinuant sous l'encolure de son chemisier, traçant un sillon brûlant sur sa peau fine.

Trop vite, il allait trop vite ; il ne laissait pas à la douceur le temps d'éclore, il n'avait pas de patience. Samantha vibrait sous ses caresses, partagée entre la protestation et le désir qu'il lui communiquait malgré tout. Quand Roy avait laissé sa bouche s'égarer sur sa gorge, puis plus bas encore, elle l'avait repoussé de toutes ses forces.

— Non !...

Il s'était laissé retomber en arrière. Haletante, elle avait rajusté sa tenue.

— ... Je voudrais rentrer chez moi.

Inutile de chercher des explications, des excuses ; cette soirée s'était mal passée d'un bout à l'autre, mieux valait y mettre fin. Roy avait hoché la tête.

— Bien.

Il l'avait raccompagnée en bas, avait hélé un taxi. Les sens engourdis, Samantha avait retrouvé son appartement, elle s'était mise au lit, très vite, pour trouver l'oubli du sommeil. Le lendemain, elle était arrivée au bureau dans un état second.

Une immense gerbe de roses pourpres était posée sur sa table, un message l'accompagnait :

« Pardon. Trop de tension, trop de cognac, trop de désir... J'ai eu tort.

                    Roy »

Oui, Roy était ainsi. D'un geste, il savait dissiper les nuages, ramener le soleil...

Samantha s'étira, chassa ses souvenirs. Les incursions dans le passé étaient douloureuses, fatigantes.

Pourtant, la clef du mystère s'y trouvait, elle en avait la conviction. Elle irait jusqu'au bout, elle continuerait à chercher des indices dans l'espoir de comprendre l'attitude de Roy… Mais pas ce soir, elle était trop lasse…

La journée du lendemain passa très vite. Elle s'enferma dans son bureau en compagnie du directeur commercial et étudia avec lui un plan de lancement pour *Enchanté numéro deux.* Ces heures de travail acharné lui procuraient un véritable soulagement : elles lui permettaient d'oublier Roy.

Dès son retour chez elle, ses préoccupations personnelles reprirent la première place. Blottie dans son fauteuil favori, elle laissa à nouveau les images d'autrefois affluer dans sa mémoire. Une chose était sûre, elle avait eu toutes les raisons du monde de tomber amoureuse de Roy…

Une fin d'après-midi tiède, nonchalante. Roy et elle étaient allés faire des courses dans une épicerie du quartier. Ils venaient tout juste de sortir, un sac de papier sous le bras, quand le crissement de freins avait retenti, suivi d'un hurlement d'horreur.

Samantha s'était retournée d'un bond. En un clin d'œil, elle avait vu le petit chien gisant sous la roue d'une automobile, la petite fille, une laisse cassée à la main, à deux pas de là… Et puis Roy, se précipitant vers la boule de fourrure inanimée. Elle avait couru à sa suite, s'était agenouillée. Le chiot était vivant, il gémissait faiblement. Instinctivement, elle s'était redressée et avait pris l'enfant dans ses bras pour la réconforter. C'était une fillette au teint mat, aux immenses yeux noirs.

Le chauffeur de la voiture les avait rejoints, le visage défait.

— Il s'est jeté devant moi, je n'ai pas pu m'arrêter. Je ne roulais même pas vite !

— Non, en effet ; sinon, il serait mort, avait acquiescé Roy.

— Il y a un vétérinaire à quelques rues d'ici, je vais vous y conduire, avait proposé l'homme.

La petite fille pleurait à gros sanglots. Samantha l'avait aidée à monter et l'avait prise sur ses genoux.

— Quel est ton nom ?

— Maria.

— Et celui de ton chien ?

— Chico.

Le conducteur les avait déposés devant le cabinet et il était reparti aussitôt. Par chance, il n'y avait pas de clients. Roy était entré avec le chiot, Samantha et Maria s'étaient installées dans la salle d'attente.

— Où est ta maman, Maria ?

— Au travail, elle ne va pas tarder à rentrer.

Roy était revenu au bout de dix minutes.

— Il survivra, mais il a une patte cassée et des blessures internes. Il va devoir rester ici environ deux semaines.

La fillette s'était tassée sur son siège.

— Deux semaines ! Et tous ces soins ! Je n'ai pas d'argent.

— Le médecin a déjà commencé à panser Chico. Nous allons te raccompagner chez toi et expliquer la situation à tes parents.

— Ils ne pourront pas payer.

Maria avait de nouveau les larmes aux yeux.

— Allons, ne t'inquiète pas, nous verrons bien.

La fillette les avait conduits dans un petit appartement pauvrement meublé. Sa mère était arrivée peu après eux, une jeune femme très brune, au visage marqué par les soucis. Elle avait écouté le récit de son enfant d'un air préoccupé, puis l'avait envoyée dans sa chambre.

— Merci d'avoir aidé Maria, mais elle a dit vrai : je ne peux pas payer le traitement. Nous gagnons à peine de quoi vivre ; ce chien était déjà une charge très lourde, mais ma petite Maria était si heureuse de l'avoir !

Son regard allait de l'un à l'autre des jeunes gens, désolé, impuissant.

— Qu'allez-vous dire à votre fille ?

— Rien qu'elle ne sache déjà. Ce monde est difficile, elle doit s'en faire une raison.

— Je viendrai la voir demain, avait promis Samantha.

— Merci. Cela lui fera du bien.

Dans la rue, ils avaient marché en silence pendant un moment.

— Que va devenir Chico ?

Roy avait haussé les épaules, l'air sombre.

— On lui fera une piqûre pour le tuer... Le traitement serait trop long et trop coûteux, avait-il ajouté en voyant l'expression horrifiée de sa compagne. Le vétérinaire ne fait pas œuvre de charité. La mère de Maria a raison, nous vivons dans un monde dur.

— Ramenez-moi chez moi, s'il vous plaît. Cette histoire m'a bouleversée.

Il avait accepté sans protester. Sur le seuil de sa porte, il l'avait embrassée très gentiment.

— Vous ne pouvez pas prendre en charge tous les problèmes des gens, Samantha. Il y en a trop.

Une colère déraisonnable s'était emparée d'elle.

— N'avez-vous donc pas de cœur? Pardonnez-moi, je ne suis pas aussi fataliste que vous. La souffrance des autres m'affecte énormément.

— Oui, je le vois bien. Néanmoins, vous devez suivre mon conseil. Vous n'auriez pas assez de toute une vie pour soulager la misère d'autrui.

Ce soir-là, elle s'était efforcée de comprendre, d'accepter le point de vue de Roy. En un sens, il disait juste, il était impossible de rendre tout le monde heureux... Mais elle avait mal dormi, et le lendemain, au bureau, elle avait été incapable de se concentrer. En milieu d'après-midi, n'y tenant plus, elle avait rangé ses affaires et s'était rendue chez le vétérinaire. Il raccompagnait justement un client à la porte.

— Le chiot va bien, avait-il annoncé sans préambule.

— Je me chargerai de régler votre note.

Le médecin avait paru interloqué.

— M. Drummond s'en est déjà occupé; il est passé ce matin et m'a remis un chèque.

Quand Roy avait sonné à sa porte, une heure plus tard, elle s'était jetée à son cou et l'avait embrassé avec effusion. Le jeune homme avait battu des paupières d'un air gêné.

— Et c'est *vous* qui me recommandiez de ne pas me laisser attendrir par les problèmes des gens ? l'avait-elle affectueusement taquiné.

— Je parlais sérieusement, et je n'ai toujours pas changé d'avis. Toutefois, on peut faire une exception de temps à autre.

— Pourquoi cette mine morose, Roy ?

— J'ai peut-être eu tort d'aider Maria. C'est une preuve de faiblesse.

— De faiblesse ? C'était généreux, bon, admirable ! Quel mal y a-t-il à avoir bon cœur ?

En soupirant, il l'avait attirée contre lui. Le visage enfoui dans sa longue chevelure, il avait longuement caressé son cou, sa nuque, ses épaules.

— Oh ! ma douce Samantha ! je pourrais bien tomber amoureux !

— Vraiment ?

— Et vous ?

— Moi aussi...

Samantha se redressa dans l'obscurité de la pièce. Comme tout paraissait évident, avec le recul du temps ! Le soir où ils avaient eu cette conversation, elle l'aimait déjà éperdument, c'était clair. Le cœur est si prompt à accepter ! l'esprit est plus lent, il demande des signes, des preuves, il a besoin d'être rassuré. Les accès de dureté de Roy l'inquiétaient à l'époque, ils l'empêchaient de s'avouer à elle-même combien elle était éprise.

Songeuse, elle se mit au lit et s'endormit, en proie à une mélancolie douce-amère. Le soleil matinal l'aida à chasser ces souvenirs trop émouvants. Une pile de dossiers l'attendait sur sa table quand elle arriva. Elle en fut heureuse : elle avait besoin de se distraire de ses préoccupations.

L'après-midi était déjà bien entamé quand elle alla voir Mme Edwige pour lui exposer son projet. Jean-Paul était avec sa tante. Il gratifia la jeune fille d'un regard admiratif.

— Vous êtes ravissante.

— Garde tes compliments pour plus tard, intervint Mme Edwige. Le travail avant le plaisir. Eh bien, Samantha, que nous apportez-vous de beau ?

— J'ai l'intention d'éliminer entièrement la campagne d'essais préliminaires, annonça-t-elle, satisfaite de voir ses interlocuteurs se pencher vers elle d'un air très intéressé. D'une part, ce genre d'opération alerte toujours les concurrents et d'autre part, elle leur laisse le temps de sortir un nouveau produit qu'ils gardent en réserve. Pour y couper court, nous mettrons *Enchanté numéro deux* sur le marché en un jour, d'un bout à l'autre du pays, à grand renfort de publicité.

— Très audacieux ! Poursuivez !

Samantha développa ses idées de base, donna des évaluations, insista sur l'importance du nom du futur parfum et acheva son exposé par quelques suggestions originales pour les affiches de lancement. Quand elle eut terminé, Mme Edwige exultait.

— Magnifique ! c'est magnifique ! Vous devez étudier chacun de ses éléments en détail. Jean-Paul se mettra à votre disposition pour toutes les données dont vous pourriez avoir besoin.

La jeune fille, ravie d'avoir suscité un tel enthousiasme, se leva pour regagner son bureau. Jean-Paul l'accompagna dans le couloir.

— Votre avant-projet est excellent, la complimenta-t-il encore. Et ce sera un véritable plaisir de travailler en étroite collaboration avec vous. Je pourrai enfin vous voir tous les jours et non plus une ou deux fois par semaine.

— Cela pourrait devenir lassant !

— Jamais de la vie !

Un moment plus tard, elle s'apprêtait à partir quand une grande silhouette familière s'encadra dans l'embrasure de la porte.

— Vous désiriez des chiffres de production, paraît-il ? déclara Roy en s'avançant.

Elle hocha la tête, lèvres pincées.

— Posez-les sur la table, je vous prie…

Le jeune homme s'exécuta ; Samantha prit le dossier et l'ouvrit en évitant ostensiblement de regarder Roy.

— … Ce sera tout, merci.

— Vous aurez besoin d'éclaircissements pour certains passages.

Essayait-il d'engager la conversation ?

Elle ne devait surtout pas se laisser tenter.

— Je vous appellerai si j'ai des questions à vous poser.

— Comme vous voudrez, fit-il à mi-voix.

Elle sentit son hésitation et, malgré elle, elle leva les yeux vers lui. Il n'y avait plus trace de dureté dans son visage. Ses prunelles étaient voilées, troublées ; il paraissait hanté par une angoisse profonde, muette.

Roy se détourna, regagna la porte. Avait-elle seulement imaginé cette douleur?

Elle rangea la chemise cartonnée dans un tiroir, prit son manteau et sortit. Dans le corridor, le claquement de ses talons résonnait, sec, rythmé. L'image de Roy dansait dans son esprit.

Et s'il était vraiment inquiet? Si cela avait un rapport avec son étrange comportement des derniers jours? « Sois réaliste », avait adjuré Amy. Eh bien elle l'était. L'attitude de Roy depuis le soir du dîner manqué défiait la raison, du moins en apparence. Il *devait* y avoir une explication, et pour la trouver, il lui fallait remonter le fil du temps.

D'où tenait-elle cette conviction? Elle n'aurait su le dire. C'était un pressentiment, une intuition qu'elle ne pouvait se permettre de négliger tant l'enjeu était important.

Aussi, malgré sa fatigue, malgré la nostalgie douloureuse que cela lui procurait, Samantha ce soir-là entreprit une fois de plus d'évoquer les souvenirs encore si vifs de cette période de sa vie.

Il y avait eu ce week-end... Roy avait lancé la suggestion en milieu de semaine ; Samantha prenait un café au distributeur, il s'était approché d'elle, souriant.

— Voudriez-vous partir deux jours avec moi?

— Où cela?

— Dans un de mes endroits favoris. Je vous donnerai tous les détails ce soir. Pour le moment, il me faut juste un oui ou un non pour que je puisse

prendre mes dispositions... de préférence un « oui »,
naturellement.

Il la dévisageait avec une pointe d'amusement et
elle avait ressenti un léger agacement.

— Tout dépend de ce que vous avez en tête.

— En d'autres termes, aurons-nous deux chambres séparées ou pas ?

Il riait, mais gentiment ; elle ne lui avait pas tenu
rigueur de sa taquinerie.

— A peu près, oui. Je suis désolée, Roy, je sais
que c'est chose courante de nos jours, je ne veux pas
paraître trop démodée...

— Mais ?

— Mais je ne puis m'y résoudre. Ce qui se passe
entre nous est trop beau, trop important, je refuse de
le réduire à une banale liaison, c'est aussi simple que
cela.

— Ou aussi complexe, avait-il murmuré en lui
caressant la joue. Nous aurons chacun la nôtre.

— Dans ce cas, j'accepte volontiers.

Au cours du dîner, Roy lui avait exposé son projet.

— Quand je suis arrivé aux Etats-Unis, j'ai passé
quelques jours dans une auberge des Adirondacks.
Elle est tenue par la mère d'un de mes anciens
condisciples d'Oxford, Dennis Jackson. Il m'en
parlait souvent et m'avait vivement conseillé de m'y
rendre. C'est un lieu isolé, sauvage, fréquenté par les
campeurs et les amoureux de la nature. Je croyais
trouver une réplique de mon Sussex natal.

— Et vous vous étiez trompé ?

— Entièrement. Voyez-vous, la campagne
anglaise même la plus reculée est toujours apprivoi-

sée, on y retrouve la main de l'homme. Ici, les forêts ne sont pas domestiquées, on s'y sent loin de toute civilisation. C'est à la fois terrifiant et fascinant. Nous pourrions passer une nuit à l'auberge et participer ensuite à une randonnée de deux jours. Mme Jackson en organise chaque week-end.

— C'est une très bonne idée. J'ai un vieux sac de couchage, je ne m'en suis pas servi depuis des années, mais il est encore en très bon état.

— Parfait. Nous nous mettrons en route vendredi après-midi.

Roy avait loué une voiture pour l'occasion. Le voyage avait été merveilleux, les deux jeunes gens riaient beaucoup, la perspective de cette promenade en pleine nature les emplissait d'allégresse. De nombreuses automobiles étaient déjà garées devant le chalet de bois quand ils étaient arrivés. Une grande femme replète, au visage avenant était venue les accueillir. Elle avait serré Roy dans ses bras.

— Bienvenue à l'Auberge du pin bleu, Samantha...

Elle les avait accompagnés à leurs chambres.

— ... Le groupe partira demain à l'aube. Je vous présenterai les autres au dîner, dans une heure.

Quand Samantha était descendue, vêtue d'un pantalon vert bouteille et d'un gros pull, Roy l'attendait. Leur hôtesse les avait installés à une table occupée par deux couples : Franny Algram et son fiancé, Ron Keller, un jeune homme doux et posé, et Bert et Mary McGivern. Très vite, Samantha avait ressenti une vive antipathie pour Bert McGivern.

C'était un homme trapu, au teint rougeaud et à la

voix de stentor. Il traitait son épouse avec un dédain condescendant. Mary, une petite femme brune timide et effacée, ne se rebellait jamais.

— Vous avez de la chance, avait déclaré Bert entre deux bouchées, j'ai déjà exploré toute la région. Je pourrai vous montrer les coins intéressants.

— C'est une chance en effet, avait gentiment acquiescé Franny.

Et Samantha s'était efforcée de sourire.

— Nous partirons au point du jour, d'accord ?

— Oui, c'est la meilleure heure.

— Mme Jackson va nous donner des boîtes de conserve pour deux jours, mais j'ai dit à Mary de nous confectionner des sandwichs, c'est toujours plus agréable. A propos, tu ferais bien d'aller les préparer, ne crois-tu pas ?

C'était un ordre, non une suggestion. Mary hocha la tête et fit mine de pousser sa chaise.

— Si vous voulez bien m'excuser…

— Mais vous n'avez pas pris votre dessert ! avait protesté Samantha.

— Elle n'en a pas besoin, avait affirmé son mari avec un rire tonitruant.

Mary McGivern s'était éclipsée et Bert s'était lancé dans le récit de ses prouesses de campeur. Dès la fin du repas, Samantha s'était levée et avait attiré Roy dans un coin.

— Je sais, avait-il entamé sans préambule, il est un peu difficile à supporter.

— Voilà des paroles bien modérées ! C'est un

parfait goujat. Il traite sa femme comme une esclave, je me demande comment elle arrive à l'endurer !

La jeune fille était dans tous ses états ; Roy avait pris une expression conciliante.

— Une fois en route, nous pourrons rester à l'écart la plupart du temps. Et il sera bon d'avoir un familier de la montagne avec nous.

Légèrement apaisée, elle s'était assise avec lui devant la cheminée où brûlait un bon feu de bois. L'heure de monter se coucher était arrivée, Roy l'avait accompagnée à sa chambre. Il était entré dans la pièce pour lui souhaiter bonne nuit.

Ses lèvres douces, caressantes, exerçaient un pouvoir redoutable sur les sens de Samantha. Comment résister à leur chaude persuasion ? Comment ne pas vibrer délicieusement quand ses paumes se glissaient sous son pull, frôlaient sa peau nue ?...

— Vous essayez de me donner des regrets à propos des chambres séparées, n'est-ce pas ?

— Bien sûr, avait-il murmuré en riant. Est-ce que j'y arrive ?

— Oui.

— Puis-je rester avec vous ?

— Non.

— Les principes sont parfois des handicaps.

— Parfois aussi, ils sont pleins de promesses.

Roy l'avait embrassée à nouveau, tendrement, avec compréhension.

— Dormez bien, mon cœur.

Samantha était si heureuse qu'elle avait réussi à se montrer aimable avec Bert McGivern le lendemain matin. Il avait pris d'autorité la tête du petit groupe.

Roy et Samantha demeuraient délibérément à l'arrière, flânant pour mieux savourer la beauté du paysage. Les pins sombres, les bosquets d'aulnes, les fleurs sauvages innombrables, tout les emplissait de joie.

A midi, ils s'étaient arrêtés pour pique-niquer dans une clairière. Les sandwichs préparés par Mary étaient délicieux, tout le monde l'avait complimentée… sauf son mari. Samantha lui avait décoché un regard furibond. Au moment où ils s'apprêtaient à se remettre en route, elle avait vu Roy observer le ciel d'un air soucieux.

— De la pluie ? avait-elle interrogé.

De lourds nuages gris s'amoncelaient à l'horizon.

— Juste une averse, avait décrété Bert, péremptoire.

— J'en doute, l'avait contredit Roy. Etant anglais, je suis expert en la matière. A mon avis, nous risquons d'avoir un orage.

— Sûrement pas. De toute façon, nous sommes déjà trop loin pour rentrer avant la nuit. Je connais la région, ce sera une ondée passagère, croyez-moi.

Franny et Ron avaient haussé les épaules avec résignation.

— J'ai deux imperméables dans mon sac, avait murmuré Roy à l'intention de sa compagne.

— Vous êtes convaincu qu'il se trompe, n'est-ce pas ?

— Oui, mais il est inutile d'éterniser cette discussion. Du reste, il est plus habitué au climat local que moi.

Lui prenant la main, il s'était remis à marcher. La

nuit tombait presque quand il s'était mis à pleuvoir. Au début, il y eut juste de petites gouttes, fraîches et scintillantes, et Samantha s'était demandé si le temps allait vraiment se gâter comme Roy l'avait prédit. Le jeune homme lui avait donné une cape de toile cirée, elle s'y sentait à l'abri.

Bert McGivern avait trouvé un petit sentier qui descendait dans un vallon niché entre trois pics rocheux. Un ruisseau le traversait.

— Voici un campement idéal, annonça Bert.

— Nous ferions peut-être mieux de nous installer sur les hauteurs avec cette pluie, avait suggéré Roy.

— Non, il y a trop de vent. Ici, nous serons protégés et nous aurons de l'eau pour nous laver, c'est un endroit parfait.

Déjà, Ron dépliait sa tente. Sans plus insister, Roy avait rejoint Samantha.

— Vous êtes inquiet, avait-elle chuchoté.

— Je ne veux pas me montrer alarmiste. Souhaitons que l'eau ne traverse pas la toile de tente. Je suis désolé, Samantha, le mauvais temps n'était pas prévu au programme.

Elle avait embrassé sa joue humide.

— Cela fait partie de l'aventure ! Et de toute façon, je suis avec vous, rien d'autre ne compte.

Bert McGivern avait réussi à allumer un petit feu avec des branches mouillées et il avait passé dix bonnes minutes à se féliciter de son habileté. Tout le monde était fatigué ; sitôt le repas de boîtes de conserve achevé, les uns et les autres s'étaient retirés sous leurs abris.

Roy avait installé les deux sacs de couchage l'un à

côté de l'autre. Dans le noir, les deux jeunes gens
s'étaient longuement embrassés, se grisant mutuelle-
ment de tendresse et de douceur. Samantha avait fini
par s'endormir, la tête posée sur l'épaule de Roy,
parfaitement heureuse.

Au bout d'un moment, combien de temps au
juste ? elle s'était réveillée en ne sentant plus la
chaleur de son compagnon contre elle. Les yeux
grands ouverts, elle avait écouté le crépitement dru
de la pluie sur le double toit. Finalement, elle avait
cherché à tâtons son imperméable, l'avait enfilé, et
s'était glissée dehors. Un autre son, terrible, puissant
et furieux, emplissait ses oreilles.

Roy était tout près, une torche électrique à la
main. Suivant du regard le rayon lumineux, elle avait
étouffé un cri d'horreur. Le ruisseau s'était transformé en torrent tumultueux, les flots déchaînés
avaient débordé du lit et montaient inexorablement
vers le campement. Roy avait braqué sa lampe sur le
flanc des montagnes. Un véritable déluge tombait
des cieux.

— C'est grave, n'est-ce pas ? avait demandé
Samantha à mi-voix.

Il avait acquiescé.

— Oui, et on ne peut absolument pas prévoir les
proportions que cela va prendre…

Tous les autres semblaient dormir à poings fermés.

— … Nous ne pouvons pas prendre le risque de
grimper dans le noir. Il fera jour dans quelques
heures. Retournez vous coucher, mais habillez-vous
auparavant ; on ne sait jamais.

Ses vêtements étaient glacés, elle se heurtait aux

parois de toile en les enfilant. Finalement, elle s'était allongée, tremblante entre les bras de Roy et elle avait attendu l'aube sans pouvoir se rendormir.

Un petit jour glauque était enfin arrivé, comme à regret. En silence, les deux jeunes gens étaient ressortis. Ron et Franny émergeaient justement de leur abri ; ils avaient écarquillé des yeux épouvantés en voyant les flots grondants à quelques mètres à peine d'eux. Bert était apparu à son tour, suivi de sa femme. Mary avait contemplé le torrent avec effroi.

— C'est impressionnant, n'est-ce pas ? avait commenté Bert d'un air fanfaron. Il est inutile de s'inquiéter néanmoins.

— Nous devons partir immédiatement, avait coupé Roy.

— Remonter par ce temps serait bien trop dangereux, nous pourrions glisser sur le terrain détrempé et nous rompre le cou. Nous resterons ici.

— Danger ou pas, Samantha et moi y allons. Dieu seul sait quand la crue va cesser.

Roy avait commencé à rassembler les affaires. Franny et Ron, indécis, demeuraient immobiles. Mary, visiblement affolée, interrogeait son mari du regard. Celui-ci s'était campé sur ses deux jambes, bras croisés.

— Nous ne bougerons pas ! Je n'ai pas l'intention de me tuer sur une côte dérapante.

— Tu aurais peut-être dû écouter ce garde forestier, Bert, avait chuchoté la timide jeune femme.

— Tais-toi !

— Quel garde forestier ?

Mary s'était tournée vers Roy. Pour une fois, elle semblait prête à braver son époux.

— La veille du départ, il est passé à l'auberge et nous a dit que s'il se mettait à pleuvoir, nous devions faire demi-tour immédiatement. Il y a beaucoup de lacs dans la région et ils débordent fréquemment, paraît-il.

— Ces paysans veulent toujours se donner de l'importance, avait assuré Bert, furieux. Ils ne connaissent pas le coin moitié aussi bien que moi.

— Misérable ! Misérable fou ! s'était exclamé Roy. A cause de vous, nous risquons tous de mourir. Il était de votre devoir de nous avertir.

— Personne ne va mourir. Je sais ce que je fais.

— Vous êtes un imbécile prétentieux et égoïste. Nous sortons de ce vallon !

Saisissant Samantha par le bras, il l'avait entraînée vers la côte. La jeune fille s'efforçait de suivre son rythme, mais elle ne cessait de patiner sur la boue gluante. Roy la retenait de son mieux.

— Enfoncez la pointe de votre pied puis hissez-vous.

Elle avait hoché la tête, jeté un coup d'œil par-dessus son épaule. Ron et Franny les suivaient. Mary McGivern, mains crispées, restait près de Bert. Elle lui disait quelque chose, d'une voix trop basse pour être entendue, mais la voix claironnante de son mari était parvenue jusqu'à eux.

— Non ! Pars avec eux, tu es aussi lâche que les autres. Va au diable !

Roy tirait sa compagne, elle avait repris sa progression lente. Régulièrement, elle tombait sur les

genoux et devait se rattraper aux broussailles. Elle
haletait, ses mains étaient écorchées et ses jambes
douloureuses. La pluie, de plus en plus violente, leur
fouettait le visage. Bientôt, la terre n'avait plus rien
pu absorber et l'eau s'était mise à dévaler la pente
avec une force sans cesse croissante.

Elle s'était arrêtée pour reprendre son souffle.
Ron et Franny étaient à quelques mètres sous eux.
Tout en bas, on discernait à peine la fragile silhouette
de Mary McGivern en train d'escalader en rampant
presque la nappe de boue.

— Allons ! hâtez-vous !

En entendant la voix de Roy, elle s'était remise à
avancer. Elle devinait à présent la véritable crainte
du jeune homme : à tout instant, le flanc de la
montagne risquait de glisser, emportant avec lui des
troncs d'arbre et des rochers. Il n'y avait pas une
seconde à perdre.

Soudain, elle avait vu Roy se redresser, faire un
grand geste du bras et quitter le sentier presque
invisible pour se diriger vers la gauche. Repoussant
ses cheveux trempés en arrière, Samantha avait
aperçu un promontoire de pierre. Avec un faible
gémissement, elle avait obliqué, enfonçant ses ongles
dans la vase pour avoir une meilleure prise. A
nouveau, elle avait dû faire halte pour rassembler ses
forces. Pendant une seconde, elle s'était demandé si
ses pieds accepteraient de l'emmener plus loin ; puis
le grondement de l'eau s'enflant soudain, elle avait
trouvé l'énergie nécessaire pour poursuivre. Il le
fallait.

Centimètre par centimètre, elle s'obligeait à progresser. Derrière elle, elle percevait la respiration rauque des deux jeunes gens. La saillie rocheuse était plus large qu'elle ne l'avait cru de loin.

Roy venait de l'atteindre, il s'y était étendu une brève seconde, puis s'était mis à genoux pour la hisser à son tour. Samantha s'était laissé tomber, le visage contre la pierre froide, incapable de faire un geste. Dans un dernier sursaut d'énergie, elle avait aidé Roy à faire monter Franny, puis Ron.

Mary était restée bloquée à un mètre environ au-dessous d'eux. Roy s'était allongé de tout son long, le plus près possible du bord, et avait tendu son bras. Tous les autres s'étaient agrippés à lui et, à force de tirer et de pousser, ils avaient réussi à amener la jeune femme jusqu'à leur abri.

Les yeux de Roy brûlaient de colère.

— Nous serons en sécurité ici, avait-il assuré.

Samantha avait acquiescé, les yeux fixés sur le vallon. Il lui avait semblé gravir toute la montagne mais à sa grande stupeur, elle s'apercevait qu'ils n'étaient pas montés de plus de dix mètres. Tout en bas, la silhouette de Bert McGivern apparaissait par intermittence entre deux rafales de pluie.

— Pourquoi ne nous a-t-il pas suivis ? avait-elle demandé à Mary.

— C'est un enfant.

— Si la montagne glisse, il va être enterré vivant sous des tonnes de boue.

— De toute façon, il ne pourrait plus grimper, avait décrété Ron Keller. Il est trop lourd, le terrain se décrocherait sous son poids.

Bouleversée, Samantha avait contemplé Bert, puis

elle s'était tournée vers Roy. Celui-ci, impassible, regardait droit devant lui.

— J'ai une corde, elle est assez longue pour descendre jusqu'à lui, avait suggéré Ron. S'il se l'attachait autour de la taille, nous pourrions le faire monter.

— Non !...

Samantha avait tressailli en entendant la voix de Roy claquer, sèche comme un coup de fouet.

— ... C'est trop dangereux. Nous pourrions être entraînés et tomber.

— Mais nous ne pouvons pas le laisser ainsi !

— Pourquoi pas ?

— Roy !

— Il a failli nous tuer tous sans le moindre scrupule. Nos vies ne comptaient pas pour lui, pourquoi devrions-nous les risquer pour le sauver ?

— Roy, il va mourir si nous ne l'aidons pas. Nous n'avons pas le droit...

— Ce n'est que justice. Les coupables méritent d'être châtiés.

Le jeune homme était tendu à l'extrême, le muscle de sa mâchoire frémissait nerveusement, il semblait en proie à une terrible lutte intérieure.

— Nous devons l'aider, avait insisté Samantha. Par charité humaine. La justice se fera en son temps, ne nous substituons pas à elle.

Il lui avait tourné le dos sans répondre. Elle avait été infiniment soulagée de voir Ron dérouler la corde et la faire descendre par-dessus le rebord. Elle se balançait dans le vide, agitée par le vent. A un moment, elle s'était prise dans un arbre ; d'une secousse, Ron l'avait dégagée et avait encore lâché quelques mètres. Enfin, il avait atteint Bert McGivern. Tout d'abord, l'homme n'avait pas fait un geste. Horrifiée, elle avait entendu comme un bruit de succion, lent, sourd. Puis cela s'était transformé en un grondement terrible. Un grand pan de terre s'était détaché de la paroi et s'était mis à glisser, mû par une énorme masse d'eau qui dévastait tout sur son passage.

— Un lac a débordé ! avait hurlé Roy.

— McGivern a attrapé le filin !

Ron Keller tirait frénétiquement sur le filin. D'un bond, Samantha l'avait rejoint, aussitôt suivie par Mary et Franny. Ses bras la brûlaient, pour rien ; ils ne gagnaient pas un centimètre.

— Dieu ! il est trop lourd ! avait haleté Ron.

Du coin de l'œil, elle voyait des troncs et des rochers dévaler la pente en s'entrechoquant.

Samantha était tombée à genoux, s'était sentie glisser, avait entendu son propre cri comme si quelqu'un d'autre l'avait poussé. Elle avait réussi à s'agripper au mollet de Ron, mais il chutait à son tour, entraîné par le poids de Bert McGivern.

Brusquement, deux mains l'avaient empoignée, redressée et poussée sur le côté. C'était Roy. Il venait de prendre sa place.

— Accrochez-vous à moi et tirez !

Roy était fort ; sous sa poussée, la corde avait commencé à monter lentement. La coulée de boue s'était effondrée dans le vallon dans un rugissement sinistre mais Bert McGivern, blanc de terreur, avait à peine reçu quelques éclaboussures, suspendu dans le vide au-dessus du torrent d'eau et de terre. Roy et Ron Keller, agenouillés, l'avaient saisi sous les bras. Ensemble, ils l'avaient hissé sur le promontoire. Mary s'était accroupie près de son mari et lui avait caressé la tête en silence. Samantha s'était détournée, infiniment reconnaissante et terriblement triste tout à la fois.

Pendant de longues heures, ils avaient attendu que la pluie cesse. En milieu d'après-midi, le soleil avait réapparu. Les nuages s'étaient bientôt dissipés, un ciel très bleu, serein, les avait remplacés. Sur le conseil de Roy, ils n'avaient pas repris leur route tout de suite pour laisser au terrain le temps de se consolider. Pendant tout ce temps-là, Bert McGivern n'avait pas prononcé une seule parole.

En file indienne, ils avaient atteint le sommet de la montagne et avaient retrouvé le sentier menant à l'auberge. A mi-trajet, deux gardes forestiers les avaient rejoints et les avaient escortés jusqu'à leur but.

Arrivés à l'hôtel, ils étaient montés dans leurs chambres. Roy avait accompagné Samantha à la sienne. Sur le pas de la porte, la jeune fille avait hésité. Pendant tout le retour, elle avait laissé les pensées se bousculer dans sa tête sans chercher à y mettre de l'ordre. Le comportement de Roy l'avait choquée, effrayée, étonnée... A présent, il avait perdu son expression impitoyable. Il paraissait seulement très las, et préoccupé.

— Je vais prendre une douche et me changer. Ensuite, j'aimerais rentrer à New York, avait-elle déclaré.

Roy avait hoché la tête.

— Je suis désolé que cela se soit si mal passé, avait-il murmuré avec contrition.

Impulsivement, Samantha avait noué ses bras autour de son cou et l'avait embrassé, tendrement, pour lui exprimer son pardon. Surpris, le jeune homme avait reculé.

— Je m'attendais à de la colère, des reproches, ou au moins à du désappointement.

— J'ai éprouvé tout cela, et j'ai décidé de ne pas m'y arrêter.

— J'en suis très heureux, Samantha.

— Vous avez sauvé Bert McGivern. Sans votre aide, nous n'aurions jamais réussi à le hisser.

— J'ai justifié votre confiance en moi, en quelque sorte ?

Samantha n'avait pas relevé l'ironie amère de sa voix.

— Il semblerait, oui.

Cette fois, c'étaient les lèvres de Roy qui avaient cherché les siennes.

— Allons ! avait-il soupiré. Tout est bien qui finit bien.

Dans ses bras, elle avait acquiescé en silence. Oui, tout s'était bien terminé. Elle avait eu raison de croire en Roy, de l'aimer. Il avait agi pour le mieux.

Dans la voiture, elle avait songé qu'il était comme une nuit d'été, chaud et tendre, traversé parfois par un éclair aveuglant électrique, qui disparaissait aussi vite qu'il était venu. La douceur, la chaleur restaient et rien d'autre ne comptait…

Samantha décida de prendre un bain bien chaud pour revenir au présent. Le souvenir de ce week-end ne s'effacerait jamais de sa mémoire, bien sûr, mais elle devait le reléguer dans un coin, avec tous les autres. A l'époque de cet épisode, sans se l'être jamais dit, elle aimait profondément Roy. Même si le jeune homme demeurait en grande partie une énigme pour elle, elle chérissait leurs moments de bonheur. La vie alors lui paraissait exaltante, radieuse, chatoyante de promesses et de possibilités...

Au matin, elle prit le chemin du bureau comme chaque jour. *Enchanté numéro deux* était un problème bien réel, et elle devait s'atteler à en faire un succès sans précédent.

Tony Bianco avait élaboré un projet d'affiches, elle passa la journée à en discuter avec lui. Il avait fait du bon travail ; les couleurs pastels, les mannequins qu'il avait choisis exprimeraient bien la douceur du nouveau parfum.

En fin de matinée, elle croisa Liza Manship dans un couloir. La jeune femme était plus belle, plus sophistiquée que jamais. Samantha crut lire une pointe de ressentiment dans son regard et elle en devina la cause : Liza avait dû voir les deux jeunes filles retenues pour représenter *Enchanté numéro deux* et elle lui en voulait de n'avoir pas été choisie.

Samantha rentra chez elle au crépuscule. Il ne lui restait plus qu'un chapitre de sa relation avec Roy à revivre... le plus douloureux aussi. Mais elle devait aller jusqu'au bout, fouiller sa mémoire blessée à la recherche du maillon manquant.

Yeux grands ouverts, elle remonta le temps…

Le dimanche après-midi, Roy et elle se promenaient souvent à Central Park, le « jardin de la ville ». Parfois, ils flânaient sur les berges du lac, ou bien ils louaient une barque, ou encore ils restaient dans les allées verdoyantes. Roy se chargeait toujours du pique-nique. Il inventait chaque fois des plats différents et apportait fréquemment une bouteille de bon vin pour arroser leur repas.

— Vous ne m'avez jamais parlé de Roy Drummond, l'avait gentiment grondé Samantha ce jour-là.

— Je n'aime guère me mettre en avant.

Elle ne s'était pas laissé décourager par cette réponse neutre.

— Essayez tout de même. Qui était Roy Drummond avant que je ne fasse sa connaissance ?

— Un enfant unique, tout comme vous… mais j'ai été élevé par un tuteur, mon oncle. Je n'ai aucune histoire pathétique à raconter à ce sujet cependant. On entend souvent des récits horribles sur les parents adoptifs, quant à moi, j'ai eu beaucoup de chance. Mon oncle est un homme extraordinaire. De plus, grâce à lui j'ai vécu dans une opulence que je n'aurais jamais connue chez moi.

Samantha avait attendu, mais comme il n'ajoutait rien sur sa vie familiale, elle avait décidé de ne pas insister.

— Avez-vous vraiment obtenu votre diplôme d'Oxford avec la mention honorifique du jury ?

— Comment l'avez-vous appris ?

— Oh ! les ragots de bureau ! l'avait-elle taquiné...
En fait, je l'ai lu dans votre curriculum vitae.

— Petite curieuse !

— Les curieux sont toujours mieux informés !

— En tout cas, c'est vrai. Mais cela n'a rien de si
remarquable. En Angleterre, les étudiants sont sou-
mis à une discipline très stricte. Il est plus facile de
briller, parce qu'on est obligé d'étudier sérieusement. Cependant, à la première occasion je partais
me promener au hasard. J'adore la nature et l'histoire. C'est mon côté anglais, j'imagine.

— Que voulez-vous dire ?

— L'Angleterre est un véritable monument de la
civilisation occidentale. Là-bas, nous ne passons pas
notre temps à détruire les vieux immeubles pour les
remplacer par des nouveaux comme vous le faites ici.
Je ne dis pas cela de façon péjorative : les Etats-Unis
vont toujours de l'avant, ils sont tournés vers l'avenir
et je trouve cela admirable. Chez nous, nous avons
tendance à nous réfugier dans le passé.

— Ne seriez-vous pas un peu nostalgique, Roy ?
avait-elle demandé, mi-rieuse mi-grave.

— Non, l'Amérique me fascine. Je voudrais simplement profiter de ce que ces deux pays ont de
meilleur... Avec vous, Samantha, avait-il ajouté en
l'attirant vers lui. J'ai grandi dans le Sussex. Avec
votre passion pour les belles choses et l'artisanat,
vous aimerez cette région. Mais je veux aussi vous
montrer Londres... Je vous emmènerai dîner chez
Simpson's pour voir les chariots !

— Les *chariots* ?

— Oui, des tables roulantes. Il y en a seize en tout, en argent massif et pourvues de couvercles. Les pieds sont sculptés dans le chêne. Une flamme maintient les viandes à bonne température. Chacune de ces pièces de musée est assurée pour plus de vingt-cinq mille francs.

— Cela me semble très impressionnant... et appétissant !

— Ça l'est. Vous serez enchantée.

Ils achevaient toujours leurs soirées chez elle ; l'appartement de Roy était vraiment trop exigu. Samantha n'oublierait jamais ce fameux dimanche, le dernier. Tout avait commencé par un compliment bien innocent.

— Vous êtes une jeune fille tout à fait remarquable, avait observé Roy en buvant son café. Travailler avec Mme Edwige doit être une véritable épreuve, vous vous en sortez très bien.

— On vous a rapporté des ragots sur elle et vous y avez cru, l'avait accusé Samantha en se rembrunissant.

Elle supportait très mal qu'on critique sa protectrice.

— Je me suis contenté d'observer, avait rétorqué Roy.

— De nombreuses personnes ne la comprennent pas.

— Elle me fait l'effet d'être une femme impitoyable.

Par loyauté, elle avait protesté.

— Mme Edwige s'est montrée très bonne pour

moi... cela paraît vous surprendre, avait-elle ajouté, interloquée par l'expression de son compagnon.

— Oui, en effet, avait-il murmuré d'une voix lente. J'ignorais à quel point vous lui étiez attachée.

— Elle m'a toujours donné de bons conseils. Je sais très bien ce qui circule sur son compte, mais je refuse d'y accorder foi.

— Vraiment?

— Absolument. Mme Edwige peut être généreuse, elle l'a été avec moi en tout cas.

Roy était resté silencieux très longtemps. Il ne quittait pas Samantha des yeux et semblait réfléchir, analyser, chercher.

— Apparemment, je m'étais trompé du tout au tout, murmura-t-il enfin comme pour lui-même.

— A quel propos?

— De vous et de Mme Edwige. Je la croyais votre débitrice, elle profite de vos talents. Mais d'un autre côté, vous avez été sa protégée.

— Oui, c'est bien cela.

Le silence était retombé sur eux. Samantha se sentait bien, blottie dans les bras de Roy. Elle n'avait pas besoin de parler. Au bout d'un moment, le jeune homme s'était levé.

— Il se fait tard. Je vais rentrer.

Comme de coutume, elle l'avait raccompagné jusqu'à la porte et lui avait tendu ses lèvres. Le baiser de Roy avait été dur, avide, ses doigts s'étaient enfoncés dans les épaules de Samantha. Puis, brusquement, il s'était dégagé et avait descendu les marches en courant sans se retourner une seule fois pour lui sourire.

Samantha avait refermé le battant, vaguement mal à l'aise. Cette soirée s'était achevée de façon curieuse... Sans doute était-ce encore une des sautes d'humeur de Roy. Elle s'était couchée en s'efforçant de ne pas y accorder trop d'importance.

Mais cette nuit avait marqué un tournant dans sa vie. Son univers heureux était sur le point de se briser, de voler en éclats. Elle ne s'en doutait pas encore au moment où elle s'était endormie.

Le lendemain soir, Roy l'avait appelée juste comme elle arrivait chez elle.

— Je me suis enrhumé, je vais rester au lit. Je ne voudrais pas vous contaminer.

— Buvez beaucoup de thé bien chaud et reposez-vous, lui avait-elle conseillé.

Il avait raccroché en marmonnant des remerciements. Le jour suivant, il n'était pas venu au bureau. Mais le surlendemain, à sa grande surprise, elle l'avait aperçu par la porte vitrée du laboratoire, en conversation avec un jeune chimiste. Elle avait essayé de l'appeler dans la soirée mais elle n'avait pas eu de réponse.

Les journées s'étaient succédé, toute une semaine avait passé. Au bureau, il travaillait avec acharnement puis disparaissait avant cinq heures. Samantha lui téléphonait chaque soir, en vain. Elle commençait à s'inquiéter sérieusement quand, le week-end, Roy avait enfin décroché.

— Que vous arrive-t-il ? s'était-elle exclamée, partagée entre le soulagement et l'irritation. Je n'arrive plus jamais à vous joindre !

— J'ai beaucoup réfléchi...

La phrase était tombée comme un couperet, sans appel, sans la moindre gentillesse pour en atténuer le choc.

— ... Nous ferions mieux de cesser de nous voir pendant quelque temps.

— *Comment ?* Qu'avez-vous dit ?

— Nous ferions mieux de ne plus nous voir, avait-il répété.

Elle avait senti sa main se crisper sur l'écouteur.

— Est-ce une plaisanterie, Roy ? Personnellement, elle ne m'amuse pas du tout.

— Je suis tout à fait sérieux.

Un voile avait brouillé sa vue.

— Mais je ne comprends pas, avait-elle balbutié d'une voix tremblante.

— Il est temps de mettre un terme à notre relation.

La gentillesse, elle le comprendrait plus tard, n'aurait servi à rien.

— Je ne comprends pas, pas du tout.

Elle ne trouvait rien d'autre à dire.

— Non, sans doute pas. Je n'attendais pas autre chose. C'est ainsi, voilà tout...

Samantha avait écarté le récepteur de son oreille, elle l'avait contemplé un instant comme s'il s'était mis à délirer, à parler dans une langue étrangère.

— ... Je suis désolé, avait-elle entendu.

— Pour l'amour du Ciel, Roy, que se passe-t-il ? *Pourquoi ?*

— J'ai besoin de temps pour réfléchir... à vous, à moi, à nous.

L'incrédulité la pétrifiait. Sa voix, ses mains ne lui

obéissaient plus, elles étaient comme engourdies. Samantha n'éprouvait aucune douleur, pas encore ; il était trop tôt pour cela. La souffrance viendrait plus tard. Pour l'instant, elle avait simplement l'impression de sombrer dans le vide, dans le noir et le silence.

— … Il le faut, poursuivait Roy. Je veux remettre de l'ordre dans mes pensées.

— *Remettre de l'ordre dans vos pensées !* avait-elle répété, sentant une colère incompressible sourdre en elle. Eh bien, à votre guise ! Et grand bien vous fasse !

Elle avait raccroché brutalement et s'était laissé tomber sur le divan, avec le sentiment de vivre un mauvais rêve. Des milliers de questions se bousculaient dans son esprit. Frissonnante, elle avait repris le combiné et composé le numéro de Roy. Elle ne pouvait pas se contenter de ces quelques paroles, il devait y avoir autre chose, une explication, une raison ?

Personne ne décrochait. Samantha avait refait les chiffres, laissé sonner une éternité avant d'abandonner. Elle était restée prostrée sur son siège pendant des heures ; elle ne se souvenait pas s'être levée pour aller dormir.

Au matin, après une nuit blanche, elle s'était aspergé le visage d'eau froide. La colère l'habitait à présent, protection idéale contre la souffrance, et la jeune fille l'attisait pour mieux se défendre. Il avait été si brutal ! si grossièrement brutal !

Des mois plus tard seulement, elle lui serait presque reconnaissante de cette sécheresse. Roy n'avait pas cherché à adoucir cette rupture parce que c'était impossible, il avait compris que la gentillesse est parfois la plus grande des cruautés. En blessant son amour-propre, en provoquant sa fureur, il l'avait aidée en un sens. La rage donne des forces, les larmes affaiblissent.

Des pleurs, il y en avait eu, beaucoup. Mais le courroux était toujours venu à sa rescousse. Et Amy, fidèle, avait su la ramener à la raison quand elle tendait à s'apitoyer sur son sort.

— C'est un complexé, avait-elle affirmé un jour. Certains hommes sont ainsi : ils sont attirés par les femmes brillantes mais dans une relation intime, ils se sentent rabaissés par elles et ils ne le supportent pas. Plus vous vous attachiez l'un à l'autre et plus cela lui devenait intolérable.

— Il ne m'a jamais fait l'effet d'un être complexé, avait rétorqué Samantha.

— Il s'en est bien caché. Il n'avait certainement pas l'intention de laisser les choses aller aussi loin entre vous.

Samantha n'avait rien répondu. Elle se demandait si Amy n'avait pas deviné juste : cela expliquerait peut-être les brusques sautes d'humeur de Roy, ces explosions imprévisibles dont elle avait été témoin parfois.

— ... Ou alors, avait repris Amy, il fait partie de l'autre catégorie.

— Laquelle ?

— Celle qui prend un plaisir malsain à éveiller l'amour des femmes et à les rejeter ensuite. C'est une forme de sadisme, en fait.

— Roy ? un sadique ?

Samantha en aurait presque ri.

— En quelque sorte, oui. Ces hommes-là aiment faire mal. Et pour bien y arriver, ils doivent d'abord gagner le cœur de leur victime. Ne prends pas cet air incrédule ! As-tu d'autres explications logiques à proposer ?

Samantha avait hoché la tête en signe de dénégation. Elle avait eu beau chercher toutes les causes pouvant justifier le comportement de Roy, rien de plausible n'en était sorti. Elle ne pouvait donc pas réfuter les arguments de son amie... mais elle ne parvenait pas non plus à les accepter.

Contre toute vraisemblance, la jeune fille avait continué à espérer quelque temps. Au bureau, elle avait fourni à Roy d'innombrables occasions de lui parler, de s'excuser, de revenir sur sa décision.

Mais il n'avait rien fait de tel. Il se contentait de la saluer d'un air distant quand il la croisait dans les couloirs. Pas une seule fois il n'avait tenté d'engager la conversation avec elle, ne serait-ce que pour éclaircir le mystère.

Les périodes de profonde dépression s'étaient mises à alterner avec de violents accès de fureur. Samantha ne comprenait toujours pas ce qui avait bien pu se produire. C'était comme si ces deux mois de bonheur avec Roy n'avaient jamais existé. La souffrance la hantait sans répit, elle ne connaissait plus un instant de repos.

Le voir quotidiennement ne l'aidait pas, bien sûr. Ils étaient amenés à se rencontrer régulièrement, lors des réunions, des conférences, au laboratoire. Ces contacts fréquents empêchaient sa blessure de se refermer.

Samantha avait atteint le fond du gouffre quand Roy s'était mis à courtiser Liza Manship. Oh ! il ne l'avait pas fait ostensiblement devant elle, c'était inutile ! Ils étaient vite devenus inséparables, et Samantha n'avait pas pu l'ignorer. Liza était le mannequin-vedette des parfums *Enchanté,* journaux et magazines se disputaient ses photos et les informations la concernant. Ses rendez-vous avec Roy Drummond n'avaient pas manqué d'être relatés et abondamment commentés.

Ce dernier choc avait attisé la fureur de la jeune fille. Elle avait décidé de rendre coup pour coup. Roy, sans doute, s'en moquerait éperdument, mais il fallait qu'elle agisse, pour elle-même. Jean-Paul s'était toujours montré très empressé, elle avait commencé à l'encourager.

Jusque-là, elle avait toujours refusé ses invitations ; quand elle s'était mise à les accepter, Jean-Paul, trop heureux de ce revirement, n'avait pas cherché à en connaître la raison. Ensemble, ils étaient allés dans les meilleurs restaurants de la ville et dans les clubs les plus renommés.

Au début, ç'avait été juste un jeu ; elle s'était servie de Jean-Paul comme d'un complice, inconscient mais tout à fait consentant. Et puis, peu à peu, elle avait oublié qu'il s'agissait d'un stratagème. Son nouveau compagnon était beau, attentionné, charmant ; Samantha s'était persuadée qu'elle avait retrouvé l'amour auprès de lui.

Chagrin et besoin d'amour forment un alliage

dangereux, ils amènent souvent à se duper soi-même.
Elle en avait pris conscience un soir, au terme d'une
semaine particulièrement éprouvante.

Depuis huit jours environ, elle rencontrait Roy et
Liza partout où elle allait. Ce vendredi-là, elle s'était
rendue au vernissage d'un célèbre peintre d'avant-
garde dans le quartier huppé de la ville. C'était ce
genre de réception où chacun se sentait tenu de
paraître mais où personne ne prêtrait grande attention à l'art.

Elle sirotait un cocktail quand Liza était arrivée,
suivie de Roy. Samantha avait pris le bras de Jean-
Paul et avait posé son verre.

— Partons d'ici.

— Comme vous voudrez, ma chérie, avait-il
acquiescé, toujours prompt à se soumettre à tous ses
désirs. Qu'avez-vous envie de faire ? Nous pourrions
aller boire un verre *chez Pierre* ?

— Excellente idée. Allons-nous-en.

Elle l'avait entraîné vers la sortie en essayant de
dissimuler sa fébrilité. Dans le célèbre bar de la
cinquième avenue, elle avait bu deux whiskys, reconnaissante de l'engourdissement que lui procurait
l'alcool, irritée d'être encore aussi affectée par la vue
de son ancien ami.

Quand Jean-Paul l'avait raccompagnée chez elle,
elle était toujours aussi agitée. Le jeune homme était
monté avec elle et était entré dans l'appartement à sa
suite. Une fois la porte refermée, il l'avait prise
aussitôt dans ses bras et l'avait embrassée. Samantha
n'avait pas cherché à se dérober ; elle l'avait laissé
écarter les fines bretelles de sa robe, ponctuer son

cou et ses épaules de petits baisers très doux.
Eprouvait-elle du désir pour lui ? Ou bien ressentait-
elle seulement une réaction automatique des sens, un
besoin purement physique ? Elle l'ignorait, elle ne
voulait pas le savoir. Jean-Paul était amoureux d'elle,
il la voulait ; n'était-ce pas suffisant ?

C'était si agréable, si satisfaisant d'être caressée,
enlacée, c'était si simple. Et elle en avait assez des
choses compliquées.

Il avait promené ses lèvres sur sa gorge sans
rencontrer de résistance. Samantha avait envie de
cette présence chaude, virile ; elle avait envie d'être
désirée. Elle l'aimait, s'était-elle assuré... et au
même instant, elle s'était mise à le repousser, mûe
par une certitude incontrôlable : Jean-Paul la laissait indifférente. Il était comme du champagne
éventé, comme un éclair sans foudre.

— Qu'y a-t-il, ma chérie ? avait-il chuchoté.

Gentiment, elle s'était dégagée.

— Je suis désolée, Jean-Paul, je ne peux pas. Pas
encore. Je ne sais pas encore quelle place vous
occupez dans mon cœur, et c'est important pour moi.

— Je peux vous aider à le savoir.

Elle avait esquissé un sourire sans gaieté.

— Non, j'ai besoin de le découvrir par moi-même.

L'impatience s'était peinte sur les traits de Jean-
Paul, assombrissant son beau visage, le durcissant
imperceptiblement.

— Vous n'y parviendrez jamais si vous refusez de
tenter l'expérience.

— C'est possible, mais j'ai besoin d'être sûre de
moi avant tout.

— Et comment serez-vous sûre ? Comment trou-
verez-vous la réponse ? Une petite voix vous la
soufflera ? ou vous aurez un rêve ? une vision ?

Il était furieux à présent.

— Je vous en prie, Jean-Paul, soyez patient.

— *Patient ! patient !* vous autres Américains n'avez
que ce mot-là à la bouche !… C'est bon, ma chère
Samantha, avait-il poursuivi en poussant un profond
soupir, je serai patient. Mais je vous préviens, je
parviens toujours à mes fins.

Il avait pris congé peu après, encore assez irrité, et
la vie avait suivi son cours régulier et sans surprise.
Et puis, le coup de téléphone de Roy l'invitant à
dîner avait à nouveau tout changé…

Samantha étira bras et jambes et revint au présent,
sourcils froncés dans l'obscurité. Rien. Elle n'avait
abouti à rien. Pas le moindre indice, pas le moindre
détail qui, étudié avec le recul du temps aurait pu
l'aider à mieux comprendre. Ses incursions dans le
passé lui avaient seulement donné une profonde
nostalgie, et lui avaient fait prendre conscience à quel
point elle avait aimé. *Avait* aimé, répéta-t-elle men-
talement ; au passé.

Mais pourquoi avait-elle besoin d'insister pour se
convaincre que ce sentiment était bel et bien mort ?

On ne cesse jamais d'aimer, dit-on. Et pourtant,
des êtres se séparent chaque jour…

Samantha se leva et alla se doucher. Elle avait fait
tout son possible, les nouveaux mystères restaient
aussi impénétrables que les anciens. Cette invitation
cachait quelque chose, elle en était sûre, mais elle ne

saurait jamais quoi. Roy l'avait traitée de façon abjecte, elle devrait l'en haïr. Peut-être le haïssait-elle, d'ailleurs, mais elle ne pourrait pas l'affirmer. A ce stade, elle ne savait plus du tout ce qu'elle ressentait pour lui.

En tout cas, elle devait oublier ce dernier agissement de Roy, l'effacer de son esprit comme on le fait avec les puzzles trop difficiles à résoudre.

Fini de s'interroger. Fini de fouiller le passé. Roy Drummond appartenait à un monde incompréhensible. D'autres univers s'ouvraient à elle, neufs, exaltants.

Samantha se coucha en se demandant pourquoi, malgré ses belles résolutions, elle avait toujours l'impression d'être un fétu de paille balloté par des courants contradictoires.

La fatigue. C'était tout simplement la fatigue. Et elle appela de tous ses vœux le sommeil réparateur qui lui rendrait ses forces.

3

SAMANTHA se jeta à corps perdu dans sa tâche. Elle travaillait chaque jour jusqu'à épuisement. Son bureau était devenu un quartier général où les allées et venues étaient incessantes. Frank Silberman lui apportait les chiffres de vente nationaux, Steve Adams venait lui expliquer les statistiques régionales, Jack Sanderson évaluait avec elle le coût approximatif de la campagne publicitaire, Tony Bianco lui soumettait projets d'affiches et d'emballages. Jean-Paul frappait dix fois par jour à sa porte ; Samantha se reposait sur lui pour les études de marché et les analyses de consommation.

Tous ces efforts portèrent leurs fruits ; à la fin de la semaine, Samantha fut prête à présenter un projet global et Mme Edwige convoqua une réunion au sommet.

La jeune fille était surexcitée. Les relevés et les faits qu'elle avait amassés étaient importants, certes, mais le succès d'*Enchanté numéro deux* dépendrait avant tout de données purement abstraites, nées de son imagination.

A l'heure-dite, elle rajusta sa veste bleue, cintrée à la taille, à la fois sobre et féminine, et entra dans la grande pièce blanche réservée aux conférences.

La plupart de ses collaborateurs étaient déjà installés autour de la grande table. Samantha s'assit, ouvrit son porte-documents et en sortit des photocopies qu'elle distribua. Tony Bianco prit place à côté d'elle et se pencha vers son oreille.

— Quelle série d'esquisses avez-vous choisie, finalement ?

— La troisième.

Il hocha la tête d'un air approbateur. En face d'elle, Jean-Paul lui sourit. Il était éblouissant dans son costume beige rehaussé d'une cravate d'or bruni.

Malgré elle, Samantha tourna les yeux vers la porte au moment où Roy entrait. Le jeune homme détourna aussitôt son regard, comme s'il voulait dissimuler quelque chose. Bien entendu, Liza était avec lui, vêtue d'un fourreau de satin chatoyant moulé sur son corps souple. Mme Edwige apparut enfin, en tailleur noir très strict. Elle prit son siège habituel, en bout de table, et se tourna vers Samantha.

Celle-ci se leva, dévisagea brièvement ses auditeurs, et commença son exposé.

— *Le numéro deux* est un parfum romantique, lança-t-elle. Il est délicat, subtil, léger et pourtant pétillant. C'est ainsi que nous devrons le lancer sur le marché. Les femmes d'aujourd'hui aspirent à la douceur et aux sentiments. Certes, il y a encore de la place pour les senteurs poivrées, sensuelles, érotiques, et pour les fragrances capiteuses et sophistiquées. Mais une nouvelle brèche s'est ouverte que nous pouvons combler. La femme moderne a acquis une nouvelle liberté, une plus grande indépendance. Mais elle a appris en même temps que cette liberté peut être vide de sens. Il lui manque quelque chose : l'amour, le romanesque, l'enchantement. La sexualité sans émotion est un leurre...

Samantha s'interrompit brièvement en surprenant un petit sourire amusé sur les lèvres de Jean-Paul. Entendait-il dans ce discours l'écho de leur discussion quelques semaines auparavant ? Dans ce cas, il se trompait, s'assura-t-elle. Elle tirait ses arguments d'études de marché tout à fait objectives et non pas de son expérience personnelle. Irritée, et vaguement inquiète, elle poursuivit.

— La liberté sexuelle n'est pas démodée, elle a simplement évolué. Le mot clé à l'heure actuelle, c'est la tendresse. Aussi, je suggère d'appeler notre nouveau parfum : *Tendresse...*

Elle vit l'expression approbatrice de Mme Edwige, le sourire enthousiaste de Tony Bianco.

— ... Porter *Tendresse,* ce sera être sensuelle, pleine de promesses, douce. *Tendresse* sera l'écho d'une émotion profonde. Tony a sélectionné plusieurs mannequins au visage séduisant, romantique, à la fois ardent et tendre. Vous trouverez toutes les données techniques sur les dossiers que je vous ai remis.

Samantha se rassit, jambes tremblantes. Mme Edwige rompit le silence la première.

— Cela me plaît. Cela me plaît beaucoup. C'est magnifique. Le concept, le nom, tout est excellent...

La jeune fille réprima un soupir de soulagement.

— ... Mais je veux avoir l'opinion de tout le monde. Tony ? Avez-vous des objections à formuler ?

— Aucune. Je saurai trouver les modèles appropriés. Avant tout, il faudra créer une bouteille. Je suggèrerai des teintes pastels, des roses et des jaunes très pâles peut-être.

La voix de Liza Manship retentit soudain et Samantha tressaillit, surprise.

— Je désapprouve entièrement ce projet. C'est un pas en arrière, une façon de tourner les aiguilles de l'horloge du temps à l'envers.

Elle fixait Samantha droit dans les yeux, d'un air glacial. Celle-ci parvint à rester calme.

— Au contraire, à mon avis c'est un nouveau progrès pour la femme moderne : elle a droit à la liberté sans sacrifier l'amour.

— Ridicule ! les femmes veulent être élégantes, sophistiquées, raffinées, désirables.

— Certaines d'entre elles peut-être, concéda Samantha, mais pas toutes. Et de toute façon, ce parfum n'exprime rien de tout cela, nous ne pouvons pas le présenter de cette façon.

— Mais si. Il suffit de lui donner cette image de marque, voilà tout.

— C'est vous qui essayez de remonter le temps, Liza, intervint Mme Edwige d'une voix aussi coupante qu'une lame de rasoir. Vous vous opposez au projet de Samantha pour deux raisons. D'abord, vous ne pouvez pas être le modèle de *Tendresse*. Vous n'avez pas le style qui convient. Même il y a quinze ans on

ne vous aurait pas choisie pour ce produit, mais
aujourd'hui c'est tout bonnement impensable. Votre
âge se voit, Liza, et vous le savez. La peau plus
tendue, les petites rides au coin des yeux… vous avez
besoin de plus en plus de temps pour vous maquiller
le matin, n'est-ce pas?

Liza rougit, perdit contenance.

— Je… je me contentais d'émettre une opinion,
balbutia-t-elle, mal assurée.

— Non, vous exprimiez votre peur et votre
égoïsme.

Le mannequin cherchait désespérément à se raccrocher à sa dignité. Samantha eut brusquement pitié
d'elle. Elle jeta un coup d'œil à Roy; celui-ci jouait
avec un crayon, le visage neutre, indifférent. Elle lui
en voulut; il pourrait au moins montrer un peu de
compassion pour son amie! mais non, il semblait
aussi détaché que s'il la connaissait à peine.

— C'est une excellente idée, décréta Mme Edwige
d'un ton sans réplique. Veuillez tous étudier scrupu-
leusement le dossier et vous mettre à l'œuvre.
Samantha se chargera de coordonner les différents
départements…

Elle se leva, signifiant ainsi la fin de la conférence.

— … Samantha, restez encore un moment je vous
prie.

La jeune fille se rassit tandis que tout le monde
sortait, Liza Manship en tête. Quand elles furent
seules, Mme Edwige lui posa la main sur le bras.

— Vous m'avez trouvée cruelle envers Liza… je
l'ai lu dans vos yeux, mon petit, ajouta-t-elle en
voyant l'air surpris de Samantha.

— Eh bien... oui, en effet, j'ai pu le penser. Je suis désolée de l'avoir laissé transparaître.

— Ne vous souciez pas des souffrances des autres, déclara Mme Edwige d'une voix péremptoire. Occupez-vous seulement du mal qu'on peut vous faire. Tout le reste est faiblesse. Si vous voulez atteindre le sommet en affaires, surtout dans notre profession, vous ne pouvez pas vous préoccuper des sentiments d'autrui. Vous ne devez pas vous éparpiller, vous aurez besoin de toute votre force pour vous-même. Laissez chacun démêler ses problèmes. C'est tout, vous pouvez disposer.

Samantha hocha la tête et prit congé. Mme Edwige lui avait donné ce conseil pour l'aider, pour lui faire profiter de ses années d'expérience. Samantha en était consciente, et elle regrettait de décevoir les espoirs de son employeur : malgré toute sa bonne volonté, elle ne pourrait jamais se plier à pareille exigence ; elle ne pourrait pas endurcir son cœur.

Elle y songeait encore quand elle arriva *chez Angelo,* où elle avait rendez-vous avec Amy. Angelo, un petit restaurant italien sans prétention, était une de leurs adresses favorites depuis longtemps. On y mangeait une cuisine simple, servie sur des nappes à carreaux rouges et blancs, dans une atmosphère à la fois intime et détendue. Elle y était souvent venue avec Roy...

Amy l'attendait déjà, et avec son intuition habituelle, elle remarqua aussitôt son expression préoccupée.

— Que t'arrive-t-il ? demanda-t-elle.

— Je t'expliquerai plus tard, assura Samantha.

Laisse-moi d'abord te raconter la réunion de ce matin.

Et, ravie, elle lui exposa son projet et l'accueil qu'il avait reçu.

— Mais c'est merveilleux, Sam ! tu as obtenu un véritable triomphe !

Samantha acquiesça joyeusement puis lui narra l'incident avec Liza Manship et sa conversation avec Mme Edwige.

— Cela ne m'étonne pas d'elle, commenta Amy en pinçant les lèvres d'un air dédaigneux pour imiter la présidente des parfums *Enchanté*.

— Hum, cet épisode ne doit pas améliorer ton opinion sur elle, grimaça Samantha.

— C'est tout à fait exact, *mon petit.*

Samantha rejeta impatiemment ses cheveux en arrière.

— Ne peux-tu donc pas comprendre ? Elle essayait de m'aider, voilà tout. Qu'on soit d'accord ou non avec son point de vue, elle l'a donné uniquement pour me guider.

— La mère vautour enseignant à ses petits à tuer. Comme c'est touchant !

— Tu es pleine de préjugés, l'accusa Samantha. Tu vois toujours son mauvais côté.

— Je vois surtout qu'elle s'efforce de détruire un être qui m'est cher, rétorqua Amy. Ouvre les yeux, Sam ! Tu es bonne, compatissante, tu es capable d'avoir de la peine pour les autres, une qualité rare de nos jours et Mme Edwige veut te l'extirper ! C'est un crime ! Et si j'ai un conseil à te donner, c'est de continuer à te soucier des autres, à compatir, à être émue par leurs problèmes et par leurs chagrins. En un mot, reste toi-même.

Samantha ne put s'empêcher de sourire.

— Cela compte-t-il aussi pour Roy Drummond ? Après tout, il a visiblement des problèmes !

Amy avala rapidement une bouchée de viande.

— Je t'ai dit de plaindre les autres, pas de te faire souffrir. Du reste, ne m'as-tu pas affirmé qu'il ne comptait plus pour toi ?

— C'est vrai, mais nous travaillons au même endroit. Je le vois toujours.

— Et donc, il t'intéresse toujours.

— Non, plus du tout.

Son amie la gratifia d'un regard gentiment incrédule.

— Certaines femmes sont faites pour un seul homme, soupira-t-elle... Et ce n'est peut-être pas si mal après tout.

— Quand le lancement de *Tendresse* sera terminé, je vais prendre des vacances. Viens avec moi, proposa Samantha.

— C'est une idée ; il n'y a rien de tel pour rompre de vieux liens... Mais tu as Jean-Paul, ajouta-t-elle très vite pour changer de sujet. Pourquoi chercher ailleurs ce que tu as à proximité ?

La jeune fille fit la moue et raconta comment Jean-Paul avait souri quand elle avait exposé sa conception de la femme moderne.

— Cela m'inquiète, avoua-t-elle. Ai-je vraiment confondu mes idées personnelles avec la tendresse actuelle ? Si c'est le cas, si je me suis trompée, tu sais ce que cela signifiera, n'est-ce pas ? Ma carrière sera terminée. Non seulement à *Enchanté,* mais partout ailleurs. Une erreur de plusieurs millions de dollars n'a jamais ouvert les portes.

— Ne t'inquiète donc pas ! Ton projet de campagne publicitaire est fantastique, j'en ai la conviction.

Samantha posa la main sur le bras de son amie.

— Merci. Tu sais toujours trouver les mots justes.

Les deux jeunes filles ne prolongèrent pas leur soirée trop longtemps. En rentrant, Samantha se mit aussitôt au lit. Trop fatiguée pour se tourmenter davantage, elle s'endormit très vite.

La semaine suivante se passa dans une atmosphère de fébrilité. Il s'agissait à présent de réaliser le projet élaboré par Samantha. Jean-Paul lui apportait une aide précieuse. Il n'avait pas son pareil pour obtenir la collaboration des secrétaires et des employés.

Le travail avançait. Tony Bianco avait créé un flacon original, il avait su trouver les couleurs idéales pour mettre en valeur le parfum et choisir les mannequins qu'il fallait. Le lancement du nouveau produit restait encore entouré d'un grand secret. Les différents départements de la maison ne disposaient chacun que de quelques éléments.

On en était à régler les derniers détails quand Mme Edwige convoqua une réunion. Jean-Paul, Sanderson, Tony Bianco et Samantha étaient conviés.

— Vous n'avez pas épargné vos efforts, je suis très satisfaite des résultats, annonça-t-elle. Mais ne l'oubliez pas, rien de tout cela ne serait arrivé si je n'avais pas découvert *Tendresse.* Il n'y aurait eu ni bouteille, ni affiches, ni promotion sans le parfum. J'ai su sauter sur l'occasion ; c'est la seule façon de gagner.

Quand vous trouvez une bonne affaire, il faut agir vite. Un instant d'hésitation et on est perdu.

Jean-Paul frôla le genou de Samantha sous la table.

— Bien parlé ! chuchota-t-il.

— Oui, approuva la jeune fille sans grande conviction.

Le petit discours de Mme Edwige la mettait mal à l'aise. Son employeuse semblait vouloir se justifier. Mais de quoi donc ? C'était bien inutile. Peut-être Mme Edwige était-elle gênée par sa réputation de femme impitoyable en affaires ?

Quelques jours plus tard, Samantha décida de faire des emplettes en sortant du bureau. Elle avait envie de s'offrir un pantalon vert pour aller avec un de ses chemisiers.

Hélas, ce genre d'article semblait être introuvable dans toute la ville. Elle allait abandonner quand elle trouva enfin l'objet de ses rêves dans une petite boutique, juste à l'heure de la fermeture. Satisfaite de son achat, elle rentra chez elle à pied. Un épais brouillard s'était abattu sur New York, il estompait toutes les formes et donnait un air d'irréalité aux rues et aux passants.

Elle atteignait les marches de son immeuble quand une silhouette émergea de la brume. Samantha battit des paupières, se demandant si l'obscurité ne lui jouait pas des tours. Mais l'ombre était toujours là, grande, mince, familière.

— Samantha, entendit-elle chuchoter.

Elle se réfugia dans la colère pour lutter contre l'émotion.

— Que faites-vous là ?

— Je dois absolument vous parler, implora Roy.

— Il me semble avoir déjà entendu ça quelque part, rétorqua-t-elle froidement.

Elle distinguait mieux ses traits à présent. Il paraissait soucieux, las, presque triste.

— Oui, c'est vrai, acquiesça-t-il. Mais cette fois, c'est différent…

Il se racla nerveusement la gorge, jeta un coup d'œil autour de lui et reporta son regard sur la jeune fille.

— … Je vous en prie, Samantha, laissez-moi vous parler quelques instants.

Elle hésita encore, mais très peu. Amy pousserait des grands cris, elle la traiterait de folle, d'insensée, mais Roy avait l'air si affolé, et elle avait tant de questions à lui poser !

— Voulez-vous entrer boire quelque chose ?

— Oui, oh oui !

Lui tournant le dos, elle gravit les marches, le visage neutre. Arrivée à sa porte, ses mains trahirent sa nervosité, il lui fallut quelques secondes pour déverrouiller la serrure. Agacée, elle poussa enfin le battant et désigna le divan.

— Asseyez-vous, je vais mettre de l'eau à bouillir.

Samantha n'avait pas vraiment eu l'intention de prendre ce ton péremptoire, mais elle en fut assez contente. Si quelqu'un méritait qu'on lui parle de la sorte, c'était bien Roy Drummond.

De sa cuisine, elle apercevait le salon. Elle vit Roy

s'installer au bord du canapé et jeter autour de lui des coups d'œil inquiets. Sourcils froncés, elle prépara du café instantané ; elle était trop impatiente de connaître la raison de sa visite pour prendre le temps d'en moudre.

Quand elle revint avec le plateau, il lui fit penser à un oiseau effarouché ; il semblait prêt à s'envoler au moindre geste. Roy prit sa tasse et la finit d'un trait. Samantha prit place en face de lui.

Elle aurait voulu adopter une attitude distante, dédaigneuse, mais son cœur se serrait : Roy n'avait pas l'air dans son état normal.

Il reposa sa tasse et poussa un long soupir.

— Merci, murmura-t-il. J'en avais besoin...

Sourcils froncés, il fixa le vide pendant quelques instants, puis reprit la parole en sautant sur ses pieds.

— ... Pour le restaurant l'autre soir... je suis désolé. J'ai eu tort.

— En effet, acquiesça-t-elle froidement.

— Je pensais pouvoir vous parler ce jour-là, mais cela n'a pas été possible.

Ses poings se serraient et se desserraient convulsivement.

— Vous n'êtes pas très clair, lui fit-elle remarquer d'un ton sec.

— Non, sans doute pas. Malheureusement, rien de ce que je pourrai vous dire ne vous paraîtra compréhensible, rétorqua-t-il d'un air malheureux. Mais je devais absolument vous voir. J'ai des choses à vous confier.

— Lesquelles ?

— Eh bien entre autres, que je n'ai pas arrêté de

penser à vous depuis que nous avons cessé de nous voir.

— *Nous* n'avons pas cessé, c'est *vous*, qui avez décidé de mettre un terme à notre relation. Ne déformez pas la vérité.

Roy baissa la tête.

— C'est bon, c'est bon, je suis d'accord. Quoi qu'il en soit, j'ai pensé à vous jour et nuit.

— Vous avez eu amplement l'occasion de m'en faire part…

Samantha sentait la colère la gagner. Elle entendait enfin les mots qu'elle avait attendus si longtemps, mais c'était insuffisant, elle avait besoin d'une explication. Le visage dur, elle le regarda.

— … Pourquoi justement aujourd'hui ?

— Parce que c'est ainsi.

— Roy, avez-vous des ennuis ?

Il esquissa un tout petit sourire et un flot de souvenirs poignants submergea la jeune fille.

— Pas de la façon dont vous le soupçonnez, assura-t-il. Et de toute façon, je ne suis pas venu ici pour parler de moi…

Lui prenant les deux mains, il la fit se redresser.

— … Je veux vous demander quelque chose, Samantha. J'implore votre confiance. C'est une grande exigence de ma part, je le sais, mais je voudrais tout de même que vous me l'accordiez. Vous devez comprendre que vous n'avez jamais cessé d'être importante pour moi.

Ses paroles résonnèrent dans le silence. Elle avait envie de les croire ; en fait, elle n'avait pas renoncé un seul instant à souhaiter les entendre. Mais il n'avait pas le droit de faire une telle requête. Il n'avait pas le droit d'exhumer le désir, les souffrances et d'exiger qu'elle les balaie comme si de rien n'était. Samantha lui en voulut.

— C'est effectivement beaucoup exiger, déclara-t-elle amèrement. Surtout si l'on songe à Liza Manship. Vous paraissiez fort bien vous consoler auprès d'elle.

Roy serra les lèvres.

— Je sais. Je me doute de l'effet que cela a eu sur vous. Mais je ne peux pas vous éclairer au sujet de Liza pour l'instant.

— Encore une énigme !

— Samantha, ma relation avec elle n'était pas ce qu'elle paraissait être à vos yeux, aux yeux de tout le monde. Je vous en supplie, vous devez me croire...

Ses mains remontèrent jusqu'aux épaules de Samantha et les étreignirent.

— ... On peut être avec quelqu'un et penser uniquement à quelqu'un d'autre. On peut accomplir tous les gestes, prononcer toutes les paroles sans être convaincu. Oui, c'est possible hélas !...

Samantha gémit intérieurement. Dieu ! comme elle le savait ! comme elle aimerait pouvoir lui faire confiance, effacer le passé, faire taire ses interrogations ! Il la tenait toujours et plongeait son regard dans le sien.

— ... Vous est-il vraiment impossible de le croire ? de le comprendre ?

Elle s'entendit répondre comme s'il s'agissait d'une autre.

— Non. Je comprends.

Il la contempla intensément, lisant sur son visage
l'émotion qu'elle ne cherchait même plus à dissimuler puis, brusquement, il l'embrassa, d'un baiser
ardent, profond. Samantha ne faisait pas un geste
pour s'écarter, elle retrouvait le goût de ses lèvres,
elle le reconnaissait et, aujourd'hui comme par le
passé, elle ne pouvait pas s'y soustraire...

Finalement, Roy releva la tête.

— Je suis encore obligé de vous cacher beaucoup
de choses, Samantha. Plus tard... plus tard vous
saurez tout. Mais je ne pouvais plus supporter de ne
pas vous voir, de ne pas vous tenir dans mes bras. J'ai
eu peur si longtemps !

— *Peur ?*

— Oui, peur de tuer chaque jour davantage ce qui
avait existé entre nous, peur que vous ne tombiez
amoureuse de Jean-Paul. Je n'aurais pas eu le droit
de vous en blâmer, mais je ne pouvais rien faire non
plus pour vous en empêcher et cette pensée me
rendait fou.

— Je ne suis pas tombée amoureuse, fit-elle
simplement... *Pourquoi,* Roy ? ajouta-t-elle en scrutant ses traits. Pourquoi m'avez-vous quittée et
pourquoi êtes-vous ici maintenant ?

Il fit un signe de dénégation.

— Je ne peux encore rien vous dévoiler. Laissez-
moi seulement vous enlacer et prêtez foi à mes
paroles.

Des lèvres, il caressait son visage, son cou, traçant
des sillons de feu qui l'embrasaient jusqu'au plus
profond d'elle-même. Elle voulait le croire, mais
comment le pourrait-elle ? Cette question effrayante

la hantait, malgré le trouble de ses sens. Il était là, devant elle, il l'enlaçait, il lui faisait goûter au bonheur des rêves devenus réalité. Il était revenu, les yeux pleins d'angoisse, certes, mais il était revenu n'était-ce pas là l'essentiel ? Elle s'était raccrochée à sa confiance en lui pendant si longtemps ; allait-elle la lui refuser à présent ?

Elle laissa sa bouche s'entrouvrir sous son baiser, ses bras se nouer autour de son cou. La douceur d'autrefois revint instantanément à la vie. Rien n'avait changé, elle retrouvait intact ce mélange de tendresse, d'émotion et de désir.

Roy entreprit de déboutonner son chemisier sans qu'elle fît rien pour l'en empêcher. La peau de la jeune fille vibrait, parcourue de multiples sensations exquises. Son compagnon tomba à genoux, effleura délicatement ses seins. Paupières closes, elle prit sa tête entre ses mains et la pressa contre elle. Très tendrement, il la força à s'allonger sur le tapis.

— Roy ! oh Roy !...

Il parcourait les courbes harmonieuses de son corps, provoquant un frisson d'une envoûtante volupté en Samantha.

— ... Oh mon amour ! Roy ! cria-t-elle, éperdue.

Elle fut emportée dans un tourbillon vertigineux de plaisir. Tout était bien, si bien ! le champagne pétillait, l'éclair tonnait, Roy et elle étaient à l'unisson.

— Tout est comme avant, chuchota le jeune homme, je revis ce que j'avais eu si peur de perdre.

Elle aurait voulu crier « oui », se perdre en lui, oublier tout le reste... mais les paroles de Roy la ramenèrent à la réalité, une réalité qu'elle ne pouvait pas nier, en dépit de son plaisir. Avec une impression de déchirement, elle roula sur le côté, s'arracha à son étreinte.

— Non ! haleta-t-elle, ce n'est pas juste ! Vous arrivez ici un beau soir et vous me demandez d'oublier le passé ? de l'effacer ? Non ! c'est injuste, vous ne pouvez pas exiger une chose pareille !

— Je veux seulement votre confiance, répondit-il d'un ton grave, presque triste.

— C'est encore trop ! vous n'avez pas le droit !

Furieuse, elle rassembla ses vêtements et les rajusta d'une main fébrile.

— Vous n'avez jamais cessé non plus de penser à moi, je le sais.

— C'est vrai, c'est parfaitement vrai. Mais je ne peux pas faire abstraction de tout le reste comme s'il ne s'était rien passé, rétorqua-t-elle rageusement.

Elle vit des prunelles s'obscurcir, se voiler de souffrance.

— Non, peut-être pas en effet, murmura-t-il. Vous avez raison, je n'avais pas le droit d'en espérer autant…

Il l'attira contre lui.

— … Pourtant, je suis heureux d'être venu.

— Moi aussi, Roy, assura-t-elle en lui serrant le bras. Restez avec moi, racontez-moi tout, aidez-moi à croire, à comprendre…

Il se redressa brusquement, comme s'il avait enfin décidé de tout lui avouer, mais au lieu de cela, il se détourna et se dirigea vers la porte.

— Roy ! Que faites-vous, appela-t-elle dans un sanglot.

— Je dois partir.

— Sans plus d'explication ? Vous arrivez ici, affirmez n'avoir jamais cessé de penser à moi, m'embrassez, et quand je demande à en savoir davantage, vous tournez les talons et vous partez ? Je ne vous comprends pas !

Roy s'arrêta et haussa les épaules.

— Non, c'est bien normal.

— Vous ne pouvez pas me traiter ainsi ! vous ne pouvez pas me quitter sans un mot. J'ai droit à des éclaircissements.

— Oui, tout à fait... Mais je ne peux pas, répéta-t-il, le visage empreint de souffrance. Pas encore.

— Je me suis comportée comme une idiote en acceptant de vous voir. Je me suis ridiculisée...

Il revint vers elle et lui caressa très tendrement la joue.

— Non, je vous en prie, ne croyez pas cela.

— Alors dites-moi que croire, supplia Samantha.

— Pas cela, c'est tout. Vous n'avez jamais été une idiote, ni ce soir ni aucun autre jour.

Et il l'embrassa à nouveau, doucement, avec amour. Samantha sentit le désir la gagner à nouveau. Elle aurait voulu ne plus jamais quitter l'étreinte de ses bras chauds et rassurants. Mais elle se força à s'écarter.

— Racontez-moi tout, Roy.

Il secoua encore la tête, comme si quelque chose le déchirait.

— C'est impossible. Plus tard.

— Je ne peux pas vivre ainsi... Roy, courez-vous un danger ?

— *Un danger ?* reprit-il avec un sourire amer. Nous sommes toujours cernés par le danger, d'innombrables accidents peuvent survenir.

— Ce n'est pas ce que je voulais dire et vous le savez.

Il retrouva son sérieux.

— Un danger ? répéta-t-il encore comme s'il y réfléchissait pour la première fois. Oui et non. Si tout se passe comme je le prévois, je ne courrai aucun risque.

Samantha eut une nouvelle bouffée de colère.

— Vous me demandez de vous croire, mais vous, manifestement, vous n'avez aucune confiance en moi !

— De la confiance ? Cela n'a rien à voir.

— Dans ce cas, de quoi s'agit-il ?

— C'est simplement que je ne suis pas sûr, je ne sais pas encore. Et je dois avoir une assurance... Ceci ne vous aide pas beaucoup j'imagine, ajouta-t-il avec un sourire dénué de gaieté, mais je ne puis vous en révéler davantage.

— En effet, cela ne m'aide pas du tout. De quoi n'êtes-vous pas certain ? De moi ?

— Ne m'interrogez plus, Samantha, je n'ajouterai rien... Souvenez-vous de ce soir, voilà tout ce que je vous demande, poursuivit-il d'une voix pressante en la serrant contre lui. Souvenez-vous que je ne vous ai pas menti, je ne vous ai pas trompée. Ne l'oubliez jamais. Et gardez encore ceci en mémoire : les choses ne sont pas systématiquement ce qu'elles semblent être. Rappelez-vous-en, mon amour.

— J'essaierai, mais vous ne me simplifiez pas la tâche.

— Mais puisque je ne *peux* pas !

La violence désespérée de sa voix la bouleversa.

— Et maintenant, Roy ? Quand vous reverrai-je ?

— Bientôt j'espère... Bientôt.

Il l'embrassa très vite, très fort, pivota sur lui-même et sortit en claquant la porte derrière lui. Samantha resta immobile, écoutant le bruit de ses pas décroître dans l'escalier. Le silence revint dans la pièce obscure. Elle était irritée, déroutée, et un peu effrayée.

Cette visite avait été si étrange... si étrange et si merveilleuse pourtant. Quoi que lui apportent les lendemains, elle chérirait le souvenir de cette soirée, comprit-elle. Un léger sourire se dessina sur ses lèvres. Roy était revenu. Sans explications, sans excuses vraiment claires, mais il était revenu. Elle n'avait jamais cessé de croire à son retour, elle aurait dû se sentir entièrement, complètement heureuse.

Mais son bonheur était voilé de mystère.

4

S AMANTHA bondit hors de son lit avant même d'entendre la sonnerie du réveil. Elle se doucha et enfila une robe rouge cerise : le temps radieux méritait bien qu'on se pare de couleurs vives. De multiples émotions se pressaient encore dans son esprit après sa soirée de la veille, mais une seule prédominait : le soulagement. Elle avait failli oublier ses rêves, se résigner à un amour sans feu. Oh ! qu'elle était heureuse de n'en avoir rien fait !

Sur le chemin du bureau, elle décida de ne rien raconter à Amy avant d'avoir de plus amples explications. Amy, aussi gentille soit-elle, avait trop les pieds sur terre. Elle risquerait de porter un jugement négatif sur la visite de Roy, sur les instants éblouissants qu'elle avait passés avec lui, simplement parce que le jeune homme n'avait pas répondu à toutes ses questions. Et Samantha n'était vraiment pas d'humeur à supporter la désapprobation.

Elle salua joyeusement Carole Hill en entrant et alla jeter un coup d'œil au laboratoire. Les plans de céramique, les éprouvettes et les cornues étincelaient. Roy n'était pas encore arrivé ; cela n'avait rien de surprenant, il était encore tôt.

Après s'être installée à sa table, elle consulta son agenda. Allons bon ! son rendez-vous avec Mme Edwige à onze heures et demie ! Elle l'avait entièrement oublié. En fredonnant, elle sortit son carnet de notes et son stylo. Ce jour-là, elle devait proposer des textes publicitaires pour les affiches. Elle s'adossa confortablement à son fauteuil et fit un effort de concentration.

Quand elle reposa enfin son stylo, sa page était remplie de petites phrases notées au hasard et il était l'heure d'aller trouver Mme Edwige. D'un pas léger, elle longea le couloir et entra dans le grand bureau blanc.

La présidente portait une robe turquoise soulignée d'or. En la voyant, elle sourit.

— Il s'est passé quelque chose hier soir, mon petit ?

Samantha, prise de court, essaya de dissimuler son étonnement.

— Pourquoi me demandez-vous cela ?

Mme Edwige fit un geste dégagé.

— Vous êtes resplendissante ce matin. Vous avez l'air d'une femme comblée.

— Je suis désolée de vous décevoir, j'ai simplement bien dormi, assura la jeune fille.

Madame accueillit cette réponse d'un petit air entendu. Décidément, cette femme était dotée d'une intuition tout à fait stupéfiante... et assez gênante. Samantha faillit lui avouer la vérité, mais elle s'en abstint : il était trop tôt, et puis il y avait Jean-Paul.

Néanmoins, Mme Edwige l'aurait chaleureusement félicitée de sa soirée, elle en était convaincue ; saisir l'occasion, profiter des plaisirs de l'amour... cela correspondait bien à son idée de la vie.

Plus tard. Elle aurait bien le temps de tout lui confier plus tard, quand la situation serait claire. Pour l'instant, il fallait travailler.

Au bout d'une demi-heure, Mme Edwige écarta les bras en signe de désespoir. Aucun des slogans écrits par Samantha ne lui plut.

— Rien, rien et rien ! déclara-t-elle fermement. On ne retrouve nulle part l'esprit du parfum...

Elle se leva en repoussant sa chaise.

— ... Nous avons besoin de *Tendresse* pour nous aider. Je vais vous le chercher, Samantha. Le respirer vous donnera des idées.

La jeune fille acquiesça et la regarda contourner la table et se hâter vers le coffre-fort. Puis elle reporta son attention sur son carnet de notes en faisant la grimace. Mme Edwige avait raison, elle n'avait pas d'inspiration ce matin. Elle tournait et retournait des formules dans sa tête quand un cri déchira le silence.

Elle lâcha son stylo et bondit sur ses pieds. Un nouveau hurlement retentit. C'était la voix de Mme Edwige. Samantha allait courir la rejoindre quand elle apparut, hagarde, les yeux exorbités, laissant échapper un flot de paroles incohérentes en français et en anglais.

— Disparu !... parti !... Mon Dieu, mon Dieu, on l'a volé !

Elle s'affaissa dans les bras de Samantha en gémissant. Celle-ci la fixa d'un air incrédule.

— Voyons, ce n'est pas possible. Le coffret a dû tomber par terre.

— Impossible ? Voyez vous-même !

Avec un sanglot, elle se précipita vers le téléphone. Ses exclamations avaient dû alerter toute la maisonnée. La porte du bureau s'ouvrit en grand ; Jean-Paul s'engouffra dans la pièce, suivi de Tony Bianco. Samantha alla dans la chambre forte.

Le réduit était uniquement meublé d'une tablette, vide à présent. La boîte de velours bleu n'était nulle part en vue.

Samantha se baissa, examina soigneusement le sol, puis tous les recoins. Elle se redressa en fronçant les sourcils.

— Rien, murmura-t-elle pour elle-même.

Le coffre était vide. Elle revint dans le bureau. Jean-Paul et Tony étaient toujours là, bras ballants, le visage consterné. Mme Edwige parlait au téléphone.

— Oui, immédiatement. Envoyez-moi le commissaire, des inspecteurs, vos meilleurs hommes. Oui, les parfums *Enchanté*. Tout de suite. Merci.

Elle raccrocha et se laissa tomber sur un fauteuil en respirant difficilement. Apercevant la jeune fille, elle lui fit signe d'approcher.

— Il n'y est pas, n'est-ce pas ? On l'a volé !

Samantha hocha la tête à contrecœur.

— Il n'est plus là en effet. Quant à affirmer qu'il a été dérobé...

— Et comment croyez-vous qu'il soit sorti ? En volant de ses propres ailes ? s'exclama Mme Edwige. Et le contrat a également disparu !

— Mais qui ?… Comment ? balbutia Jean-Paul d'un air atterré.

— Comment le saurais-je ? rétorqua sa tante en se tassant sur son siège. Mais j'en aurai le cœur net. Je découvrirai le coupable. La police va arriver d'un instant à l'autre…

Elle était d'une blancheur de craie, son front était moite.

— … C'est une catastrophe, gémit-elle, un désastre !

— Je vais te chercher de l'eau, proposa son neveu.

— De *l'eau* ? Je veux du cognac, âne bâté, du cognac !

Tandis que Jean-Paul sortait la bouteille et des verres du petit bar, Samantha s'écroula sur une chaise à son tour, prise d'une faiblesse subite. Après la surprise et l'incrédulité venait l'horreur. L'énormité de cet acte la stupéfiait. C'était impossible aurait-elle voulu affirmer, mais la porte béante du coffre-fort vide prouvait le contraire. Elle jeta un coup d'œil à Tony Bianco, le vit hausser les épaules d'un air perplexe. Jean-Paul avait généreusement servi sa tante. Celle-ci avala l'alcool d'un trait.

— Nous en aurons tous besoin, murmura le jeune homme en tendant des verres à la ronde.

Samantha but une gorgée et sentit le liquide lui brûler la gorge et se répandre dans ses membres. Mme Edwige fit signe qu'elle en voulait encore. Après avoir terminé sa deuxième rasade aussi vite que la première, elle reprit un peu de couleurs. Une rage implacable remplaçait à présent son expression défaite.

— Celui qui a fait cela connaissait *Tendresse,* articula-t-elle. Il savait que ce parfum valait des millions.

— Quelqu'un de l'extérieur en aurait entendu parler, voulez-vous dire ? s'enquit Samantha.

— On ne peut jamais garder entièrement le secret. Vous connaissez nos concurrents ; ils feraient tout pour ruiner la maison...

L'interphone bourdonna, Mme Edwige le saisit.

— ... La police est là, annonça-t-elle.

Deux secondes plus tard, un homme de haute taille vêtu d'un élégant costume beige fit son apparition. Ses yeux bruns pétillaient d'intelligence dans son visage anguleux. Il était suivi d'un collègue, plus petit, trapu, et moins bien habillé.

— Détective Acheson, se présenta-t-il. Et voici l'agent de police Carlton.

Mme Edwige ne cacha pas sa déception. Elle aurait voulu avoir des hommes plus haut placés. Le charme du détective la rasséréna néanmoins. Elle nomma tous les gens présents et raconta la découverte du vol. Tandis que le détective Acheson l'écoutait, son adjoint alla examiner le coffre. Il revint au moment où Mme Edwige achevait son récit.

— La porte n'a pas été forcée, annonça-t-il. Ils avaient une clé.

— *Ils ?* répéta Mme Edwige.

— Eux, lui, elle, qu'importe, répondit Carlton. En tout cas, on s'est servi d'une clé.

— Mais comment l'auraient-ils obtenue ? C'est impossible ?

— Apparemment pas, la contredit aimablement

Acheson… Demandez au laboratoire de relever les empreintes digitales, ajouta-t-il en se tournant vers son collègue. Mais à mon avis, ils n'en trouveront pas… Vos noms, adresses et numéros de téléphone je vous prie.

Chacun s'exécuta et il rassembla les fiches. Puis il passa à l'interrogatoire proprement dit. Il ne souriait plus du tout, remarqua Samantha.

— Qui connaissait l'existence de ce parfum et l'endroit où on le gardait ?

— Tous les gens présents, répóndit Madame. Et Jack Sanderson, notre comptable, Frank Silberman, le chef des ventes, Steve Adams, directeur régional, Liza Manship, notre mannequin-vedette… Ah oui ! Et Roy Drummond, chimiste.

— Neuf personnes en tout ? soupira Acheson d'un air abattu.

— Et Carole Hill, naturellement. C'est ma secrétaire.

— Dix. Et vous appelez cela un secret !

— Ce sont tous des employés de confiance.

— Faites-les venir tous à l'exception de la secrétaire. Nous lui parlerons plus tard…

Jean-Paul décrocha l'interphone et donna des ordres.

— Qui avait les clés du coffre ? s'enquit encore le détective.

— Eh bien moi, bien sûr, mon neveu, Jean-Paul, et Miss Coolidge.

— Personne d'autre ?

— Non, c'est tout, confirma Samantha. Il y a trois jeux de clés.

Jack Sanderson arriva, suivi de Steve Adams et de Liza Manship. Le détective nota leurs coordonnées.

— Où est Roy Drummond ? demanda-t-il.

Samantha s'était posé la même question en son for intérieur. Mme Edwidge s'empara de l'interphone. Carole lui répondit aussitôt.

— M. Drummond n'est pas venu aujourd'hui.

Sa voix avait clairement résonné dans la pièce. Samantha vit M. Acheson hausser un sourcil, échanger un regard avec son adjoint. Un bref silence s'abattit. Puis Mme Edwige poussa un gémissement étranglé.

— Roy !... Les clés !...

— Je croyais que trois personnes seulement les possédaient ?

Mme Edwige se leva lentement, les yeux écarquillés.

— Je lui ai prêté les miennes il y a quelques jours. Il avait besoin de comparer les échantillons du laboratoire avec l'original toutes les heures, c'était plus simple de lui laisser le trousseau... Mais il me l'a rendu ; ajouta-t-elle.

— Il suffit de quelques minutes pour faire faire un double, souligna posément le policier.

Madame le dévisagea d'un air hébété. Les mains de Samantha se crispèrent sur le dossier du siège.

— Vous portez là une grave accusation, ne put-elle s'empêcher de dire. Vous semblez affirmer que Roy Drummond a volé le parfum.

— Je n'ai rien prétendu de tel, Miss Coolidge. Je me suis contenté de souligner combien il est facile d'obtenir des copies... Quelqu'un sait-il où se trouve

M. Drummond aujourd'hui ? s'enquit-il à la canto-
nade.

Personne n'en avait la moindre idée.

— Pas même vous, Liza ?...

En attendant la question de Mme Edwige, le
détective arqua un sourcil interrogateur.

— Roy et Liza sont très liés depuis plusieurs mois,
expliqua-t-elle.

— Je ne l'ai pas vu hier soir, affirma le mannequin.

— L'appartement de Drummond n'est pas loin.
Allez voir s'il y est, ordonna le détective à M. Carlton... A présent, j'aimerais demander à chacun
d'entre vous son emploi du temps d'hier soir...
Commençons par monsieur Dumont.

Jean-Paul acquiesça aimablement.

— J'étais dans une discothèque, le *Studio*.

— Avez-vous des témoins ?

— De nombreuses personnes m'y ont vu.

— Leurs noms ?

— Bruce, le barman, Tim Coulmont, le propriétaire, Mélanie, la femme du vestiaire.

— Ça suffira. Monsieur Bianco ?

— J'étais à un dîner de famille jusque vers minuit.

— Où cela ?

— Chez mon oncle, Mike Bianco. 24, Spring
street.

Acheson nota ces indications et interrogea Jack
Sanderson. Tout se déroulait dans le calme. Ce
policier était efficace et aimable. Tandis que chacun
racontait où il avait passé la soirée, Samantha sentait

la nervosité la gagner. Acheson allait la questionner à son tour quand Carlton revint.

— Drummond n'est pas chez lui. Il est parti.

— *Parti ?* répéta Mme Edwige.

— Il a déménagé. Son appartement est vide, il a emporté toutes ses affaires.

Samantha se demanda si les battements de son cœur étaient audibles dans toute la pièce. La présidente poussa un cri.

— Roy Drummond ! Oh mon Dieu !

Liza avait l'air stupéfaite. Jean-Paul courba les épaules.

— C'est incroyable ! Je ne sais quoi dire ! balbutia-t-il.

— Eh bien ne dites rien, lui conseilla le détective. M. Drummond a peut-être changé d'appartement justement aujourd'hui, par coïncidence. Dans ce cas, il reviendra demain.

Samantha eut un élan de reconnaissance pour lui. Cet homme était bon.

— Le croyez-vous vraiment ? s'enquit Jean-Paul.

— Non, mais nous le saurons vite...

La jeune fille revint aussitôt sur sa bonne opinion de lui.

— ... Envoyez un A.D.R. au nom de Drummond, ordonna-t-il à son adjoint.

— Qu'est-ce ? demanda-t-elle.

— Un avis de recherche.

— Nous avons sa photo dans nos fichiers, l'informa Jean-Paul.

Il sortit avec Carlton pour la lui donner et Acheson se tourna vers Samantha.

— Bien, achevons l'interrogatoire de routine. Où étiez-vous hier soir, Miss Coolidge ?

Elle s'efforça de ne pas trembler.

— Chez moi.

— Seule ?

Le moment tant redouté arrivait. Il était hors de question de dévoiler la vérité. *J'étais dans les bras de Roy Drummond...* Quel bel effet de surprise ! Non, elle ne compromettrait pas Roy davantage. Du reste, cela ne lui serait d'aucune utilité ; il l'avait quittée assez tôt pour revenir au bureau éventuellement.

— Oui, seule, affirma-t-elle en souriant. J'ai acheté un pantalon chez Delbert juste avant la fermeture, vers neuf heures. Je dois encore avoir le reçu. La caissière se rappellera certainement de moi. Ensuite, je suis rentrée et je me suis mise au lit tout de suite.

Allons ! c'était presque la vérité, se réconforta-t-elle. Acheson referma son calepin.

— Merci. Si j'ai d'autres questions à vous poser, je vous contacterai. Et si quelqu'un se souvient d'un élément susceptible d'aider l'enquête, qu'il m'appelle au commissariat.

— Mais qu'allez-vous faire à propos de Roy Drummond ? s'enquit Mme Edwige d'une voix inquiète.

— Le retrouver.

Et, sur cette phrase laconique, il sortit avec son adjoint, laissant l'équipe des parfums *Enchanté* dans un état de choc. Peu à peu, chacun quitta la pièce. Samantha resta seule avec Mme Edwige et Jean-Paul. La directrice avait l'air furieuse.

— Je ne peux pas croire que Roy ait subtilisé *Tendresse,* soupira Samantha. Et vous ?

— Quelqu'un s'en est bel et bien emparé, grommela Mme Edwige. Et Roy a disparu, envolé, sans laisser de traces. Pour moi, c'est suffisant.

— Mais pourquoi l'aurait-il pris ?

— Pourquoi les gens volent-ils ? Pour l'argent ! Cet échantillon vaut des millions. Roy est chimiste, il saura l'exploiter.

— Je refuse de le croire, répéta fermement la jeune fille. Cette histoire m'a rendue malade. Je rentre chez moi.

— Et moi ? Dans quel état pensez-vous que je sois ? Oh ! partez ! partez ! de toute façon, il n'y a rien à faire ici. Jean-Paul me tiendra compagnie.

— Certainement, acquiesça celui-ci avec sollicitude.

Sur le pas de la porte, Samantha s'arrêta et se retourna.

— Je suis désolée, dit-elle gentiment. C'est épouvantable, mais tout se finira bien, j'en suis sûre.

Mme Edwige lui répondit par un bref ricanement sceptique. Samantha sortit, alla prendre son sac à main dans son bureau et descendit. Il était cinq heures passées, presque tout le monde était déjà parti. En voyant son reflet dans les portes vitrées du hall, elle ralentit le pas. Sa robe rouge lui paraissait une provocation à présent.

Dehors, elle héla un taxi et s'installa à l'arrière en fermant les yeux, refusant de réfléchir avant d'arriver chez elle. Une fois rentrée, elle se prépara une tasse de thé, éteignit toutes les lumières et s'assit au salon.

Une sourde migraine lui martelait les tempes. Cette journée avait été éprouvante, elle avait besoin de remettre de l'ordre dans ses idées. Le mieux était de reprendre au commencement, à savoir la visite de Roy, la veille au soir.

Elle était intimement convaincue d'une chose ; Roy n'était pas un criminel, ni un voleur. Mais un autre fait s'imposait à elle, incontournable : Roy avait des ennuis. Toutes ces choses dont il n'avait pas pu, ou pas voulu parler hier soir avaient une signification. Mais laquelle ? Elle se souvenait de son regard troublé, de sa tension, de sa nervosité. Et surtout, elle entendait encore les mots qu'il avait prononcés : « Les choses ne sont pas toujours ce qu'elles semblent être ». Samantha se les répéta à voix basse. A présent, elle en saisissait le sens. Roy avait su, ou soupçonné que le vol aurait lieu.

Mais pourquoi ne s'en était-il pas ouvert à elle ? C'était évident, il ne le pouvait pas. Il était tenu au silence. D'une façon ou d'une autre, il avait dû jurer le secret, à cause de quelqu'un ou de quelque chose. Elle pensa aussitôt à Liza. Celle-ci était-elle impliquée dans l'affaire ? Roy l'avait-il appris et s'était-il senti incapable de la trahir ? Et qui d'autre était complice ? Liza n'était pas capable de fomenter un tel complot seule.

Samantha avala son thé d'un trait. Dans quelque direction qu'elle aille, elle se heurtait à des hypothèses insupportables. Il y avait des traîtres dans l'entourage proche de Mme Edwige. Plus personne n'était à l'abri du soupçon. Mais d'un autre côté, n'était-il pas haïssable de lancer des accusations au hasard ? sans preuve? Elle se perdait en conjectures qui ne reposaient sur rien.

Ces bras qui l'avaient enlacée la veille... ce n'étaient pas ceux d'un voleur. Les lèvres qui l'avaient embrassée n'étaient pas celles d'un criminel. Son cœur, ses sens le lui affirmaient. Et elle les croyait, songea-t-elle avec une étincelle de joie.

Hier soir, elle avait retrouvé la vie, grâce à Roy. Il était revenu à elle, malgré ses problèmes, pour lui prouver son amour et implorer sa confiance. Cette certitude brillait comme un phare dans la nuit du doute et de l'inquiétude.

Les deux notes de la sonnette d'entrée déchirèrent le silence. Samantha sursauta, renversant les dernières gouttes de thé.

— Amy! soupira-t-elle.

Elle n'y avait plus pensé; son amie devait venir l'aider à couper une nouvelle robe. Samantha alluma la lumière et alla ouvrir. Amy lui lança un regard pénétrant.

— Que se passe-t-il? Tu as l'air d'un spectre!

Samantha n'hésita pas; elle avait besoin de se confier à quelqu'un, Amy serait l'interlocutrice idéale.

— Assieds-toi, lui enjoignit-elle. Cela vaudra mieux pour ce que j'ai à t'annoncer...

Amy obéit.

— ... On a volé le parfum.

— *Tendresse*? s'écria la jeune fille d'une voix étranglée.

— Le flacon, et le contrat.

— Mon Dieu!

— La police est venue. Ils ont passé l'après-midi à nous interroger…

Elle s'assit à son tour et raconta toute l'histoire, depuis le cri de Mme Edwige jusqu'à la découverte de la disparition de Roy. Quand elle eut terminé, Amy siffla entre ses lèvres et l'observa d'un air critique.

— Quelle affaire ! Tu sembles convaincue de l'innocence de Roy… Alors tu rejettes toutes les apparences ? ajouta-t-elle comme Samantha hochait la tête. Sans plus de formalités ?

— Non, pas « sans plus de formalités », rétorqua-t-elle…

Elle prit une profonde inspiration, et lança :

— … Roy est venu ici hier soir… Oui, tout ce que tu penses est vrai, et plus encore.

Amy, bouche bée, fit un effort pour se ressaisir.

— Eh bien ! Tu ne cesses de me surprendre, ce soir ! Un vrai prestidigitateur !

Samantha ne releva pas la boutade et entreprit de lui répéter tout ce que Roy lui avait dit, achevant par la phrase qui ne cessait de résonner dans son esprit.

— Les choses ne sont pas toujours ce qu'elles semblent être… Ne comprends-tu pas ?

— Je comprends en tout cas une chose : pour toi, c'est la preuve qu'il est innocent.

— Exactement. Quelle autre explication pourrais-tu trouver ?

— Il n'y en a beaucoup d'autres, assura Amy d'un ton impatienté.

— Par exemple ?

— Eh bien il peut vouloir te recontacter par la

suite et pour ce faire, il a besoin que tu sois convaincue de son intégrité.

Samantha resta silencieuse quelques instants.

— Je n'y avais pas songé, concéda-t-elle, mais je n'y crois pas.

— Pour l'amour du ciel, Sam, comment peux-tu être aussi catégorique ? Il ne serait pas le premier à se servir d'une femme !

— Non, c'est impossible, insista-t-elle. A cause d'hier soir, à cause de ce qui s'est passé entre nous. Appelle cela comme tu voudras ; une intuition, une certitude du cœur, un...

— J'appelle cela de l'aveuglement.

— Merci beaucoup, se renfrogna la jeune fille.

Amy ne se montrait vraiment pas compréhensive... Celle-ci, apitoyée, fit un effort de conciliation.

— En d'autres termes, tu affirmes que tu ne pourrais pas être amoureuse d'un criminel, n'est-ce pas ?

— Oui, c'est à peu près cela.

— Le malheur, Sam, c'est qu'on se trompe trop souvent sur l'homme que l'on aime. Les hommes les plus charmants, les plus attirants se révèlent fréquemment être de sinistres individus ; plus d'une femme a appris cette dure leçon. Demande autour de toi, tu verras bien les réponses.

— Voilà une affirmation tout à fait cruelle, décréta froidement Samantha, blessée par l'attitude d'Amy. Les amis sont censés compatir et aider. Tu ne fais ni l'un ni l'autre.

— L'ami est celui qui te dit ce que tu refuses

d'admettre quand il le faut. L'ami est celui qui ne veut pas te voir souffrir inutilement.

Samantha se mordit la lèvre d'un air penaud.

— Pardonne-moi, murmura-t-elle en enlaçant sa compagne. Tu as toujours été et tu restes ma meilleure amie. Seulement, je suis certaine d'avoir raison. Roy n'est pas un banal voleur.

— Dérober un parfum d'un million de dollars n'a rien de banal...

Voyant le chagrin se peindre sur le visage de Samantha, elle la serra contre elle.

— ... Excuse-moi, c'était méchant. Je retire cette phrase. Ecoute, peut-être ton intuition est-elle juste, et peut-être pas. Pour l'instant, tu peux uniquement attendre de voir.

— Je sais que je ne me trompe pas, Amy, je le sais, fit-elle d'un ton implorant.

— Dieu bénisse les romantiques, conclut son amie. Ils nous donnent de l'espoir même quand ils ont tort...

Elle se leva et rassembla ses affaires.

— ... Je suis trop surexcitée pour m'occuper de couture. Je rentre. Quant à toi, tâche de dormir un peu, tu en as besoin.

Samantha acquiesça, verrouilla la porte derrière Amy, se déshabilla et se coucha. Elle avait redouté de ne pas trouver le sommeil, mais elle y sombra aussitôt, pour ne plus penser, pour ne plus entendre les propos trop rationnels d'Amy.

Elle passa cependant une nuit agitée ; en se réveillant, elle trouva ses draps et ses couvertures roulés pêle-mêle au pied de son lit. Une longue douche brûlante ne lui apporta guère de réconfort. Elle mit son tailleur bleu marine, sévère, le seul approprié à cette journée.

Jean-Paul était dans le bureau de sa tante quand elle arriva.

— Madame ne viendra pas aujourd'hui, elle a une migraine terrible. Cette affaire l'a beaucoup affectée.

Samantha murmura quelques mots compatissants sans grande conviction ; Mme Edwige ne se laissait jamais abattre par quoi que ce soit. Le jeune homme s'approcha d'elle et lui prit les mains.

— Pauvre petite Samantha ! sourit-il, si sentimentale, si désireuse de voir seulement le bon côté des gens !

— Que voulez-vous dire ?

— Vous étiez désolée pour Roy Drummond, hier. Je l'ai lu dans vos yeux. Vous avez essayé de le dissimuler, mais vous étiez bouleversée.

— Eh bien apparemment, je n'ai pas su cacher mes sentiments, rétorqua-t-elle d'un ton coupant.

— Ah ! mais je vous connais tellement mieux que les autres !... que le détective Acheson surtout.

— Que direz-vous si Roy Drummond déménageait bel et bien hier ?

Le sourire de Jean-Paul se fit presque tolérant.

— Malheureusement, c'est fort improbable, très chère. M. Acheson a appelé ce matin. La police s'est renseignée dans tous les endroits du quartier où l'on fait des doubles de clés. Un serrurier s'est souvenu avoir reproduit une clé de coffre-fort récemment. Ce n'est pas un travail courant, il n'a pas eu de mal à s'en rappeler.

Le cœur de Samantha se serra.

— C'était Roy ?

— Hélas, il ne sait plus qui la lui a apportée. Les cordonniers se remémorent des chaussures, pas des clients. Il en va de même pour tous les corps de métier...

Elle reprit espoir, mais pour peu de temps.

— ... Toutefois, il s'agissait d'un homme, il a pu l'affirmer avec certitude...

La jeune fille s'efforça de ne pas trahir sa déception. Soudain, Jean-Paul l'embrassa, très gentiment.

— ... Vous aussi vous êtes très touchée par cette histoire. Peut-être dévriez-vous rentrer chez vous vous reposer aujourd'hui.

— Non, j'ai du travail. Je préfère m'occuper l'esprit, assura-t-elle en se dégageant.

Jean-Paul hocha la tête, Samantha parvint à esquisser un sourire et sortit. Dans son bureau, elle se laissa tomber sur sa chaise, atterrée.

Sa dépression s'accrut encore au cours de la journée. Jack Sanderson passa la voir pour discuter du vol, elle le coupa court. Elle agit de même quand Tony vint à son tour ; elle n'avait nullement envie d'entendre ses collègues accuser Roy.

Du reste, elle-même se méfiait de tout le monde à présent. N'importe qui pouvait être le coupable, il lui semblait que la maison regorgeait de traîtres et d'ennemis. Et elle ne voulait pas se laisser emporter sur la pente dangereuse du soupçon.

Dans l'après-midi, le détective vint : il voulait

communiquer une nouvelle information à Mme Edwige. Carole appela Samantha, celle-ci arriva dans le bureau de la présidente en même temps que Jean-Paul. Acheson leur jeta à tous les deux un coup d'œil intrigué.

— Mme Edwige n'est pas venue aujourd'hui, expliqua Samantha.

— Samantha est l'assistante de Madame, renchérit Jean-Paul. Toutefois, ma tante m'a chargé de m'occuper personnellement des suites de cette affaire. .

Surprise, Samantha se tourna vers lui. Jean-Paul haussa les épaules d'un air d'excuse.

— ... Elle voulait vous en avertir ce matin, ma chère Samantha. Elle estime qui vous avez déjà suffisamment de travail pour ne pas vous imposer ce fardeau supplémentaire.

C'était une explication raisonnable, très raisonnable... Pourtant, Samantha ne put s'empêcher de se demander si cette idée venait bien de Mme Edwige... Allons bon ! voilà qu'elle se remettait à voir des complots partout !

Manifestement, le détective se moquait évidemment de savoir qui serait son interlocuteur.

— Eh bien l'un ou l'autre d'entre vous pourra annoncer à Mme Edwige que Roy Drummond a pris l'avion pour Londres hier soir, déclara-t-il.

— Seigneur ! il a déjà quitté le pays ? s'écria Jean-Paul.

La gorge de Samantha était brusquement trop sèche pour émettre le moindre son.

— Cela va nous compliquer la tâche, mais j'ai déjà

envoyé un mandat d'arrêt et notifié les autorités anglaises.

La jeune fille toussa, retrouva sa voix.

— Comment savez-vous qu'il s'agissait bien de lui ?

— Une hôtesse l'a formellement identifié d'après un cliché... En attendant, nous poursuivons notre enquête ici.

— Dans quel but ? s'étonna-t-elle.

— Nous pouvons trouver des pistes, des indices nous révélant où il a bien pu aller. En outre, peut-être n'a-t-il pas agi seul. C'est fréquent dans ce genre d'affaires.

— Vous avez raison, acquiesça Jean-Paul.

Samantha, elle, resta silencieuse, le visage impassible. La remarque d'Acheson confirmait son hypothèse : Roy devait vouloir protéger quelqu'un, ou être réduit au silence pour une raison inconnue.

— Nous n'abandonnerons pas nos recherches, promit le policier en prenant congé.

Samantha se hâta de regagner son bureau pour ne pas avoir à discuter avec Jean-Paul. Elle ne fut pas longue à rassembler ses affaires pour rentrer chez elle.

Une fois à la maison, elle enfila une longue robe d'intérieur et s'allongea en travers du lit. Les pensées menaient une ronde infernale dans son esprit.

Il n'était plus possible de nier la participation de Roy à ce vol à présent. Bien sûr, l'employée de la compagnie aérienne pouvait s'être trompée ; une petite photo d'identité est souvent assez floue. En outre, le serrurier se souvenait seulement avoir vu un homme, cela ne prouvait rien du tout. Jack Sanderson était un homme, Rony Bianco, Jean-Paul et Steve Adams aussi...

Jean-Paul... Le simple fait de *penser* à son éventuelle culpabilité était absurde. Pas lui, le neveu, le favori de Mme Edwige !... Pourtant, elle ne pouvait oublier personne dans sa liste, elle devait se montrer impartiale dans ses soupçons... et absolue dans sa confiance.

Si Roy avait vraiment trempé dans cette histoire, c'était à cause de quelqu'un d'autre. Une fois de plus, elle songea à Liza. Avait-il pris la fuite à cause d'elle ? Parce qu'il n'avait pas d'autre issue ? Faisait-elle planer une menace sur lui ?

A quoi bon ? Elle pourrait échafauder des hypothèses sans fin, et pour rien. Elle ferma les yeux et essaya de trouver le calme, espérant que Roy l'appellerait, rêvant d'entendre sa voix au bout du fil. Elle finit par somnoler. Le téléphone sonna effectivement, peu avant onze heures. Hélas, c'était seulement Amy.

— Ne prends pas ce ton déçu, lui reprocha aussitôt celle-ci qui avait deviné.

— Pardonne-moi, Amy.

— Tu souhaitais un appel de Roy ?

— Oui, avoua Samantha. Tout va de plus en plus mal.

Elle entreprit de relater les événements de la journée à son amie.

— Effectivement, la situation ne s'est pas améliorée, soupira Amy à la fin de son récit. Mais tu n'as pas changé d'avis ?

— A propos de Roy ? Non, assura Samantha sans hésiter. Même s'il est impliqué, c'est parce qu'il y est obligé. Les choses ne sont pas toujours ce qu'elles semblent être. Je ne peux pas, je ne *veux* pas l'oublier.

Amy resta silencieuse quelques instants.

— Tu n'en es sans doute pas capable, acquiesça-t-elle enfin. Parce que tu es amoureuse. Je te souhaite seulement d'avoir raison, Sam.

Les yeux de la jeune fille se brouillèrent. Oh ! comme elle l'espérait elle aussi !

— Devrais-je parler de la visite de Roy à la police ? demanda-t-elle. Si je répète ce qu'il m'a dit au détective, il verra peut-être les choses sous un angle différent ?

— Surtout pas ! s'écria promptement Amy. Il se moquera de toi, c'est tout. Il leur faut des faits, des actes, des attitudes, pas de grands sentiments. Cela servira seulement à faire de toi une complice éventuelle, tu n'auras plus aucun moyen d'aider Roy. Ne souffle mot de votre rencontre à personne.

— Tu as raison, comme toujours, reconnut Samantha. Je serai muette comme une tombe.

— Mets-toi au lit et endors-toi, lui enjoignit son amie avant de raccrocher.

Samantha resta assise encore un long moment à réfléchir. Attendre ainsi, passivement, sans rien faire lui était impossible. Il y avait une explication et elle devait la trouver d'une façon ou d'une autre.

Si quelqu'un d'autre était coupable, que Roy ait les mains liées ou qu'il soit totalement innocent, elle le découvrirait.

D'ailleurs, en menant son enquête, elle n'aiderait pas seulement Roy mais également Mme Edwige. S'il y avait un traître dans l'entourage de son employeuse, il fallait le démasquer.

5

MADAME Edwige était dans son bureau en compagnie de son neveu quand Samantha arriva le lendemain matin. Elle arborait une mine morose. Jean-Paul observa la jeune fille, ravissante dans sa robe couleur jonquille, et lui sourit.

— Connaissez-vous la nouvelle, Samantha ? lança Madame sans préambule. On a vu Roy Drummond quitter l'aéroport de Heathrow, à Londres. La police est arrivée sur les lieux trop tard pour l'interpeller.

— Dieu seul sait où il se trouve à présent ! renchérit son neveu en se rembrunissant.

Samantha refusa de se laisser ébranler dans ses convictions.

— Le détective Acheson se demandait si Roy était seul, leur rappela-t-elle. Il a peut-être lui-même des ennuis.

— Il aurait agi avec quelqu'un d'autre ? Balivernes ! C'est lui et seulement lui. Maudit voleur ! J'espère seulement qu'il n'aura pas le temps de vendre le parfum à quelqu'un d'autre. Ce sont tous des aigrefins sans scrupules dans ce métier ; ils achèteraient n'importe quoi.

Mme Edwige se tut et fixa vaguement ùn point de l'espace, abattue par son propre discours. Samantha eut un élan de compassion pour elle.

— Vous avez demandé à Jean-Paul de suivre cette affaire, je le sais, mais je ferai tout mon possible pour vous aider.

Mme Edwige mit quelques secondes à réagir. Enfin, elle se tourna vers elle et esquissa un sourire.

— Oui mon petit, j'en suis convaincue. Ne vous inquiétez pas, nous réglerons ce problème avant qu'il ne soit trop tard.

Elle se pencha et pressa affectueusement le bras de la jeune fille, un geste qu'elle faisait souvent à l'époque où Samantha, encore étudiante, sombrait parfois dans le découragement.

Cette marque de bienveillance suscita chez elle un flot de souvenirs émouvants. Quand elle regagna son bureau, elle se sentit à nouveau pleine d'énergie et de détermination. Elle travailla d'arrache-pied toute la journée et refusa encore systématiquement de participer aux discussions sur le vol.

Jean-Paul vint la voir au moment où elle s'apprêtait à partir.

— Quoi qu'il arrive, vous êtes toujours aussi belle, Samantha, assura-t-il. C'est très agréable et rassurant pour les autres.

— Tant mieux, c'est au moins une consolation.

Le jeune homme lui tapota la joue d'un air supérieur qui l'agaça. Heureusement, il partit aussitôt en s'excusant de ne pouvoir s'attarder.

Quelques instants plus tard, elle sortait à son tour de l'immeuble. L'appartement de Liza Manship n'était pas loin ; elle s'y rendit à pied.

Liza vivait dans une tour luxueuse. Dans l'entrée, un portier lui demanda respectueusement son nom et l'annonça dans un interphone. Quand Samantha sortit de l'ascenseur, quinze étages plus haut, Liza l'attendait sur le pas de sa porte. Elle portait une robe de satin à reflets mordorés et des mules brodées. Dès le saut du lit, elle devait être d'une parfaite élégance, songea Samantha avec une pointe de méchanceté.

— Quelle surprise ! articula le jeune mannequin du bout des lèvres...

Sans répondre, Samantha la suivit à travers un vestibule dans une grande pièce décorée dans les tons vert sombre et orange. Les meubles modernes, aux lignes pures et sophistiquées reflétaient fidèlement la personnalité de la maîtresse des lieux.

— ... Etes-vous venue me parler du vol ? demanda abruptement Liza avec un sourire condescendant.

— Non, de Roy.

— C'est la même chose.

— Peut-être. Je suis venue vous demander pourquoi il était si nerveux et agité la veille de l'incident.

La brune jeune femme l'examina d'un regard pénétrant.

— Pourquoi le saurais-je ?

— Vous le voyiez régulièrement depuis près d'un an. Il était tendu depuis plusieurs jours. Je m'en étais fait la réflexion au bureau.

— Eh bien, je ne sais rien à ce sujet.

— Pardonnez-moi, je ne vous crois pas.

— Je me moque de ce que vous croyez. En l'occurence, c'est la vérité.

Samantha vit les joues de son interlocutrice s'empourprer de colère. Liza était mannequin… elle pouvait très bien être bonne actrice de surcroît. En tout cas, elle n'était pas femme à perdre contenance.

— Et vous n'avez aucune idée de l'endroit où il aurait pu aller ? insista-t-elle.

— Non, articula-t-elle sèchement. Je l'ignore et cela m'est indifférent. Roy Drummond est de l'histoire ancienne pour moi. Tout est fini, oublié.

— Si vite ?…

L'étonnement de Samantha était sincère.

— … Vos sentiments pour lui ne devraient pas être bien profonds dans ce cas.

— Les sentiments ! C'est une illusion pour adolescentes ! ricana Liza. Je me suis bien amusée avec lui mais à présent, c'est terminé…

Sa froideur n'était pas feinte, elle était bien réelle. Comment Roy avait-il pu être attiré par elle aussi longtemps ?

— … Nous n'avons rien de plus à nous dire, me semble-t-il, ajouta-t-elle séchement.

— Non, sans doute pas… La police vous a-t-elle interrogée une seconde fois ?

— Je ne vois pas en quoi cela vous regarde, mais la réponse est non. Pourquoi êtes-vous venue me poser toutes ces questions ?

— Cela me paraît évident : pour aider Mme Edwige à retrouver l'échantillon disparu.

— Comme c'est touchant, sussura Liza en ouvrant la porte pour lui signifier son congé.

Peste! fulmina Samantha en se dirigeant vers l'ascenseur. Roy avait dû se laisser envoûter par sa beauté et son raffinement... Peut-être même était-il encore sous le charme, se remémora-t-elle.

Une fois dans la rue, elle prit le chemin de l'appartement de Roy, situé à quelques pâtés de maison de là. En arrivant devant l'immeuble, elle hésita. N'était-ce pas stupide de venir ici ? La police avait déjà dû fouiller son studio de fond en comble... Mais peut-être les enquêteurs avaient-ils négligé un détail, un nom ou une adresse.

Elle monta les marches du perron et sonna chez le gardien. Au bout de quelques instants, un homme en pantalon informe et en maillot de corps ouvrit. Ses yeux disparaissaient presque sous des paupières épaisses. Il examina sa visiteuse d'un air méfiant, mais celle-ci ne se laissa pas décourager.

— Je suis une amie de M. Drummond, annonça-t-elle. Il m'a demandé de passer chez lui voir s'il n'aurait pas oublié une lettre. Pourriez-vous me prêter ses clés s'il vous plaît ?

Elle devenait une véritable experte dans l'art d'inventer des histoires, songea-t-elle avec une pointe de malice.

— Non, grommela l'homme, sauf si vous avez une autorisation de la police.

— La police ? répéta-t-elle en feignant la surprise.

— Il a des ennuis. Allez les voir si vous voulez en savoir davantage.

— Merci...

Déjà, l'homme avait refermé le battant. Samantha rebroussa chemin, déçue sans être découragée. Allons ! Elle avait essayé !

Avant de monter chez elle, elle s'acheta une part de poulet rôti chez un traiteur. Mais elle parvint à peine à en manger quelques bouchées et le mit au réfrigérateur. Elle se sentait très pessimiste tout à coup.

Sa visite à Liza avait été inutile, peut-être même avait-elle commis une erreur en allant la voir. Elle n'était pas douée pour obtenir des informations ; elle aurait dû mieux observer le détective Acheson. En fait, le policier avait un grand avantage sur elle : les gens étaient tenus de lui répondre. Liza ne lui avait rien appris.

Roy était-il vraiment en Angleterre ? Et si oui, comment pouvait-elle le contacter ? Lui, pourrait-il la joindre ? Il y avait toujours le téléphone, bien sûr, mais il n'était peut-être pas en mesure de l'appeler. Elle devait le trouver, même si elle n'avait pas la moindre idée de la façon dont elle s'y prendrait.

Elle n'était pas plus inspirée quand le matin arriva. Cette journée lui réservait une mauvaise surprise, Mme Edwige l'attendait de pied ferme avec son neveu.

— Pourquoi êtes-vous allée chez Liza Manship hier soir ? lança-t-elle à brûle-pourpoint.

Samantha ne put dissimuler sa stupeur.

— Je... Pour lui parler, pour voir si je trouvais un indice susceptible de vous aider. Je pensais obtenir des indices par elle ; elle était très proche de Roy...

Mme Edwige ne se radoucissait pas du tout. Samantha se tourna vers Jean-Paul ; celui-ci haussa les épaules d'un air désolé. Elle s'adressa à nouveau à la présidente.

— … Si je comprends bien, Liza vous a fait part de ma visite.

— Elle ne m'en a pas soufflé mot, réfuta Madame. Ensuite, vous êtes allée chez Roy Drummond. Qu'alliez-vous y chercher ?

Cette fois, son désarroi fut total.

— Je m'y suis rendue pour les mêmes raisons, dans l'espoir d'être utile. Je n'ai pas pu entrer. Mais vous le savez probablement, conclut-elle en se raidissant.

— En effet.

— Manifestement, j'ai été suivie, articula Samantha, gagnée par la colère. J'aimerais savoir pourquoi.

Jean-Paul s'avança vers elle avec une expression conciliante.

— Ne le prenez pas mal, Samantha, c'est la police. Elle surveille tous les employés. Nous avons reçu le rapport ce matin.

Cette information n'atténua pas vraiment son ressentiment.

— Comme c'est intéressant !… Je voulais seulement vous aider, ajouta-t-elle au bout d'un moment d'une voix plus calme.

Mme Edwige lui sourit affectueusement.

— Mais bien sûr mon petit. Je n'en ai jamais douté, affirma-t-elle en lui tapotant le bras. Vous nous avez surpris, voilà tout. Dorénavant, ne jouez plus aux détectives ; laissez cela à la police, d'accord ?

La jeune fille baissa la tête, penaude. Comme elle s'était montrée maladroite !

— Vous avez raison, acquiesça-t-elle. C'est entendu, je démissionne de mon poste de détective privé !

Mme Edwige avait accepté ses explications et elle lui en était reconnaissante. D'ailleurs, elle avait dit la vérité ; elle avait vraiment voulu se rendre utile. Simplement, elle l'avait fait également pour Roy, et il ne serait guère diplomatique de l'avouer à Madame en ce moment...

Jean-Paul lui souriait avec bienveillance.

— Je passerai chez vous ce soir, Samantha. Nous parlerons de tout ceci à tête reposée.

Elle accepta d'un signe de tête et regagna son département où une pile impressionnante de dossiers l'attendait. Samantha n'eut pas un instant de répit jusqu'en milieu d'après-midi. Quand elle s'octroya enfin une pause bien méritée, elle s'aperçut qu'elle était encore irritée. L'idée d'être suivie par la police lui déplaisait souverainement. Cela deviendrait particulièrement ennuyeux si Roy la contactait et lui donnait un rendez-vous quelque part.

Samantha serra les lèvres. Elle devait réagir. La police retirait ses hommes si on protestait avec assez d'énergie, avait-elle entendu dire un jour. Sa décision était prise : une entrevue avec M. Acheson s'imposait.

En chemin, elle s'exhorta à l'indignation. Par chance, le détective était de service au commissariat. Un sergent la guida dans un long corridor tapissé de notes, de bulletins et de photos surmontées du traditionnel avis de recherche qui représentaient des hommes aux mines patibulaires.

La pièce où on la fit entrer comportait une demi-douzaine de bureaux, les uns vides, les autres occupés par des policiers en bras de chemise, une gaine de revolver sous le bras.

— Miss Coolidge ! la salua Acheson en se levant aimablement.

Samantha prit une expression hautaine.

— Je veux savoir pourquoi je suis surveillée, déclara-t-elle sans préambule. Cela signifie-t-il que je suis suspecte ? Dans ce cas, j'ai le droit de le savoir.

Le détective écarquilla les yeux.

— Holà ! Calmez-vous !

— Je n'en ai pas envie. Et j'ai horreur d'être filée. Je ne sais même pas si vous y êtes autorisés, d'ailleurs. C'est une atteinte à ma vie privée !

— Avez-vous été importunée, Miss Coolidge ?

Samantha retint une réplique mordante. Elle pouvait difficilement répondre par l'affirmative : elle ne s'était aperçu de rien avant d'entendre Jean-Paul.

— Là n'est pas la question, affirma-t-elle sèchement. Je *veux* savoir pourquoi je suis sous surveillance, répéta-t-elle avec obstination.

— Vous ne l'êtes pas. Aucun de mes hommes ne vous suit.

La jeune fille déglutit péniblement et fixa son interlocuteur. Celui-ci resta parfaitement impassible.

— Mais... on m'a assuré que tout le monde l'était, balbutia-t-elle piteusement.

— Pas par notre département, je ne dispose pas d'assez d'enquêteurs pour le faire. Si nous tenons une piste sérieuse, nous mettons en place une filature, pas avant... Pourquoi avez-vous eu l'impression d'être observée?

Samantha se sentit devenir cramoisie.

— Oh je ne sais pas, je dois être nerveuse, je vois des ombres partout... Je... je suis désolée, monsieur Acheson, je me suis laissé tromper par mon imagination. Je vous en prie, pardonnez-moi. Je suis vraiment navrée.

— Il n'y a pas de quoi...

Une étincelle amusée s'alluma dans les yeux du policier.

— ... Dites-moi, Miss Coolidge, devrais-je vous faire suivre?

Elle sourit, à la fois embarrassée et soulagée.

— Peut-être, oui. Pour m'empêcher de commettre des bévues!... Merci de votre compréhension, ajouta-t-elle chaleureusement.

Ce détective était vraiment un homme charmant, songea-t-elle comme elle regagnait précipitamment la sortie. Mais quand elle fut dans la rue, une rage incontrôlable remplaça la confusion. Jean-Paul lui avait menti. Pourquoi? Elle rentra chez elle, bien décidée à obtenir une explication. Elle était encore de fort mauvaise humeur quand sa sonnette retentit, peu après huit heures.

En entrant, Jean-Paul voulut l'embrasser mais elle se déroba promptement.

— Pourquoi m'avez-vous dupée cet après-midi à propos de la filature? l'apostropha-t-elle.

Un petit sourire amusé se dessina sur les lèvres du

jeune homme. Cette attitude n'était guère faite pour
la rasséréner.

— Vous êtes encore plus ravissante quand vous
vous mettez en colère, ma chérie ! murmura-t-il.

— Alors je dois être vraiment très belle, parce que
je suis *très* en colère, rétorqua-t-elle. Répondez-moi !
A quoi jouez-vous ?

— Ce n'était pas tout à fait un mensonge.

— Si ! J'ai vu Acheson cet après-midi.

— Tout le monde est surveillé, mais pas par la
police. Mme Edwige a engagé une équipe de détectives privés pour vérifier si Drummond n'avait pas de
complices.

— Et vous me comptez parmi les suspects ? Comment osez-vous...

— Pas moi, rectifia tranquillement Jean-Paul.
L'agence nous a conseillé de suivre tout le monde.
C'est leur idée, et ce sont des experts en la matière.

— Pourquoi ne laissez-vous pas la police s'occuper
de cette affaire ?

— La police a beaucoup de crimes à résoudre.
Pour eux, celui-ci est un cas anodin, mais pour
Mme Edwige, c'est une question vitale. Nous ne
pouvons pas nous permettre d'être un banal numéro
sur une liste. C'est une simple précaution.

— Mais Mme Edwige vous a confié la charge de
cette histoire. C'était à vous de mener l'enquête et
d'imposer vos opinions à la firme que vous utilisez.

— Je vous l'ai dit, répéta Jean-Paul d'un air navré,
ils ont insisté. Voyons, ma chérie ! vous ne croyez
tout de même pas que je vous soupçonne ? Vous nous
êtes très précieuse, à Madame et à moi.

Samantha ne décolèra pas.

— Vous auriez pu m'avertir si vous tenez tant à moi, *voilà* ce que je pense !

Le jeune homme prit un air confus.

— Peut-être, en effet. J'ai eu tort, pardonnez-moi.

— Vos excuses arrivent un peu tard, déclara-t-elle, inflexible. Vous feriez mieux de partir à présent.

— Samantha ! implora Jean-Paul.

— Non. Au revoir. J'ai besoin d'être seule.

— Comme vous voudrez, se résigna-t-il à contre-cœur… Samantha, ne vous tourmentez plus. Je ferai cesser votre filature dès demain matin.

— Bonne nuit, Jean-Paul.

Elle ferma la porte derrière lui, s'y adossa et contempla son appartement. Cette histoire devenait plus insupportable chaque jour.

Amy l'appela peu après et Samantha put décharger un peu de sa colère. Elle se sentait mieux quand elle raccrocha.

Après tout, elle avait obtenu gain de cause ; Jean-Paul tiendrait parole, surtout maintenant qu'elle se savait suivie. A présent, il lui fallait trouver un moyen de contacter Roy.

Le lendemain matin, Mme Edwige la fit appeler et lui enlaça les épaules.

— Je comprends votre fureur, lui assura-t-elle. J'avais dit à Jean-Paul que c'était stupide de les laisser vous inclure sur leur liste. Mais il est jeune, ils ont su le convaincre. Vous devez lui pardonner, mon petit. Vous savez bien que je ne soupçonnerais jamais ma fidèle collaboratrice.

Samantha l'embrassa sans la moindre rancune. Elle parvint même à se montrer aimable avec Jean-Paul, un peu plus tard, quand il glissa prudemment la tête dans l'entrebâillement de sa porte pour lui annoncer qu'elle ne serait plus importunée.

Le reste de la journée passa rapidement ; Samantha rentra chez elle, préoccupée par la nécessité de retrouver Roy.

Le facteur avait glissé une lettre sous sa porte. Son nom et son adresse étaient tapés à la machine. Elle la retourna. Rien. L'expéditeur était anonyme.

Dans l'enveloppe, elle trouva une feuille de papier pliée en quatre. On y avait dactylographié une seule phrase :

« Renseignez-vous à propos de Howard Mannerley, chimiste dans le Sussex, en Angleterre. »

C'était tout. Samantha contempla longuement ces deux lignes énigmatiques. Howard Mannerley... Non, ce nom ne lui rappelait rien. Que signifiait cet étrange message ? Etait-ce un ordre ? Une supplication ? *Renseignez-vous à propos de Howard Mannerley, chimiste...* Qui lui avait envoyé cette lettre ? Et pourquoi ? Etait-ce Roy ? Très agitée par cette idée, elle examina le tampon. La missive avait été postée à minuit, trois jours plus tôt.

— Oui, ce pourrait être lui, murmura-t-elle.

Elle posa la feuille sur la table de la cuisine et mangea le reste du poulet, sans la quitter des yeux. Cela avait certainement un rapport avec le vol. Howard Mannerley était-il le coupable ? Quelqu'un essayait-il de la mettre dans la bonne direction ? Que de questions sans réponse ! c'était exaspérant.

Elle se coucha aussitôt après le dîner, mais le sommeil la fuyait. Qui était Howard Mannerley ? A qui devait-elle s'adresser pour le savoir ?... Un annuaire. Elle devait trouver un annuaire ! Oui ! à l'école de chimie, ils en auraient certainement un, plusieurs, même. Ravie, elle ferma enfin les paupières et s'endormit.

Elle arriva devant l'école à l'heure d'ouverture et se précipita à la bibliothèque. Les annuaires occupaient toute une étagère, elle prit l'international. Howard Mannerley n'y était pas mentionné. Elle inspecta les autres volumes, en exhuma un publié par l'Association des Chimistes Britanniques et le compulsa fébrilement. Pas d'Howard Mannerley.

Cet exemplaire répertoriait uniquement les chimistes encore vivants cette année-là. D'autres éditions antérieures remontaient jusqu'à quatre ans en arrière ; elle les feuilleta toutes sans plus de succès. Howard Mannerley était-il donc décédé depuis plusieurs années ? Dans ce cas, il ne pouvait pas avoir organisé le vol du parfum...

Il lui faudrait retrouver des listes bien plus anciennes, tâche pratiquement impossible. Et d'ailleurs, le message énigmatique lui enjoignait de *se renseigner* à son sujet, pas de le chercher.

Samantha arriva à son travail très préoccupée. « Renseignez-vous. » Mais où ? Auprès de qui ? Howard Mannerley était du Sussex, et Roy était apparemment parti pour l'Angleterre. Il *devait* y avoir un lien.

Elle réfléchissait encore à ce problème quand Jean-Paul frappa à sa porte.

— Puis-je entrer ? demanda-t-il prudemment.

— Oui, je vous en prie. Je ne vous en veux plus, assura-t-elle en souriant.

Le jeune homme s'épanouit. Il avança jusqu'à sa table et l'embrassa sur la joue.

— Pas de nouvelles de Roy Drummond ? s'enquit-elle, fière de son ton détaché.

— Aucune. J'ai parlé à Acheson, il n'a rien appris de nouveau. C'est très ennuyeux.

— Pas de nouvelles, bonnes nouvelles !

Jean-Paul fit grise mine.

— Je doute que Madame partage votre optimisme… Je ne l'approuve pas non plus, du reste, ajouta-t-il avec une sévérité imméritée. Ma tante voudrait le rapport sur les ventes de rouges à lèvres du mois dernier.

Sur ces mots, il tourna les talons et sortit. Après son départ, Samantha se remit à songer au message. « Renseignez-vous à propos de Howard Mannerley… » Demandez à quelqu'un, quelqu'un de proche, de familier… *Mme Edwige.*

Samantha tressaillit comme si elle avait été traversée par un courant électrique. Mais oui ! c'était sûrement cela !

Très agitée, elle prit le dossier requis et se dirigea vers le bureau de la directrice. Au moment d'entrer, elle s'arrêta. Une voix à l'intérieur d'elle-même lui recommandait la prudence. Attention ! Prépare-toi !

Elle resta immobile quelques instants, la main sur la poignée. Son cœur battait à tout rompre, les pensées se bousculaient dans sa tête. Enfin, elle tourna le bouton et poussa le battant.

Mme Edwige était seule, heureusement. Impatiente, elle tendit la main pour recevoir le dossier ; Samantha posa les feuilles devant elle. Madame lisait et comprenait vite, ses questions étaient sèches et précises.

— Le sud-ouest est faible, commenta-t-elle en refermant la chemise cartonnée.

Sa remarque était exacte, comme toujours.

— Il faudrait y développer une campagne publicitaire particulière, adaptée à la région, rétorqua Samantha.

— Trop coûteux, refusa Mme Edwige d'un ton bref. Surtout maintenant.

La jeune fille rassembla tout son courage. Elle n'avait pas songé à une manière d'aborder le sujet. Mieux valait être directe.

— Je voulais vous demander si le nom de Howard Mannerley vous dit quelque chose.

Elle vit la présidente se pétrifier. Lentement, très lentement, Madame tourna les yeux vers elle.

— Qu'avez-vous dit ? souffla-t-elle.

— Howard Mannerley. Qui est-ce ?

Son interlocutrice avait perdu toute couleur ; elle était blême. Ses mains se mirent à trembler.

— Où avez-vous pris ce nom ? Comment avez-vous entendu parler de lui ?

— Je l'ai vu dans un vieux dossier, inventa-t-elle.

— Un vieux dossier ? Quel vieux dossier ?

— Il était dans un carton de papiers à jeter, mentit Samantha. Qui est cet Howard Mannerley ?

— Personne qui doive vous intéresser.

— A-t-il travaillé ici ?

Les lèvres de Madame bougèrent sans articuler le moindre son.

— Autrefois, oui. Il y a très longtemps, déclara-t-elle enfin.

Elle avait les joues tachetées de plaques rouges à présent et respirait avec difficultés ; sa poitrine se soulevait de façon saccadée.

— Vous sentez-vous mal ? s'inquiéta la jeune fille.

— Non, je vais très bien. Tout à fait bien. Où est ce dossier ?

— A la poubelle.

— Eh bien, oubliez Howard Mannerley, déclara Madame, en proie à une vive agitation. Ne parlez plus jamais de lui, m'entendez-vous ? *Jamais !* Je n'aime pas discuter d'anciens employés. Le passé est le passé, est-ce clair ?

Samantha ne l'avait jamais vue dans cet état.

— Oui, absolument. Je suis désolée.

— A présent, partez ! laissez-moi !

Samantha acquiesça et sortit précipitamment, ne s'arrêtant pas avant d'avoir atteint son bureau. Là, elle s'adossa à la porte un instant, le souffle court, puis elle se laissa tomber sur sa chaise.

La peur. La peur et la fureur ; voilà ce qu'elle avait lu dans les yeux de Mme Edwige. Mais pourquoi ? Que signifiait ce nom pour elle ? Elle lui avait répondu par un tissu de mensonges, c'était évident.

Samantha prit ses affaires pour rentrer chez elle.

Elle était trop bouleversée pour travailler. De plus, elle était bourrelée de remords. Elle n'aurait pas dû poser cette question ; Mme Edwige avait déjà bien assez de problèmes, il était inutile de rouvrir de vieilles blessures comme elle l'avait fait, en toute innocence d'ailleurs. En tout cas, elle avait bien interprété le message : Madame était effectivement celle à qui elle devait s'adresser.

Toutefois, le mystère semblait s'être encore épaissi. L'attitude de la présidente était une énigme supplémentaire ; elle n'avait rien appris sur Howard Mannerley ; Roy était toujours hors d'atteinte et le vol restait inexpliqué.

Dans la rue, Samantha rebroussa chemin et se rendit dans la boutique d'Amy au lieu de rentrer chez elle.

Amy demanda à son assistante de s'occuper des clients et entraîna sa visiteuse dans la réserve, au fond du magasin.

— C'est de pire en pire, Amy ! gémit Samantha en lui tendant la lettre anonyme.

Tandis qu'elle lui narrait les derniers événements, le visage rond d'Amy exprima les émotions les plus diverses. Quand elle acheva son récit, Amy était pensive.

— Dans tous ses états, dis-tu ? Indubitablement, ce nom lui rappelle quelque chose. Tout cela est très étrange. Tu te mets vraiment dans des situations invraisemblables, Sam !...

Elle étudia encore le message dactylographié.

— ... Tu ne vois pas du tout qui a pu te l'envoyer ? Après tout, ce n'est peut-être pas Roy ?

— J'en suis bien consciente, mais je dois en savoir davantage. Si je continue à rester inactive et à m'interroger sans cesse, je vais devenir folle. Je dois trouver quelque chose, n'importe quoi. Quelqu'un m'a contactée et je pense qu'il s'agit de Roy. J'ai beaucoup de journées de congé à récupérer, je vais les prendre maintenant. Je dirai que j'ai besoin de me reposer, de partir quelque temps.

— L'Angleterre est très agréable à cette période de l'année, paraît-il.

Samantha réussit à sourire.

— Tu me connais trop bien !

— Et si Roy est ailleurs, maintenant ?

— Tant pis, je dois courir ce risque. Je trouverai peut-être d'autres réponses, l'explication de ce message par exemple. Howard Mannerley existe, ou en tout cas il a existé. Là-dessus, le doute n'est plus permis.

— Sam, tu dois envisager un autre problème. Tu peux retrouver Roy et découvrir qu'il n'est pas du tout tel que tu te l'imagines. Que feras-tu si c'est un voleur, un vulgaire escroc ?

— Non ! Cela ne se passera pas comme ça ! c'est impossible ! affirma Samantha avec une nuance de désespoir dans la voix.

— Sam ! Accepte enfin de m'écouter. *Si* il est ainsi, c'est tout ce que j'ai dit. Cesse de refuser cette possibilité. *Si* c'est un voleur, que feras-tu ?

La jeune fille se mordit la lèvre.

— Eh bien je l'apprendrai. Je le saurai. Cela me déchirera sans doute, mais tout vaut mieux que l'incertitude.

— Oui, tu as probablement raison.

— Je passe mon temps à me demander s'il est en sécurité ou s'il a des problèmes. Il peut avoir besoin d'aide, ne pas pouvoir me joindre, ou alors il se cache et n'arrive pas à prendre de décision, ou je ne sais quoi encore. En tout cas, je dois partir à sa recherche. S'il veut mon soutien, je ne veux pas l'abandonner.

Amy poussa un long soupir.

— Samantha Coolidge, notre Don Quichotte moderne ! N'oublie pas d'emporter tes moulins à vent. Bien, quand dois-je te conduire à l'aéroport ?

— Je te le dirai demain.

Les deux amies s'étreignirent longuement.

Le lendemain matin, Samantha frappa à la porte de Mme Edwige avec quelque inquiétude. Elle avait demandé à la voir par l'intermédiaire de Carole et quelques instants plus tard à peine, la présidente l'avait convoquée.

Jean-Paul était là lui aussi, très élégant dans son costume crème rehaussé d'une cravate bleu nuit. Il accueillit la jeune fille avec un grand sourire. Samantha jeta un coup d'œil à Madame ; celle-ci avait retrouvé son expression habituelle, Dieu merci.

— Que voulez-vous mon petit ? s'enquit-elle aimablement.

Samantha s'assit en face d'elle.

— J'aimerais partir un peu, prendre des vacances, me reposer. Cette affaire de vol m'a bouleversée, je ne dors plus, je n'arrive plus à réfléchir et à me concentrer correctement sur mon travail. Si vous me le permettez, je voudrais prendre quelques jours de congé.

Rien de tout cela n'était vraiment faux ; elle s'était contenté de ne pas lui révéler toutes ses motivations.

Les prunelles de jais de Mme Edwige brillaient d'un éclat perçant.

— Oui, nous avons tous beaucoup souffert de cette histoire. Nous sommes très affectés, comme vous avez pu vous en apercevoir hier...

Elle sourit, mais Samantha ne répondit rien.

— ... Mais peut-être avez-vous été la plus touchée. Vous aviez tant travaillé pour la promotion de ce parfum, trop même ! Vous étiez épuisée, ce choc vous a achevée. Vous avez vraiment besoin de repos, mon petit.

Samantha ne dit rien. Tout se passait bien, mieux valait ne rien ajouter. Mme Edwige resta songeuse quelques instants, puis elle reporta son attention sur son employée.

— ... Jean-Paul et moi étions en pleine discussion. Votre départ pourrait s'insérer dans nos projets. Je vous rappelle dans moins d'une heure, mon petit.

— Certainement, murmura Samantha en essayant de dissimuler son appréhension.

— Comptiez-vous partir à l'étranger ? lui demanda encore Madame au moment où elle atteignait la porte.

Samantha choisit soigneusement ses mots.

— Je n'ai encore rien décidé, c'est une possibilité.

Mme Edwige hocha la tête, et Samantha referma derrière elle. L'heure suivante lui parut ne jamais

devoir finir. Néanmoins, fidèle à sa parole, la présidente la convoqua au bout de cinquante minutes.

— J'ai une idée excellente pour vos vacances, ma
chérie. Vous pourrez prendre un congé et gagner une
prime en même temps.

— Cela me paraît merveilleux, approuva Samantha, très inquiète. De quoi s'agit-il ?

— Vous allez nous aider à nous sortir de cette
impasse. C'est votre vœu le plus cher, je crois. Eh
bien, je vous en offre l'occasion.

— Nous avons décidé d'agir dans cette affaire de
vol, intervint Jean-Paul. Nous n'avons aucune nouvelle de Drummond ; il a peut-être des difficultés à
vendre *Tendresse*. Il est obligé de se montrer prudent, cela prend du temps. Nous allons nous adresser
directement à André Dessatain, lui demander un
autre échantillon de parfum et lui refaire signer un
contrat.

— Mais M. Dessatain doit en posséder un double,
non ? s'étonna Samantha.

Mme Edwige lui lança un regard de reproche.

— Naturellement, mais cela ne m'avance à rien.
Mon exemplaire a disparu, il n'existe plus. Légale-
ment, je ne possède plus de contrat. Il m'en faut un,
dûment signé, et une bouteille de *Tendresse*.

— Mais cela demandera un peu de diplomatie,
renchérit son neveu.

— Oh oui ! acquiesça Mme Edwige avec un grand
sourire. Voici ce que vous allez faire, mon petit.
Vous irez trouver André Dessatain et vous lui
demanderez le parfum et sa signature. Cela ne vous
prendra pas plus de deux ou trois jours, ensuite, vous

serez libre. Le sud de la France est une région magnifique pour passer des vacances. Tous vos frais seront à notre charge et vous recevrez en sus une substantielle prime. Que pourriez-vous rêver de mieux ?

En effet… Des vacances entièrement payées… et à quelques heures de route seulement de l'Angleterre ! ce serait parfait. Elle pourrait à la fois rendre service à Mme Edwige et retrouver Roy.

— C'est entendu, accepta-t-elle joyeusement.

— Très bien, très bien ! Mais attention, il y quelques petits détails. Jean-Paul a dit juste, il faudra vous montrer diplomate. Vous ne parlerez pas à M. Dessatain du vol.

— Pourquoi pas ? s'enquit Samantha, perplexe.

— Nous ignorons quelle serait sa réaction. C'est un homme simple, un provincial un peu fruste. Il pourrait faire marche arrière, refuser de nous donner un nouvel échantillon. Ce serait une catastrophe.

— Vous n'en possédez pas d'autre, je le sais, mais le laboratoire n'avait-il pas analysé la formule pour la reproduire ?

— Nos chercheurs n'avaient pas encore achevé leurs travaux. C'est pourquoi nous devons obtenir un autre flacon. André Dessatain n'écrit jamais rien, il connaît ses combinaisons chimiques par cœur. Je ne peux donc courir aucun risque, nous devons inventer une histoire plausible.

L'idée de devoir recourir à un stratagème déplaisait à la jeune fille. Elle ne parvint pas à le dissimuler tout à fait.

— Que dois-je lui dire ? s'enquit-elle toutefois.

— Qu'un de nos coursiers a eu un accident en transportant le coffret au laboratoire, répondit Jean-Paul. Une voiture l'a heurté, a brisé la bouteille et le parfum s'est renversé sur le contrat. C'est tout à fait vraisemblable.

— Oui, il le croira, appuya Mme Edwige.

Samantha n'avait aucune envie de mentir, mais il était absolument vital d'obtenir un échantillon et une signature. Du reste, c'était un mensonge bénin, il ne changerait rien pour André Dessatain.

— Bien, je pourrai sans doute me montrer convaincante, fit-elle.

— J'en suis sûre, mon petit. Dessatain vous aimera beaucoup, vous le charmerez. Il ne mettra pas votre parole en doute.

— C'est donc entendu, déclara Jean-Paul avec satisfaction. Pouvez-vous partir dès demain ? Le temps est si important !

— Absolument, acquiesça vigoureusement Samantha. Je rentre tout de suite chez moi préparer mes bagages.

Elle partit presque en courant. Tout s'était merveilleusement bien passé. Samantha avait redouté un refus de la part de la présidente, mais à présent, le dernier obstacle était levé. Elle écourterait le plus possible sa visite au chimiste et d'ici peu, elle pourrait mener son enquête.

Jean-Paul lui téléphona dans la soirée.

— J'ai votre billet d'avion, annonça-t-il. J'arrive pour vous le remettre.

— Très bien.

Samantha raccrocha et bondit de joie. Elle était surexcitée.

Le jeune homme arriva quelques instants plus tard. Il détailla la menue silhouette vêtue d'un vieux blue jean et d'une chemise à carreaux.

— Comment faites-vous pour être jolie en toutes circonstances ? soupira-t-il en lui tendant deux enveloppes. Vous changerez d'avion à Orly, le billet pour le vol intérieur est ici. André Dessatain habite à Saint-Astier, un petit village du Périgord. Madame l'a appelé pour lui annoncer votre venue. Il viendra vous chercher à l'aéroport près de Limoges…

Jean-Paul s'interrompit et prit un air mélancolique.

— … J'aimerais tant vous accompagner !… Nous avons toujours une histoire à régler tous les deux, vous en souvenez-vous ? ajouta-t-il d'une voix soudain ardente en lui enlaçant la taille.

— Oui, je me rappelle, acquiesça-t-elle, alarmée par sa véhémence.

— J'ai déjà attendu très longtemps. Mais je patienterai encore, jusqu'à votre retour.

— Oui.

Samantha se dégagea, très grave. Si Amy avait raison, si elle avait commis une erreur en aimant Roy, elle aurait besoin de quelqu'un pour la consoler.

Jean-Paul lui effleura les lèvres d'un baiser et partit.

Après avoir bouclé sa valise, Samantha appela son amie, convint avec elle d'un rendez-vous pour le lendemain et se mit au lit. Pour la première fois depuis le vol du parfum, elle dormit à poings fermés.

Quand elle ouvrit les yeux, le soleil brillait. Un bon présage, décida-t-elle en se douchant. Amy la conduisit et lui tint compagnie jusqu'à la douane.

— Bonne chance, Sam. Je te souhaite d'être heureuse.

Après le décollage, Samantha sombra dans une semi-torpeur. Quand elle en émergea, l'avion survolait l'océan. Bientôt l'Europe… Que ferait-elle après son entrevue avec Dessatain ?

En premier lieu, elle se rendrait à Londres. Elle finirait bien par trouver une liste complète des chimistes britanniques ? A la bibliothèque du *British Museum,* peut-être, ou encore à l'Association des Chimistes Britanniques.

Elle devait absolument en savoir plus sur cet Howard Mannerley, dénicher une adresse, un détail concret. C'était son seul lien avec Roy, et il était bien ténu. S'il le fallait, elle louerait une voiture pour partir à la recherche de cet homme.

La jeune fille refusa son plateau de déjeuner. Elle se sentait trop tendue pour avaler la moindre bouchée. Pourvu que sa visite chez André Dessatain se passe bien ! Elle aurait dû demander à Mme Edwige plus de renseignements sur le compte de l'inventeur de *Tendresse*. D'après la description de la présidente, il paraissait être assez provincial ; un campagnard devenu chimiste. Mme Edwige, il est vrai, préférait nettement les personnes mondaines, raffinées et pétillantes d'esprit… A une exception près : elle,

Samantha. Samantha avait toujours été un cas à part dans le cercle d'amis de Madame.

Elle referma les yeux, bercée par le ronflement sourd des moteurs.

— Mesdames et messieurs, nous atterrissons dans cinq minutes, annonça le haut-parleur.

Une vague d'excitation la gagna. Elle fut la première sortie quand on amena la passerelle et, très vite, on la guida vers un petit avion des lignes intérieures.

Quatre autres passagers seulement seraient du voyage. Samantha se félicita d'avoir emporté peu de bagages. Elle s'était contenté d'un sac, suffisamment peu encombrant pour ne pas aller dans la soute. Ainsi, elle pourrait se déplacer facilement et rapidement si le besoin s'en présentait.

L'après-midi touchait à sa fin quand l'avion se posa à Limoges, première escale de son trajet. Samantha fut la seule à débarquer. Elle se hâta vers les bâtiments sous un ciel gris déjà assez sombre. Comme elle atteignait son but, un homme plutôt petit vint à sa rencontre. Il était vêtu d'un costume anthracite et avait une démarche gauche.

— Miss Coolidge ?...

Elle répondit par un sourire.

— ... Je suis André Dessatain, se présenta-t-il dans un anglais à peine teinté d'un léger accent.

De grands yeux bruns rayonnants de gentillesse, des cheveux poivre et sel coupés court, une silhouette replète qui trahissait le goût de la bonne chair, un visage ouvert, avenant... Elle le trouva aussitôt sympathique.

— Mme Edwige ne m'avait pas prévenu que vous étiez aussi jeune et aussi jolie !

Il l'entraîna vers une voiture d'un modèle ancien, aux chromes étincelants.

— Qu'elle est belle ! s'exclama Samantha, ravie.

— C'est une Peugeot 402, une automobile très rare de nos jours. Elle fait ma joie et ma fierté. Montez, je vous en prie.

Il posa le sac de voyage sur le siège arrière et démarra. Une bruine très fine s'était mise à tomber, voilant les tons verts et gris du paysage et donnant aux prairies un air d'irréalité. La campagne était charmante.

— C'est votre première visite dans le Périgord, si je ne m'abuse ?

— Oui. Il y a quelques années, je suis venue à Paris avec Mme Edwige. Mais nous étions là en voyage d'affaires, pour une semaine seulement. Je n'ai pas eu le temps de voir grand-chose.

— Paris ! répéta-t-il avec une moue de dégoût. C'est une ville trop grande, trop clinquante, trop tapageuse ! Je n'aime même pas la nourriture parisienne, elle n'est pas naturelle. A propos, j'espère que vous avez faim ? J'ai préparé à dîner. La cuisine est ma plus grande passion après la chimie. Du reste, l'une et l'autre se ressemblent beaucoup.

— Vraiment ?

— Mais oui, bien sûr. Préparez des aliments, cela revient à leur faire subir une transformation, à leur ajouter d'autres éléments, à les soumettre au froid, au chaud, à la vapeur, à changer leur structure moléculaire... Les anciens le savaient bien : les recettes s'appelaient des formules autrefois.

André Dessatain égaya sa visiteuse de diverses anecdotes pendant toute la durée du trajet. Samantha se sentait déjà parfaitement à l'aise avec lui quand ils atteignirent Saint-Astier. Ils s'arrêtèrent devant une maisonnette blanche à colombages.

— J'ai deux chambres d'amis à l'étage, annonça le chimiste. Je vais vous installer dans celle qui donne au-dessus du potager. Vous pourrez profiter des parfums de la terre en vous réveillant.

Il monta son sac et la laissa se rafraîchir. Samantha le rejoignit peu après dans un charmant salon où brûlait un feu de bois. Les coussins des fauteuils étaient tendus de toile fleurie ; un beau service à café ornait la table de bois sombre bien ciré. Une odeur appétissante embaumait l'air.

— Nous allons bientôt passer à table, annonça son hôte. Avez-vous déjà goûté des truffes, Samantha ?

— Une fois seulement, dans une sauce.

— Bah ! cela ne compte pas ! La grande Colette, un de nos écrivains les plus célèbres, disait souvent que si elle ne pouvait pas avoir trop de truffes, elle préférait n'en avoir pas du tout.

— Dois-je comprendre qu'elles sont inscrites au menu ?

— Vous êtes très perspicace, mademoiselle ! acquiesça-t-il en riant. Elles accompagneront une entrecôte au beurre blanc. Allons ! à table !

Samantha n'eut pas besoin de se faire prier. Elle avait l'eau à la bouche. Après un repas succulent ils s'installèrent au salon pour boire un café.

— Comme j'aimerais rester ici ! soupira la jeune fille. C'est si paisible, si reposant ! Mais peut-être ai-je cette impression de bien-être grâce à vous.

— Non, ce village est un véritable paradis. C'est pourquoi je m'y suis installé. Mon laboratoire est dans une grange, derrière la maison, je n'ai pas besoin de grand-chose, je suis heureux ainsi.

— Cependant, le parfum va faire de vous un homme riche.

— Oui, et j'en suis ravi, approuva-t-il avec un grand sourire. Pas pour moi-même cependant. Je garderai un peu d'argent pour subvenir à mes besoins mais j'ai déjà tout légué à un orphelinat de la région.

Samantha le contempla pensivement. Décidément, André Dessatain était un homme bon, généreux, simple, intelligent...

A sa grande honte, elle ne put retenir un bâillement et son hôte rit avec bienveillance.

— Vous avez eu une longue journée, pardonnez-moi de vous avoir retenue aussi tard. Je prends un tel plaisir à votre compagnie !... Nous bavarderons plus longuement demain matin.

— Oui, demain, acquiesça-t-elle d'une voix déjà endormie.

Dans sa chambre, elle se déshabilla rapidement et se glissa sous la courtepointe bleue. Elle se sentait bien, détendue, optimiste. C'était une sensation réconfortante ; mais hélas, cela ne durerait pas longtemps. Elle n'avait pas le droit d'être heureuse avant d'avoir retrouvé Roy. Un jour, plus tard, elle reviendrait voir André Dessatain et elle lui dévoilerait la vérité. Il y avait droit.

Le chant des oiseaux la réveilla le lendemain. Une bonne odeur de café montait déjà du rez-de-chaussée. Samantha enfila un pantalon et un chemisier et descendit. Son hôte avait disposé des croissants, du pain croustillant et du beurre de ferme sur la table de la cuisine.

La jeune fille lui raconta le prétendu accident au cours du petit déjeuner, pleine de honte pour elle-même.

— C'est terrible ! commenta-t-il simplement. Mais au moins, cela vous a donné l'occasion de me rendre visite, ce dont je suis très heureux.

— Pouvez-vous me confier un échantillon à emporter ?

— Pas pour l'instant. J'ai remis celui que je possédait à Mme Edwige et elle m'a conseillé de ne pas en refaire. Mais j'ai tous les éléments de base pour en fabriquer. D'ici huit jours, je pourrai vous donner une bouteille.

— C'est parfait, acquiesça-t-elle, soulagée. Je dois me rendre à Londres pour une autre affaire, je m'en retournerai dès que j'aurai terminé… Voici également un double de votre contrat. Nous vous serions reconnaissants de bien vouloir le signer.

— Entendu. Quand voulez-vous partir ?

— Aujourd'hui même si c'est possible…

Le chimiste parut déçu.

— … Plus vite je serai en Angleterre, plus vite je pourrai repasser, ajouta-t-elle gentiment. Comment puis-je regagner Paris ?

— Un vol part de Limoges à onze heures… Vous

l'aurez si nous y allons immédiatement, ajouta-t-il en consultant sa montre.

Samantha fut prête en cinq minutes. La vieille voiture pouvait encore rouler à vive allure, ils atteignirent l'aéroport juste à temps. André Dessatain embrassa la jeune fille sur les joues et lui tapota le bras.

— A très bientôt j'espère.

Elle le regarda s'éloigner de sa drôle de démarche précautionneuse avec un serrement de cœur. Il était si bon, si confiant !

Le trajet jusqu'à Paris fut court, mais Samantha dut attendre trois heures dans la salle de transit. Ensuite, il y eut encore une heure de délai supplémentaire. Elle était à bout de nerfs quand on annonça enfin l'embarquement pour Londres. Samantha ne pourrait plus rien faire ce jour-là, songea-t-elle en pestant contre les voyages en avion et le temps perdu en attente.

Un taxi la mena au cœur de la capitale anglaise, au *Claridge*. Par chance, elle obtint une chambre pour la nuit. N'étant guère d'humeur à se promener, elle s'enferma avec un bon livre et éteignit la lumière assez tôt.

Dès sept heures du matin, elle descendit dans la salle de restaurant où elle s'astreignit à manger malgré son manque d'appétit. Aussitôt après, elle sortit et héla un chauffeur et se fit conduire au *British Museum*. Les grandes portes du musée venaient à peine de s'ouvrir.

Samantha passa une matinée de vaines recherches dans la salle réservée aux annuaires. Les volumes remontaient jusqu'à dix ans en arrière mais nulle part il n'y avait de trave de Howard Mannerley. Une aimable employée lui conseilla de se rendre à l'Association des Chimistes.

Dans l'austère bâtiment où elle se rendit aussitôt, le bibliothécaire lui donna toute une pile de volumes. Samantha se remit à la tâche. Les heures passaient, elle avait mal aux yeux à force de compulser des pages et des pages imprimées en petits caractères. Elle n'était pas loin de céder au découragement. Howard Mannerley avait-il réellement existé ? Seul le souvenir de la réaction de Mme Edwige l'empêchait d'abandonner.

Avec résignation, elle demanda au préposé d'autres annuaires. Elle en était à l'avant-dernier quand elle cligna des paupières en voyant le nom apparaître. Elle regarda encore, il était bien là ! Poussant une exclamation de joie, elle le relut pour la troisième fois :

Howard Mannerley
7, Dunwood drive
Henley, Sussex.

Samantha referma le registre, il datait de 1950. L'employé avait entendu son petit cri. Il s'approcha d'elle avec un bon sourire.

— Ainsi, vous l'avez trouvé ?

— Oui, dans celui-ci, de 1950. C'est le premier dans lequel ce nom est mentionné.

— Le dernier, Miss, rectifia-t-il. Ce monsieur est décédé cette année-là s'il n'est plus inscrit en 1951.

Abasourdie, elle contempla la page. Mort en 1950 ? Mais alors, pourquoi son correspondant anonyme lui avait-il conseillé de se renseigner à son sujet ? Pourquoi, trente ans après sa disparition ? Cela n'avait pas de sens !

Samantha n'avait pas le choix, c'était son seul moyen de localiser Roy. Elle devait aller jusqu'au bout. Tirant une feuille et un stylo de son sac, elle recopia l'adresse, remercia le bibliothécaire et sortit. Dehors, la nuit tombait. Il était trop tard pour louer une voiture et se rendre dans un endroit parfaitement inconnu à la recherche d'un mort. Morose, elle retourna au *Claridge.*

De bon matin, elle alla dans une agence de location et choisit une mini Morris jaune.

— Le Sussex ? fit la réceptionniste, répétant sa question. Vous devriez y être en deux heures.

Samantha la remercia et gagna le parking. Malgré le temps radieux, elle était d'humeur sombre. Enquêter sur un homme décédé depuis trente ans était absurde, mais c'était sa seule piste. Elle était en Angleterre, se rappela-t-elle pour se réconforter ; ici, les choses évoluaient lentement, surtout en province. Les gens restaient au même endroit toute leur vie. Qui sait ? Le souvenir de Howard Mannerley ne se serait peut-être pas effacé.

Lentement, elle s'engagea dans la rue. Elle n'avait jamais conduit à gauche auparavant, il lui faudrait faire particulièrement attention.

Au bout d'une heure de route, les maisons s'espacèrent, le paysage changea. Elle arrivait à la campagne. Une bonne odeur de terre humide embaumait l'air, des petites fleurs sauvages poussaient sur les bas-côtés, les premiers champs apparaissaient, certains en friche d'autres soigneusement entretenus. Cà et là, les herbes folles montaient à l'assaut de clôtures à demi écroulées et de troncs d'arbres morts.

Elle était dans le Sussex, les panneaux indicateurs le lui apprirent. C'était une région de contrastes, d'ordre et de désordre, de végétation luxuriante et de gazons tondus à ras. Une phrase d'un écrivain lui revint : « A demi sauvage et entièrement civilisé ». Ces mots prenaient une signification particulière ici.

Roy serait à sa place dans un tel site, avec sa longue silhouette à la fois mince et énergique, sa douceur sous-tendue de violence…

Un panneau la fit tressaillir : Henley, 8 miles. Samantha suivit la flèche et tourna sur une route secondaire, le cœur battant. Très vite, elle ralentit : elle arrivait à destination. Henley était vraiment un petit village, constata-t-elle en longeant la rue principale. Quelques boutiques, une pharmacie, une épicerie, un magasin d'antiquités, un autre de vêtements. Samantha roulait lentement, les yeux fixés sur les plaques. Elle freina pile en apercevant celle qu'elle cherchait : Dunwood drive. Elle s'y engagea. La chaussée était à peine assez large pour laisser deux voitures de front.

Le numéro sept était presque à l'autre bout. Elle se gara devant et sortit de la voiture pour contempler la bâtisse. Tous les volets étaient fermés, la porte était condamnée par une planche de bois. Samantha s'en approcha. La peinture avait depuis longtemps disparu, mais des lettres à peine lisibles étaient encore imprimées à côté du battant : HOWARD MAN-NERLEY.

Elle leva les yeux vers le toit. Des tuiles manquaient, des oiseaux avaient fait leurs nids sous les poutres.

La jeune fille contourna la bâtiment. Sur le côté, toutes les fenêtres étaient garnies de panneaux de bois. Aucun accès n'apparaissait non plus sur la terrasse de derrière. Mais en revenant vers l'avant, elle aperçut une porte très étroite, sans doute une ancienne entrée pour les fournisseurs. Celle-ci n'était pas barrée.

Elle attendit un instant pour laisser passer un homme et son petit garçon dans la rue, puis elle posa la main sur la poignée et tourna. Le bouton rouillé résista un peu, puis finit par céder avec un craquement.

En entendant un bruit de pas, Samantha lâcha prise précipitamment et recula de deux pas en feignant d'examiner la gouttière à moitié arrachée. Une femme apparut.

— Vous cherchez quelque chose, Miss ?

Elle se tourna vers la nouvelle venue avec son plus beau sourire. C'était une dame assez âgée, aux cheveux courts, vêtue d'un cardigan noir et d'un pantalon informe. Elle dévisageait Samantha d'un air soupçonneux.

— J'ai dû me tromper d'adresse, on m'avait dit que les Alderson vivaient ici... Cette maison n'a pas dû être habitée depuis un certain temps.

— C'est exact, pas depuis trente ans, confirma l'inconnue.

— Je vois… Vous occupez-vous de son entretien ?

— Non, je réside à côté et je vous ai vue rôder autour.

— J'ai remarqué le nom de Howard Mannerley devant. S'agit-il du dernier propriétaire ? s'enquit la jeune fille avec un détachement feint…

La voisine hocha la tête sans se départir de sa méfiance.

— … Cette demeure semble complètement abandonnée. Qui se charge de payer les impôts locaux et de tout le reste ?

— Le notaire de M. Mannerley, j'imagine. Ou ses héritiers. On n'a touché à rien depuis sa mort.

Samantha resta impassible, mais elle réfléchissait fébrilement. La bâtisse était restée intacte depuis trente ans. Peut-être la solution se trouvait-elle dedans ? Elle remercia la dame et déclara :

— Bien, je vais devoir vérifier l'adresse qu'on m'a donnée.

Samantha repartit vers sa voiture sans se retourner. Elle était en proie à une vive excitation. Elle n'était pas venue jusqu'ici pour abandonner. D'une façon ou d'une autre, Howard Mannerley avait joué un rôle dans le vol du parfum, elle en était absolument convaincue à présent même si elle ne comprenait toujours pas. Brusquement, il lui semblait très important de s'introduire dans la maison.

Tout en roulant, Samantha élabora un plan. Elle reviendrait de nuit. Les habitants de Henley ne devaient pas se coucher tard. A neuf heures, dix au pire, tout le monde devait être au lit. Parfait ! La petite porte avait commencé à céder sous sa pression, elle parviendrait certainement à l'ouvrir si elle n'était pas dérangée par des voisins curieux.

Sa décision était prise quand elle regagna la grand-route. Ce soir-même, elle fouillerait la demeure du chimiste.

Comme elle avait du temps devant elle, la jeune fille en profita pour admirer à loisir le paysage. Une haute grille de fer forgé ouvrant sur un jardin apparemment magnifique attira son attention. Elle arrêta la Mini et descendit ; elle était à Petworth House, un manoir du XVIIe siècle, ouvert aux visiteurs. Un petit groupe de touristes arrivait justement, Samantha les suivit à l'intérieur. Une très belle collection de tableaux occupait tout une aile du bâtiment ; les plus grands noms de la peinture anglaise s'y trouvaient réunis.

Après les avoir longuement contemplés, Samantha flâna dans les allées du parc. Là encore, elle songea à Roý. Elle l'imaginait si bien courant par monts et par vaux dans cette contrée vallonnée, se cachant dans les sous-bois, entre les buissons de ronces... Elle avait presque l'impression qu'il était là, tout près... Allons ! Elle avait décidément une imagination débordante !

Pourtant, elle n'avait pas senti sa présence à Londres, ou dans le sud de la France. La télépathie existerait-elle ?...

Maugréant contre elle-même et ses idées absurdes, Samantha remonta dans sa voiture. Dans le village suivant, elle acheta deux bougies et une boîte d'allumettes. Son expédition à Henley risquant de se prolonger assez tard, elle résolut de prendre une chambre. Elle en trouva une dans une auberge centenaire, s'y reposa un moment et descendit prendre un repas léger dans la petite salle de restaurant.

Il faisait nuit noire quand elle reprit la route pour Henley. Conformément à ses prévisions, tout le monde dormait dans le village. Samantha se gara devant le numéro sept et se dirigea vers la masse sombre de la maison. A pas feutrés, elle gagna la porte de service. Elle avait souvent vu dans les films des détectives se servir de plaques de métal ou de plastique pour faire sauter une serrure.

Tâtonnant du bout des doigts, elle inséra sa carte de crédit entre le battant et le chambranle. Qu'était-elle censée faire à présent ?

Perplexe, elle décida de glisser le plastique de haut en bas tout en poussant avec l'épaule. Elle s'appuya de toutes ses forces contre le bois vétuste et... faillit tomber. La serrure avait cédé sans résistance. Samantha fut projetée à l'intérieur ; elle se retint à la poignée.

— Bien ! chuchota-t-elle, satisfaite de ce premier succès.

Elle referma vivement derrière elle et resta immobile un instant dans l'obscurité totale. Puis elle tira une chandelle de son sac et l'alluma. Elle était dans un couloir froid et humide. Une odeur de renfermé régnait dans les lieux, des toiles d'araignée s'accrochaient à tous les recoins.

Elle avança lentement. A gauche, il y avait une chambre, meublée d'une commode, d'une table et d'un lit à la courtepointe soigneusement tirée. Elle passa devant sans s'arrêter, aperçut la cuisine, et arriva dans la salle de séjour.

Sans le saleté et l'odeur de moisissure, on aurait pu croire que l'occupant était parti seulement la veille. Tout était en ordre, bien rangé. Samantha éleva la bougie pour mieux voir. Un buffet orné d'assiettes de porcelaine, un divan, deux fauteuils. Les papiers muraux avaient pris une teinte grisâtre avec le temps.

Une table ronde occupait le centre de la pièce. Elle était recouverte d'une nappe de dentelle en lambeaux.

La jeune fille s'en approcha. Deux albums étaient posés dessus, comme oubliés. Une épaisse couche de poussière s'était accumulée dessus. Samantha prit une soucoupe, y fixa la bougie, et alluma la seconde. Une lumière jaune, plus vive, éclaira les lieux.

Le premier classeur était un recueil de photos de famille. « Howard à dix ans », lisait-on sous la première. « Howard avec ses parents »… Ces portraits d'enfant, puis d'adolescent, étaient étrangement touchants. Howard Mannerley avait été un grand jeune homme un peu trop mince, au regard intense. Les dernières pages étaient consacrées à ses années d'études à Oxford, elles s'achevaient sur un cliché le représentant le jour de la remise des diplômes.

Le front plissé par la concentration, Samantha ouvrit le second volume. On y avait collé des articles de journaux jaunis par les ans. « Un jeune chimiste gagne un prix ». Howard Mannerley avait reçu une récompense d'une firme pour ses recherches en « chimie olfactive ». Un peu plus tard, une autre coupure annonçait son engagement par un important laboratoire. Son mariage faisait également l'objet d'une courte description. Samantha feuilleta lentement l'album. Soudain, un cri s'étrangla dans sa gorge et les lettres se mirent à danser devant ses yeux : « Un jeune chimiste se suicide ».

Posant les deux coudes sur la table, elle se pencha pour mieux lire.

« Howard Mannerley, chimiste promis à un bel avenir, s'est jeté hier soir du toit d'un immeuble à Londres. Décrit par ses collègues et ses amis comme un être instable et émotif, il a dû être victime d'une crise de dépression suscitée par d'importants problèmes matériels. Il laisse une femme et un fils âgé d'un an. »

Samantha contempla encore longtemps l'article, daté du 10 mai 1950. « Renseignez-vous à propos de Howard Mannerley »… Elle ne comprenait toujours pas la signification de ce message. En revanche, la fin tragique du chimiste expliquait peut-être la réaction de Mme Edwige. Celle-ci ne se serait jamais remise de ce suicide…

La flamme des bougies vacilla tout à coup ; un courant d'air traversa la pièce comme si une porte avait été ouverte. Samantha leva la tête. Un bruit, très vague d'abord puis de plus en plus précis lui parvint : des pas. Quelqu'un s'avançait dans le couloir !

Une peur atroce lui noua la gorge. Instinctivement, elle recula jusqu'à un coin obscur et se tint coite, le front baigné de sueur. Les pas se rapprochaient, lentement, inexorablement.

6

IL lui semblait entendre des coups résonner dans toute la pièce; c'était les battements de son propre cœur. Elle se pencha en avant, souffla pour éteindre la première bougie, allait recommencer quand une voix retentit.

— Non, laissez-la, Samantha.

La jeune fille se pétrifia. Lentement, elle pivota sur elle-même. Une haute silhouette venait d'entrer.

— Roy!

Il lui tendit les bras en souriant et elle courut s'y jeter, se serrant contre lui de toutes ses forces, ivre de bonheur. Tout allait bien, Roy était là, elle ne désirait plus rien au monde.

— Vous êtes venue, murmurait-il contre ses cheveux. Vous êtes venue... J'ai tant attendu, espéré, redouté... Mais vous êtes venue.

Elle s'écarta légèrement pour mieux le contempler.

— Bien sûr, souffla-t-elle en scrutant son visage...

Il semblait inquiet, tendre et soulagé tout à la fois.

— ... Que se passe-t-il, Roy? reprit-elle. Tout cela

a-t-il un rapport avec *Tendresse* ? Savez-vous qui l'a volé ?

— Oui, je le sais.

J'avais raison, songea-t-elle le cœur gonflé de joie. *Raison de croire, d'avoir confiance en lui.*

— Vous protégez quelqu'un.

— Oui.

Là aussi, je ne m'étais pas trompée.

— Qui est-ce, Roy ?

— Moi-même. C'est moi qui l'ai volé. Je l'ai mis en lieu sûr.

Samantha écarquilla les yeux. Non, non ! Elle ne s'attendait pas du tout à cette réponse, ce n'était pas possible ! Les jambes tremblantes tout à coup, elle se laissa tomber sur une chaise.

— Pourquoi ? murmura-t-elle. Je ne comprends pas. Qu'est-ce que cela signifie ?

— En d'autres termes, vous me demandez si je suis vraiment un voleur ? Oui, d'une certaine façon.

— D'une certaine façon ? Expliquez-vous, Roy, cessez de parler par énigmes, je vous en conjure ! balbutia-t-elle, assaillie de doutes et de craintes horribles.

— Cela veut dire que je ne suis pas un voleur à la manière dont vous l'entendez.

— Alors que dois-je penser ? Je vous en supplie, éclairez-moi ! Tout cela est parfaitement incompréhensible.

— Pas ici. Nous discuterons ailleurs. J'ai déjà passé trop de temps à entrer et sortir de cette vieille maison en cachette.

— Ma voiture est juste devant.

Roy hocha la tête, éteignit la bougie et entraîna sa compagne dans le couloir. Dehors, l'air frais de la nuit lui fit du bien. Elle l'aspira longuement avant de se glisser derrière le volant de la Mini. Roy s'installa sur le siège du passager, ses longues jambes repliées en un angle inconfortable. Samantha resta silencieuse un moment. Les questions se bousculaient dans son esprit, elle ne savait pas par où commencer.

— Qui était Howard Mannerley ? s'enquit-elle enfin ? Que vient-il faire dans cette histoire ?

— Avez-vous lu les articles de journaux ? rétorqua-t-il sans cesser de regarder droit devant lui. Jusqu'au dernier ?

— Oui.

Il resta parfaitement immobile.

— Howard Mannerley était mon père, fit-il tout bas.

Samantha poussa un faible cri. La dernière ligne de l'article se dessina en lettres de feu devant ses yeux.

— Il avait un fils !

Alors seulement, Roy se tourna vers elle.

— J'avais à peine un an, raconta-t-il. Quand ma mère est morte des suites d'une grave maladie, mon oncle m'a recueilli et m'a donné son nom.

— Mais pourquoi avez-vous volé *Tendresse* ? l'interrogea-t-elle, de plus en plus déroutée. Quel rapport peut-il y avoir entre le suicide de Howard Mannerley et ce parfum ?

— Il y a un lien très étroit entre *Tendresse,* mon père et Mme Edwige, répondit-il d'une voix tendue.

— *Mme Edwige ?*

— Oui.

Samantha avait l'impression de se débattre dans un mystère de plus en plus obscur. Elle chercha fébrilement un sens à cet imbroglio.

— Votre père a travaillé pour elle, n'est-ce pas ?

— Pas exactement, non.

— Mais elle me l'a révélé elle-même quand je l'ai questionnée à son sujet !

Roy eut un rire bref, dur.

— Et c'est ce qu'elle vous a répondu ? Qu'a-t-elle ajouté ?

— Elle s'est mise dans un état épouvantable, elle m'a même fait peur. Je ne l'avais jamais vue aussi bouleversée. Elle m'a interdit de prononcer à nouveau ce nom… Etait-elle affectée par sa fin tragique, Roy ?

— Non, elle a peur des fantômes. Elle ne veut pas que le passé revienne la hanter.

— Que voulez-vous dire ?

— Howard Mannerley est le créateur d'*Enchanté,* déclara-t-il brusquement…

Samantha le regarda sans pouvoir dire un mot.

— … Mais oui, *Enchanté,* le parfum sur lequel Mme Edwige a bâti son empire. Il y a trente ans, elle a fait signer un contrat à mon père et à la suite de cela, elle l'a escroqué et ne lui a jamais versé un seul centime.

Les yeux de Roy étincelaient de colère. Samantha retrouva l'usage de la parole.

— Roy ! Savez-vous ce que vous êtes en train d'insinuer ? protesta-t-elle.

— Je le sais très bien, riposta-t-il. Elle a conduit

mon père au suicide. Elle est responsable de sa mort et elle en a bénéficié.

— Mais c'est une accusation terrible ! C'est épouvantable !

— Terrible ou pas, c'est la vérité. Mon père avait passé un accord avec elle. Grâce à cela, il avait fait des projets pour son avenir et celui de sa famille. Quand il a compris que ce contrat le dépossédait d'*Enchanté*, lui interdisait d'en tirer le moindre profit, il n'a pas pu le supporter.

— Comment pouvez-vous l'affirmer maintenant, Roy ? Tout cela s'est passé il y a si longtemps !

— Je suis sûr de ce que j'avance. C'est la raison pour laquelle je me suis emparé de *Tendresse*. Pour empêcher Mme Edwige de ruiner André Dessatain de la même façon.

L'horreur, la stupéfaction, l'incrédulité se mêlaient en elle.

— Je ne peux pas le croire, Roy, déclara-t-elle finalement. Mme Edwige ne ferait jamais une chose pareille. Je la connais bien...

— Non, vous *croyez* seulement la connaître, réfuta-t-il froidement.

— C'est faux ! Je vous ai déjà raconté comment elle m'avait prise sous sa protection, comment elle m'avait aidée à gravir les échelons de la hiérarchie jusqu'à mon poste actuel.

— C'était tout à son avantage. Elle a investi en vous, et vous la payez de retour par votre travail.

— Je sais qu'elle peut être dure, et même impitoyable. Mais vous la décrivez comme une femme dénuée de scrupules, une malhonnête.

— C'est tout à fait exact.

— J'ai vu André Dessatain avant de venir ici. Mme Edwige m'a chargée de lui demander un autre échantillon de parfum et de lui faire signer un nouvel exemplaire du contrat.

— Comme c'est intéressant ! commenta Roy avec un sourire froid. Tout concorde. Les méthodes changent mais le procédé reste le même.

— Vous recommencez à parler par énigmes, protesta Samantha, gagnée par le ressentiment. Vous avez proféré de graves accusations. Vous ne pouvez pas exiger que je prête foi à toutes vos paroles.

Roy la dévisagea un moment, puis il s'adoucit.

— Non, peut-être pas en effet. Vous êtes trop loyale. Mais j'ai des preuves.

— Alors montrez-les moi, plaida-t-elle. Je suis venus jusqu'ici parce que j'avais confiance en vous, j'étais convaincue de votre innocence. Mais je ne peux pas dénigrer Mme Edwige simplement à cause de vos affirmations. Il me faut des preuves… répéta-t-elle.

Roy se détourna et parut s'absorber dans une profonde réflexion. Samantha lui posa la main sur le bras.

— …J'y ai droit, insista-t-elle doucement.

— Oui… oui, c'est vrai. Je vous les montrerai, vous ne pourrez plus douter.

— Où ? le pressa-t-elle. Et quand ?

— Demain soir, promit-il après une brève hésitation. Demain soir, je les aurai.

— Bien, j'attendrai, se résigna Samantha…

Le jeune homme, préoccupé, ne disait plus rien. Elle reprit la parole au bout de quelques instants.

— ... Cette maison, dit-elle en désignant la masse sombre. Pourquoi est-elle restée vide pendant toutes ces années ?

Il eut un geste vague.

— Enfant, je tenais à la garder et mon oncle m'a fait ce plaisir. Il lui suffisait de payer les impôts locaux, c'était une dépense peu importante. A mesure que je grandissais, elle est devenue une sorte de symbole pour moi, elle était un rappel constant des torts que l'on doit réparer. Parfois, je me demandais si je ne devrais pas la vendre mais je n'ai jamais pu m'y résoudre. Aujourd'hui, je me félicite de ne l'avoir pas fait.

— Pourquoi ?

Roy sourit tristement.

— Je vous y ai retrouvée ; c'est un grand bonheur pour moi.

Emue, elle se pencha vers lui et l'embrassa doucement.

Les phares d'une voiture déchirèrent brusquement l'obscurité. Aussitôt, Roy tenta de se cacher, mais il n'y parvint pas, trop grand pour l'espace exigu du siège. L'automobile les croisa sans ralentir et disparut.

— Je ferais mieux de partir, déclara Roy. La police me recherche.

Déjà, il avait la main sur la poignée de la portière. Samantha le retint.

— Où irez-vous ?

— Je connais deux ou trois endroits, je peux aussi

en trouver de nouveaux. On apprend très vite à se cacher.

— Je ne vous laisserai pas redisparaître maintenant que je vous ai trouvé, décréta la jeune fille. J'ai une chambre à l'auberge du Cygne, non loin d'ici. Venez-y avec moi. Personne ne nous verra entrer à cette heure tardive et nul ne songera à vous chercher là.

— C'est vrai, acquiesça-t-il... Mon ange gardien !

Il lui embrassa gentiment la joue. Samantha mit le moteur en marche et démarra.

— C'est vous qui m'avez envoyé cette lettre, n'est-ce pas ? s'enquit-elle.

— Oui. Je suis désolé d'avoir utilisé ce moyen, je n'en avais pas d'autre.

— Pourquoi ne m'avez-vous pas tout simplement demandé de vous rejoindre ? Pourquoi devais-je interroger Mme Edwige à propos de Howard Mannerley ?

— Il fallait que je sois certain.

Cette réponse l'irrita.

— De quoi ? De mon affection ? De ma confiance en vous ? Notre dernière entrevue chez moi aurait dû vous en convaincre, me semble-t-il !

— En effet. Et après vous avoir vue, je n'en ai plus douté. Mais j'avais besoin de vérifier autre chose.

— Quoi donc ?

— Je voulais savoir à quel point vous étiez proche de Mme Edwige. Si vous aviez vraiment été sa protégée, elle vous aurait sans doute parlé de mon père. C'est une femme dominatrice, elle a une forte personnalité, elle tient les gens en son pouvoir. Je voulais voir si elle était sûre de son emprise sur vous. Dans ce cas, vous ne seriez pas venue me retrouver. Votre présence ici m'a donné la réponse dont j'avais besoin.

— Est-ce la raison pour laquelle vous avez cessé de me voir l'an dernier ?

Roy acquiesça d'un air malheureux.

— J'étais venu à *Enchanté* pour venger la mort de mon père. Je comptais me renseigner minutieusement sur la façon dont Mme Edwige gérait son affaire, et attendre une occasion de lui faire payer son forfait.

Samantha revit ce dimanche soir au cours duquel son univers avait commencé à se désintégrer à son insu.

— Je vous ai parlé de mon affection pour elle, je vous ai dit combien je lui étais redevable pour son aide, combien elle avait fait pour moi, murmura-t-elle. Alors vous m'avez fui.

— Il le fallait. Je ne pouvais pas me permettre de m'attacher à quelqu'un qui lui était aussi dévoué...

Il marqua une pause et avoua doucement :

— ... J'ai essayé de m'éloigner de vous parce que je ne pouvais pas courir le risque de faire échouer mon projet. Mais si l'on aime vraiment, il ne sert à rien de le nier. Je l'ai compris chaque jour davantage.

La jeune fille ne répondit rien, la gorge nouée par l'émotion. Elle entra dans la cour de l'auberge et se gara loin du bâtiment plongé dans l'obscurité. La main dans celle de son compagnon, elle ouvrit la porte sans bruit et monta l'escalier étroit sur la pointe des pieds. Comme deux conspirateurs, ils entrèrent dans sa chambre. Samantha alluma seulement la lampe de chevet. Roy se laissa tomber sur le lit tandis qu'elle suspendait sa veste. Elle pensait encore à ce qu'il lui avait dit dans la voiture.

— Après m'avoir quittée, vous avez attendu le moment d'agir ? s'enquit-elle en s'asseyant près de lui.

— Oui, c'est à peu près cela.

— Et Liza Manship ?

— Liza n'a jamais compté pour moi. Je me suis servi d'elle pour obtenir le plus de renseignements possibles sur le fonctionnement de la firme, je l'avoue. Toutefois je ne lui ai sûrement pas brisé le cœur ; elle a peut-être été blessée dans son amour-propre, mais c'est tout. Liza Manship ne vit que pour elle-même, pour son propre plaisir… Quand Mme Edwige a apporté *Tendresse,* j'ai tout de suite compris que l'occasion tant attendue se présentait enfin. Je ne pouvais pas prévoir comment les choses se dérouleraient après le vol, bien sûr. J'avais une seule certitude : j'allais déchaîner les foudres de l'enfer…

Il s'interrompit, prit les deux mains de Samantha dans la sienne.

— … Mais surtout, je devais vous revoir une dernière fois… pour vous dire que je n'avais jamais cessé de vous aimer…

Ils se contemplèrent longuement en silence. La jeune fille avait si souvent rêvé de l'entendre prononcer ces mots ! Les circonstances actuelles n'atté-nuaient en rien son émerveillement.

— … Quoi qu'il arrive, il fallait que vous le

sachiez, reprit-il d'une voix étranglée. Depuis quelque temps déjà, je ne pouvais plus endurer cette séparation. Je ne savais même pas si j'avais encore une quelconque importance pour vous, mais je ne pouvais plus me taire.

— C'est pourquoi vous m'aviez invitée à dîner un soir, devina-t-elle.

— Oui.

— Mais Liza s'est mise en travers de votre route.

— Oui, acquiesça-t-il encore. Elle nourrissait déjà des soupçons. Rien de précis cependant, j'en suis sûr, mais je craignais qu'elle ne me surveille, et elle ne devait à aucun prix me voir en votre compagnie : par la suite, elle aurait pu croire à notre complicité...

Lui prenant doucement le menton il releva son visage.

— ... Vous êtes là à présent, et je n'ai plus peur de rien. Je vous aime vraiment, Samantha ; je vous ai toujours aimée. Mais je refusais de me l'avouer.

Il posa ses lèvres sur les siennes, légèrement d'abord puis avec plus d'insistance. Ses bras se refermèrent autour d'elle, elle s'allongea sans résister. Son baiser se fit intense, lent et sensuel. Elle entendait encore les paroles de Roy résonner dans son esprit, des mots d'amour, de tendresse, empreints d'une émotion trop profonde pour être feinte... Mais des mots seulement. Roy devait encore lui donner des preuves ; il restait trop de questions sans réponses, de mystères inexpliqués.

Le jeune homme s'écarta un peu et contempla sa compagne.

— Vous ne me croyez pas, n'est-ce pas ?...

Intuitivement, il avait deviné ses doutes.

— ... Vous vous demandez si je ne suis pas simplement en train de me servir de vous, ajouta-t-il d'une voix amère.

Samantha se redressa d'un bond.

— Non, Roy, ce n'est pas cela !

— Mais je ne suis pas tombé loin de la vérité, n'est-ce pas ?

— Je n'en sais rien moi-même. Peut-être ai-je peur de vous perdre à nouveau. Ou bien je suis désorientée par tout ce que vous m'avez révélé... Ou encore peut-être faut-il du temps pour arriver à tout accepter.

— Les paroles ne suffisent pas, voulez-vous dire ?...

Elle leva vers lui un regard perdu, trahissant son désespoir. Les yeux de Roy brillaient.

— Je vous apprendrai à croire en moi, promit-il. Et en vous-même.

Il l'attira contre lui et s'empara impérieusement de sa bouche en la ployant en arrière pour la coucher sur le lit. Puis, la maintenant sous lui, il l'embrassa ardemment, farouchement.

— Roy, non ! parvint-elle à murmurer.

Samantha le repoussait des deux mains mais, tout en protestant, elle sentait un frisson insidieux l'envahir, une chaleur sourde se répandre dans ses membres et engourdir sa raison. Ce n'était pas bien, s'assura-t-elle, elle ne devrait pas le désirer autant. Mais ses sens ne lui obéissaient plus, aucun argument, aucune logique ne pouvait plus les dompter.

— Oh mon Dieu ! s'entendit-elle soupirer.

Les baisers de Roy, ses caresses lui communi-
quaient un message plus important que tous les
mots ; son corps brûlant lui apportait la preuve
qu'elle avait demandée. Mais la passion n'a jamais
été une preuve ?... Ou peut-être le devenait-elle
quand elle allait plus loin que le simple besoin
physique ?

La voix de Roy lui parvint dans un brouillard.

— Samantha, je t'aime !

Et ses mains déboutonnaient son chemisier, en
écartaient les pans. Il effleura la courbe ronde de ses
seins, un plaisir aigu la traversa, elle se tendit vers
lui.

Un feu dévorant la consumait toute à présent ; des
flammes invisibles couraient sur sa peau, la péné-
traient, la consumaient. Les lèvres du jeune homme
suivaient le chemin tracé par ses paumes, chaudes,
tendres.

Samantha avait oublié toutes ses craintes, toutes
ses incertitudes. Elle voulait se donner à lui, toute
entière, connaître jusqu'au bout la douceur enivrante
de son étreinte. Elle aimait Roy, et cet amour lui
apportait la foi, la confiance, la conviction.

— Oh Roy, aime-moi, aime-moi !

Aucune réponse n'aurait pu être plus éloquente
que ses baisers fous, tendres et passionnés. La petite
chambre devint un monde très loin du monde, un
cocon d'extase flottant dans l'infini du ciel. Samantha
chercha la bouche de Roy, mêlant ses murmures aux
siens, les yeux clos, perdue dans un univers de
sensations indicibles.

— Je t'aime Samantha. Tu le sais ; tu le sais au fond de toi.

— Oui mon amour, je le sais, souffla-t-elle.

Tout lui paraissait si simple, si naturel, si merveilleux. Alors, dans un gémissement, Roy compléta leur union. Il était doux… doux et fort tout à la fois. Leurs corps dérivaient à l'unisson sur les vagues du plaisir, avec nonchalance d'abord, puis avec une ardeur croissante, impétueuse, irrésistible. Le flot de la passion se déchaîna en eux, la vague se faisait houle, l'océan, tourbillon. Et puis, le miracle, le temps s'arrêtant, leur cri étouffé de bonheur, d'émerveillement, le silence et la paix après le déferlement du plaisir…

Ils restèrent très longtemps dans les bras l'un de l'autre, immobiles, revenant lentement à la conscience.

Puis Roy lui caressa la joue, les yeux encore scintillants d'un éclat particulier.

— Tu ne me l'as pas encore dit, tu sais, murmura-t-il…

Elle l'interrogea du regard, fronçant imperceptiblement les sourcils.

— Tu n'as pas dit que tu m'aimais.

— Je n'ai pas prononcé les mots, rectifia-t-elle.

Il eut un sourire espiègle et doux, irrésistible.

— Mais les mots ont leur importance.

Elle jeta ses bras autour de son cou et approcha sa bouche de son oreille.

— Je t'aime, Roy Drummond. Je t'aime, chuchota-t-elle.

— Voilà qui est mieux, affirma-t-il avec satisfaction.

Il resserra son étreinte et elle se blottit contre lui, la tête nichée au creux de son épaule. Elle s'endormit ainsi, bien à l'abri, heureuse.

Une lumière pâle filtrait à travers les volets quand elle remua faiblement en entendant des bruits furtifs. Elle entrouvrit un œil, puis l'autre ; Roy était debout à côté du lit, déjà presque tout habillé. Il lui sourit et l'aida à s'asseoir.

— Que fais-tu ? protesta-t-elle, encore embrumée de sommeil.

— Je pars avant que tout le monde se réveille.

— Tu allais me quitter sans rien dire ?

— Mais non ! la rassura-t-il avec un rire tendre...

Il posa ses mains sur ses épaules et les fit glisser le long de ses bras.

— ... Ma petite déesse grecque ! chuchota-t-il d'un air émerveillé... Je t'ai laissé une adresse, ajouta-t-il en indiquant une feuille posée sur la table de chevet. Viens m'y retrouver ce soir à huit heures.

Elle l'enlaça. Le contact de la laine sur sa peau nue la fit frissonner.

— Emmène-moi avec toi, l'implora-t-elle.

— Je ne peux pas.

Samantha s'écarta avec une moue boudeuse.

— Où vas-tu ?

— Chercher les preuves que tu m'as demandées.

— Pourquoi ne puis-je pas t'accompagner ?

— On me recherche, expliqua-t-il patiemment. Seul, je peux me déplacer plus facilement.

Nous risquerions de nous faire remarquer si tu étais avec moi.

La jeune fille ne se rasséréna pas.

— Tu as toujours de bonnes raisons de me quitter, dit-elle d'une voix lourde de reproches.

— Recommencerais-tu à douter de moi, mon amour ? questionna-t-il gentiment.

— Avoue-le, c'est toujours la même chose ! Tu vas et tu viens à ta guise, tu es insaisissable.

— Cela finira bientôt, je te le promets.

Il se pencha vers elle et l'embrassa. Samantha lui rendit son baiser malgré son ressentiment.

— A ce soir, mon trésor, chuchota-t-il tout bas.

Samantha le regarda gagner la porte. Sur le seuil, il se retourna et lui envoya un baiser. Puis il disparut. Elle se recoucha en luttant contre le chagrin. Le cœur est sourd aux raisonnements ; les vieilles peurs sont promptes à se réveiller.

Allongée sur le dos, elle passa la main sur l'endroit où Roy avait reposé, quelques instants plus tôt. Le drap était encore chaud ; un flot de souvenirs l'assaillit. Elle se revit dans ses bras, goûta à nouveau la douceur de cette nuit, la tendresse de Roy qui donnait à leur désir mutuel une dimension supplémentaire, extraordinaire. Tout avait été si merveilleux ! L'attente, les incertitudes, les craintes n'avaient pas été vaines. Ce qu'elle venait de vivre compensait tout cela et bien davantage encore.

La lumière se fit plus vive, un rayon de soleil entra dans la pièce. Samantha était toujours blottie sous la couverture. Les accusations de Roy contre Mme Edwige tournoyaient dans sa tête. Il n'avait pas menti, elle en était convaincue, mais la vérité a tant de visages différents !

Il s'était certainement passé quelque chose entre Mme Edwige et Howard Mannerley. Mais la version de Roy était-elle bien la bonne ? Il était un bébé à l'époque des faits. Lui avait-on raconté une histoire véridique quand il avait grandi, ou les proches de son père avaient-ils déformé la réalité ?

Ils ne l'auraient pas fait de propos délibéré, par volonté de nuire, non, l'esprit humain a la dangereuse propriété de transformer les souvenirs. Roy était peut-être victime d'un drame qu'il ne soupçonnait pas ; celui des événements mal compris, mal relatés. Il pouvait avoir fait fausse route, depuis des années. Oui, c'était bien possible.

Bien sûr, il avait promis de lui apporter une preuve. Mais quelle valeur aurait une preuve faite de vieilles rancœurs, d'éléments incomplets, d'accusations proférées dans un moment de désespoir ? Le suicide est un acte incompréhensible, insupportable. On a tendance, très naturellement, à chercher un coupable, à l'accabler de tous les torts.

Samantha n'essayait pas de mettre à tout prix en doute la parole de Roy ; elle tenait seulement à envisager chaque possibilité sans exception.

En l'occurrence, la violente réaction de Mme Edwige semblait aller dans le sens des accusations de Roy. Le nom de Howard Mannerley n'avait pas uniquement évoqué pour elle un souvenir déplaisant ; il avait éveillé autre chose, une haine sombre et mystérieuse, indéfinissable.

Tant de mystères encore non résolus ! soupira-t-elle en son for intérieur. Mais une chose au moins était devenue une certitude : elle avait eu raison de croire et d'aimer. La nuit le lui avait prouvé.

Elle se leva d'un bond et s'étira en souriant d'aise. Les ombres qui planaient encore se dissiperaient avec le temps.

Elle enfila un peignoir, alla se doucher dans la salle de bains à l'autre bout du couloir et revint s'habiller.

L'heure du petit déjeuner était passée depuis longtemps, mais elle obtint une tasse de thé et des tartines. Son repas avalé, elle prit du papier à lettres à en-tête de l'auberge et s'installa dans un coin de la salle pour écrire une courte lettre à Amy.

« Amy chérie,

Je vais bien et je suis très heureuse. Beaucoup de surprises, encore quelques points obscurs, mais j'avais raison depuis le début à propos de ce que tu sais.

Tu connais le dicton : on ne tombe amoureux qu'une fois. Je n'y avais jamais vraiment cru, mais maintenant, j'en suis convaincue.

A bientôt pour tout te raconter en détails. Je t'embrasse,

Sam ».

Samantha glissa sa feuille dans l'enveloppe, la cacheta et la posta dans la boîte installée à côté de la réception.

— Partez-vous dès aujourd'hui ou restez-vous encore une nuit, Miss ? s'enquit aimablement l'employé.

Elle réfléchit rapidement.

— Je reste.

Le réceptionniste hocha la tête et inscrivit son nom sur le registre du jour.

La jeune fille remonta dans sa chambre. Allongée sur son lit, elle laissa les heures s'écouler lentement, plongée dans une paresseuse somnolence. Elle se sentait bien, détendue, elle n'avait pas envie de réfléchir. Du reste, elle aurait des réponses à ses questions le soir même. Et si tout allait bien, elle pourrait réfuter les accusations de Roy sans pour autant cesser de croire en lui.

En milieu d'après-midi, elle enfila une jupe en jeans, un pull blanc et mit l'adresse laissée par Roy dans son sac. 9, Huggins Lane, Guildford. Elle se rendrait directement au village et flânerait aux alentours avant l'heure de son rendez-vous.

Le soleil déclinait déjà à l'horizon quand elle atteignit Guildford. Samantha décida de repérer l'endroit exact où elle devait aller pendant qu'il faisait encore jour. Ensuite, elle se promènerait et reviendrait à l'heure dite. Un passant lui indiqua la direction.

Huggins Lane était une petite route secondaire. Samantha s'était attendue à trouver une maisonnette abandonnée au numéro 9; aussi fut-elle surprise de découvrir un très beau manoir de briques rouges entouré d'une immense pelouse. A l'entrée de l'allée semi-circulaire, une boîte aux lettres portait le nom du propriétaire : Alfred Drummond. Pensive, elle fit marche arrière et repartit.

La nuit tomba vite. La jeune fille s'arrêta boire une tasse de thé dans un petit café et reprit le chemin de

Huggins Lane en faisant un grand détour pour ne pas arriver trop tôt. Elle avait la gorge nouée.

Il était huit heures précises quand elle emprunta l'allée sablonneuse et se gara devant le large perron. Elle descendit de voiture, leva les yeux vers la grande maison silencieuse et sombre, puis monta les marches de pierre. Elle levait la main pour actionner le lourd marteau de bronze quand la porte s'entrebâilla lentement. Elle retint son souffle.

— Entre, Samantha, chuchota Roy sans se montrer.

Elle se glissa dans l'étroite ouverture et cligna des yeux pour s'accoutumer à l'obscurité totale. Samantha entendit le déclic de la serrure, discerna la haute silhouette de Roy ; l'instant d'après, elle fut dans ses bras.

— Je suis désolé de faire tant de mystères, mais je ne peux courir aucun risque, expliqua-t-il à voix basse. Je suis resté caché ici toute la journée.

Il l'embrassa, et plus rien ne compta hormis sa présence. Samantha sentit les battements de son cœur s'apaiser progressivement. Au bout d'un moment, il la prit par la main et la guida dans les ténèbres presque totales. Elle devina qu'ils traversaient un vestibule, puis s'engageaient dans un couloir.

Brusquement, Roy tourna dans une pièce et referma la porte derrière eux. Il la lâcha quelques secondes, elle l'entendit marcher, frotter une allumette, une lueur jaune éclaira la pièce.

Ils se tenaient dans un petit bureau aux murs recouverts de livres. Une table en marqueterie en occupait le centre, entourée de trois fauteuils confortables. Roy lui fit signe de venir s'asseoir sans prononcer un mot.

Tandis qu'elle obéissait, il fouilla dans la poche de sa veste et en sortit un rouleau de papier jauni attaché par un trombone. Il le déplia sur la table devant elle.

— Voici la preuve que tu m'as demandée, déclarat-il d'une voix sourde en réponse à sa question muette. C'est le contrat établi par Mme Edwige pour mon père, il y a trente ans de cela.

Elle s'attendait à le voir s'installer à côté d'elle, mais il resta debout, grave et impressionnant dans la pénombre. Il posa une autre liasse de papiers à côté de la première.

— ... Et voici le contrat rédigé au nom d'André Dessatain pour *Tendresse*. Tu peux les comparer : à l'exception de la date, ils sont rigoureusement identiques. Lis d'abord le plus ancien.

Samantha parcourut des yeux les lignes tapées en petits caractères, sautant les termes trop obscurs et se contentant du sens général de chaque paragraphe. Vers le milieu da la seconde page, elle s'arrêta et regarda son compagnon.

— Je suis désolée, mais je ne vois là rien d'illégal. On y stipule en termes très clairs le pourcentage versé au créateur sur les ventes. Vingt pour cent, si je ne m'abuse.

Roy hocha la tête.

— Oui, tout a l'air parfaitement honnête, n'est-ce pas ?...

Mais sa voix était teintée d'amertume.

— ... Relis la clause cinq, celle qui énumère les coûts pris en charge par le fabricant.

Samantha reprit la première page, trouva la clause en question et se pencha dessus. Derrière elle, Roy la récita par cœur.

— La promotion, la publicité, la production, le pourcentage de l'inventeur, les ingrédients de base, le coût du laboratoire etc. Exact ?...

Samantha acquiesça.

— ... Bien. A présent, passe à la clause dix.

La jeune fille la lut à haute voix.

— Si, de l'avis du fabricant, les profits sont insuffisants, le fabricant aura le droit d'éliminer n'importe laquelle des dépenses citées au paragraphe cinq pour tirer de meilleurs bénéfices dudit parfum.

Elle fronça les sourcils et parcourut à nouveau les quelques lignes, gagnée par un vague malaise.

— C'est bien cela, intervint Roy, devinant sa pensée. Cette petite clause a permis à Mme Edwige d'éliminer le pourcentage versé à mon père afin de faire une économie dans ses coûts de production. Regarde le paragraphe numéro douze.

Samantha obéit. Cette fois encore, la voix de Roy accompagna sa lecture. Le contrat était gravé dans sa mémoire.

— Si le fabricant cesse la production du parfum, ce contrat devient automatiquement nul et non avenu. Mais le fabricant peut lancer sur le marché un nouveau parfum de sa création...

Samantha leva les yeux vers son compagnon.

— ... Tu sais ce que cela signifie ? lança-t-il rageusement. Cela veut dire que Mme Edwige pouvait tout simplement changer un détail inutile dans la formule et techniquement, elle aurait créé un nouveau parfum sur lequel elle aurait eu tous les droits. Ce contrat a été fait pour lui donner les pleins pouvoirs, en d'autres termes, pour dérober à l'inventeur la récompense de son travail... Tu peux regarder le contrat établi pour André Dessatain, ajouta-t-il avec un soupir de lassitude. C'est le même.

La jeune fille entreprit de comparer les deux feuilles, allant de l'un à l'autre, le cœur serré. Les clauses étaient identiques, pas un mot n'y avait été changé. Elle interrompit enfin sa lecture et se tourna vers Roy, s'attendant presque à lire la satisfaction sur son visage. Mais le jeune homme était seulement très triste.

Elle observa à nouveau les deux contrats. Les phrases austères prenaient un sens nouveau, terrible. Elle se sentait toute petite... et trahie. La conviction de Roy, les formules répétées à trente ans d'intervalle, le fait que Mme Edwige était une femme ambitieuse et impitoyable, tout cela suffisait à la convaincre, bien sûr. Mais ce qui lui faisait le plus mal en cet instant, c'était le souvenir de la réaction de la présidente quand elle avait prononcé le nom de Howard Mannerley, cette rage apoplectique, déclenchée en fait par la peur.

— Je ne sais pas quoi dire, murmura-t-elle en baissant la tête. J'ai sans doute besoin d'un peu de temps pour me faire à cette idée.

— Oui, je comprends, répondit-il très gentiment.

— Après la mort de ton père, personne n'a essayé de faire modifier ce contrat ?

— Mon oncle a demandé des conseils, il a fait des recherches. Les meilleurs avocats ont tous confirmé qu'il s'agissait d'une escroquerie, mais les termes étaient parfaitement légaux, il n'y a rien eu à faire. Mon père n'aurait jamais dû le signer, hélas c'était un jeune homme naïf et confiant. Madame Edwige l'a enjôlé avec des promesses verbales et des assurances. Elle a dû faire miroiter devant ses yeux toutes sortes de perspectives mirobolantes et l'endormir avec de belles paroles…

Roy s'interrompit un instant, le visage sombre.

— … Quand elle nous a montré *Tendresse* et nous a parlé d'André Dessatain, j'ai vu toute l'histoire se répéter. J'ai compris qu'elle avait agi exactement de la même façon. Cette femme est un rapace capable de dénicher les êtres solitaires, innocents et faciles à manipuler. A n'en pas douter, Dessatain comme mon père doit être un homme crédule. Il n'est pas de taille à se défendre contre les manigances de Mme Edwige.

Samantha se mordit la lèvre. La description faite par Roy était parfaitement juste. Elle se sentait encore partagée, déchirée. La loyauté, l'amitié, la reconnaissance… on ne pouvait pas balayer tous ces sentiments comme un tas de feuilles mortes. Ils résistaient, s'accrochaient, s'incrustaient dans l'esprit et dans le cœur ; ils lui faisaient mal.

Elle leva les yeux vers lui.

— Que comptes-tu faire maintenant ?

— L'empêcher de recommencer, l'empêcher de pousser quelqu'un d'autre au suicide. Je veux mettre un terme à ses duperies, ses mensonges, lui interdire de s'enrichir en détruisant des êtres humains.

Elle resta silencieuse. Roy était si décidé à se venger, si furieux. La rage le rongeait et elle aurait voulu le prendre dans ses bras, l'apaiser, effacer cette blessure qui l'empêchait de vivre. Mais elle lutta contre cette impulsion et se força à lui poser la question qui la tourmentait.

— Tout cela en volant la formule et l'échantillon ? Ne crains-tu pas de te condamner à une vie d'errance et de clandestinité ? Ou pire encore ?

Roy secoua la tête en signe de dénégation.

— Non, pas si tout se passe selon mes prévisions. Pour des gens comme Mme Edwige, la cupidité domine tous les autres sentiments, même la colère.

— Qu'arrivera-t-il au juste d'après toi ?

— D'abord, il faut contacter André Dessatain et lui exposer la vérité. Tu l'as déjà rencontré, m'as-tu dit. Tu peux le voir à ma place.

— Pourquoi ne vas-tu pas lui parler directement ?

— Pour l'instant, on me considère comme un voleur. Mme Edwige lui a peut-être tout raconté ; je ne puis être sûr de rien. En outre, il ne me connaît pas. Il risque de ne pas me croire. Toi, il te croira. Il t'écoutera.

— Et si je parviens à le convaincre ?

— Je lui rendrai *Tendresse*. Il aura tous les atouts en main ; Mme Edwige sera bien obligée de traiter de façon équitable avec lui. Une des conditions à lui imposer, outre un contrat honnête, sera qu'elle abandonne toutes les poursuites contre moi, qu'elle retire sa plainte. Elle n'aura pas le choix, elle sera forcée de s'incliner. Son avarice en souffrira, mais son affaire souffrirait bien davantage de ne pas avoir *Tendresse*. Si je n'avais pas subtilisé le parfum, il n'y aurait eu aucun moyen de négocier avec elle. Il fallait la mettre au pied du mur.

Samantha se surprit à acquiescer. Tout paraissait si simple, si logique quand il parlait ! Pourtant, elle ne pouvait se défaire d'un pressentiment inquiétant : comment être sûre que tout se passerait selon les prévisions de Roy ?

Certes, il avait bien préparé son plan, et pour une cause juste, respectable… Les chevaliers en armure d'argent existaient toujours, même s'ils portaient la bannière de la revanche. Elle contempla son visage anguleux ; il était ardent, presque dur en cet instant, et dans un élan de profonde tendresse, elle lui tendit la main.

— Je ferai tout mon possible pour t'aider, Roy. M'accompagneras-tu chez André Dessatain ?

Il fronça les sourcils.

— Pas la première fois, je risquerais de ne pas arriver à bon port. Chacun de mes déplacements me met en danger d'être pris. Tu lui expliqueras tout toi-même.

— Comment entrerai-je en contact avec toi ?

— Tu n'auras pas à essayer. Va chez lui et attends là-bas. Je te joindrai en temps voulu.

— Où as-tu mis *Tendresse* ? Il risque de me poser la question.

— Il est caché ici. Nous sommes dans la maison de mon oncle, comme tu l'as sans doute deviné. J'ai grandi ici. Cette vieille demeure regorge de cachettes idéales, et mon oncle est en voyage en ce moment.

— Vas-tu rester ici ?

— Non, ce ne serait pas une bonne idée. La police va certainement venir perquisitionner si ce n'est déjà fait. Et ils reviendront régulièrement. Mais ne t'inquiète pas, je saurai me trouver un abri sûr.

Samantha se leva et noua ses bras autour de son cou.

— Pas ce soir. Viens avec moi à l'auberge. De toute façon, je ne partirai pas avant demain matin. Dormons ensemble encore une nuit, Roy.

Il lui répondit par un baiser âpre et doux, plus éloquent que toutes les paroles. Puis, ayant caché les contrats derrière la bibliothèque, il souffla la bougie et prit le chemin de la sortie.

Sur le perron, Samantha lui prit la main. Ils allaient atteindre la voiture quand une lumière aveuglante troua la nuit. Trois rayons convergeaient vers eux. Clignant des paupières, la jeune fille parvint à discerner des voitures de police surmontées de phares puissants. Une voix sèche, brutale, claqua.

— Police ! Restez où vous êtes. les mains en l'air.

Roy s'écarta d'un bond prodigieux et se mit à courir. Des hommes en uniforme se jetèrent à sa poursuite. Roy en bouscula un, évita le second, mais deux autres gagnaient du terrain. Ils le saisirent chacun par un bras. Roy tenta de se dégager, en vain.

— Ça suffit à présent, ne faites pas l'idiot, vous aggravez votre cas.

La lutte fut de courte durée. Tout s'était passé si vite que cela semblait irréel. Les projecteurs éclairaient la scène comme dans un décor de théâtre. De nouvelles silhouettes apparaissaient. Samantha, hagarde, vit Roy revenir entre deux policiers.

Brusquement, une ombre se détacha du groupe et s'avança vers elle. Le cœur lui manqua en reconnaissant le beau visage aux traits réguliers. C'était Jean-Paul.

— Non ! souffla-t-elle. Oh non !

Roy arriva à sa hauteur au moment où Jean-Paul venait se poster près d'elle. Le regard du captif alla de l'un à l'autre, affolé, cherchant à comprendre. Le neveu de Mme Edwige arborait une expression satisfaite.

— Merci, Samantha, merci beaucoup, susurra-t-il avec un sourire diabolique.

Roy fixa les yeux sur elle, incrédule, atterré. La gorge sèche, elle remua les lèvres sans parvenir à articuler un son.

— C'est une bonne actrice, n'est-ce pas ? poursuivit Jean-Paul.

Une expression de furie amère se peignit sur les traits du jeune homme. Samantha chercha désespérément ses mots. Ce n'était pas possible, Jean-Paul ne pouvait prétendre…

— Dites-lui la vérité, parvint-elle à balbutier.

Son sourire se fit condescendant.

— Voyons, c'est inutile, ma chérie, Drummond a bien compris. Il sait additionner deux et deux !

Samantha sentit ses jambes se dérober sous elle, la tête lui tourna. Elle savait ce que Jean-Paul était en train de faire, et elle était impuissante à l'en empêcher. Les mots refusaient de sortir, ils la désertaient au moment où elle en aurait eu le plus besoin. Elle était en état de choc, incapable de se défendre.

Et Jean-Paul en était bien conscient. Avec une rouerie ignoble, il faisait croire à Roy qu'elle l'avait trahi !

Muette, elle dévisagea Roy. Il fixait sur elle un regard empli de rage, d'horreur et de dégoût. Dégageant un de ses bras d'un geste sec, il leva la main, l'arrêta à mi-parcours et la laissa retomber en secouant la tête.

— Non, fit-il d'une voix sourde, vous n'en valez pas la peine.

— Roy ! Ecoute-moi !...

Un policier entraîna le prisonnier. Elle eut tout juste le temps de voir sa fureur se tranformer en une angoisse intolérable.

— Allons, venez, ordonna l'agent.

— Roy ! attends !...

Samantha se mit à courir, mais un policier lui barra la route. Elle voulut le contourner.

— ... Laissez-moi ! Je dois lui parler !

— Il n'en est pas question. Il est en état d'arrestation.

Samantha recula d'un pas, se demandant si elle ne trouverait pas un moyen de l'esquiver, mais l'homme ne la quittait pas des yeux, visiblement prêt à l'empêcher de passer. Derrière lui, elle vit Roy monter dans une voiture qui démarra aussitôt. Un cri de douleur s'étrangla dans sa gorge. En quelques secondes, tous les véhicules officiels partirent. C'était fini, et la jeune fille eut l'impression d'avoir vécu un horrible cauchemar.

Mais c'était bien vrai. Jean-Paul se tenait toujours à côté d'elle.

— Pourquoi avez-vous dit cela, demanda-t-elle d'une voix brisée. *Pourquoi ?*

— Parce que c'est la vérité, répondit-il tranquillement.

— C'est faux ! Je ne vous ai pas aidé à le capturer, je ne vous ai pas amenés jusqu'ici !

— Mais si, très chère. Le fait que vous ne l'ayez pas fait délibérément n'y change rien…

Il la considérait avec une ironie non dissimulée. Une colère violente gagna Samantha.

— … Voyez-vous, nous vous avons suivie depuis votre départ de New York…

Elle ne put réprimer un sursaut de stupeur. Le sourire de Jean-Paul s'élargit.

— … Mais oui, ma chérie ! Mme Edwige et moi-même étions de plus en plus intrigués par votre attitude. Vous refusiez de croire à la culpabilité de Roy Drummond et vous vous faisiez visiblement beaucoup de souci pour lui. Cela m'a rappelé que vous aviez été fort entichée de lui autrefois. Ensuite, il y a eu votre curieuse question à propos de Howard Mannerley, puis votre désir intempestif de prendre des vacances… C'était trop, mon cœur, beaucoup trop. Vous avez sous-estimé la perspicacité de ma tante.

— Mais elle a accepté de me laisser partir, elle m'a même envoyée voir André Dessatain, riposta Samantha, perplexe.

— C'était sans danger, vous avez été constamment sous surveillance. Quand vous avez quitté le Périgord, mes gens vous ont filée d'abord jusqu'à Londres, puis partout où vous êtes allée. Dès que vous avez rencontré Drummond et que vous l'avez ramené dans votre auberge, ils m'ont appelé à Londres, où je séjourne depuis hier. J'ai alerté la police anglaise, la suite n'a pas été compliquée. Il nous a suffi d'attendre votre rendez-vous avec lui.

Samantha ferma les paupières un instant, puis se força à les rouvrir. Elle n'avait jamais soupçonné, jamais imaginé même qu'on la suivait. Elle était allée et venue en toute confiance, très fière d'elle-même, avec une belle inconscience. Pauvre idiote ! fulminat-elle intérieurement.

— J'ai agi comme une sotte. Je n'ai eu que ce que je méritais, fit-elle à mi-voix.

— Allons, ne vous accablez pas de reproches, c'est inutile, l'encouragea Jean-Paul d'une voix enjouée.

Elle leva vers lui des yeux étincelants de fureur.

— Oh si ! J'ai été aveugle très longtemps, semble-t-il. J'avais confiance en Mme Edwige, je la défendais contre ses détracteurs, j'excusais son caractère inflexible. Je me trompais du tout au tout sur son compte, j'étais crédule. Mais c'est fini à présent. Je ne suis plus aussi naïve !

— A cause de Howard Mannerley ?

— Vous êtes donc au courant !

Jean-Paul haussa les épaules.

— Je fais partie de la famille. Ma tante n'a pas de secrets pour moi.

— Elle a anéanti cet homme sciemment, cruellement. C'est… c'est monstrueux, c'est abject !

— Il était faible, instable. Voulez-vous donc en imputer la responsabilité à Mme Edwige ?

— Elle lui a dérobé le fruit de son travail, déclara Samantha. Elle lui a fait signer un marché de dupe, elle s'est octroyé tous les bénéfices qui lui revenaient de droit, elle l'a conduit au suicide par ses machinations. Et maintenant, elle va escroquer André Dessatain de la même façon. J'ai lu les deux contrats, acheva-t-elle avec véhémence.

Le jeune homme ne se départit pas de son calme.

— Vous êtes épuisée, assura-t-il. Vos sentiments pour ce voleur de Drummond vous aveuglent. Il a inventé n'importe quelle excuse pour justifier son acte, et vous vous êtes laissé berner. Vous êtes incapable d'avoir une vision juste de la réalité.

— Au contraire, je la comprends très clairement pour la première fois. Je me souviens encore de la terreur sur le visage de Mme Edwige quand j'ai prononcé le nom de Howard Mannerley. Et j'en comprends la signification. Elle a peur de voir le passé revenir la hanter, la vérité éclater au grand jour.

— Personne n'y accordera la moindre attention. C'est de l'histoire ancienne. Et je vous suggère de l'oublier et de revenir à la raison... Mme Edwige acceptera peut-être même de vous pardonner, ajouta-t-il froidement.

Samantha le fixa avec stupeur. Un nouveau personnage lui apparaissait, il ne ressemblait en rien à celui qu'elle avait cru connaître.

— Cela vous est égal, n'est-ce pas ? souffla-t-elle.

La façon dont elle s'est conduite avec Howard Mannerley ne vous affecte pas le moins du monde !

— Je ne m'occupe pas du passé.

— André Dessatain n'appartient pas au passé, riposta Samantha.

Il rit avec indifférence.

— Vous êtes trop sentimentale, déclara-t-il. Madame l'a toujours dit, c'est votre point faible...

Samantha ne parvenait pas à détacher son regard de lui. Son beau visage s'était durci, il était glacial, impitoyable. Comme les apparences étaient trompeuses ! La jeune fille s'était laissé leurrer par son charme, elle n'avait jamais soupçonné sa véritable personnalité.

— ... Je serai à l'hôtel Connaught encore un jour, venez m'y trouver si jamais vous changez d'avis... et merci encore, Samantha, ajouta-t-il en montant en voiture.

Elle chercha une réplique mordante, mais une vague de faiblesse la submergea.

— Allez-vous-en, murmura-t-elle.

Elle tourna très vite les talons pour dissimuler ses larmes. Elle regagna la petite Austin et claqua la portière. Là, la tête posée sur le volant, elle laissa libre cours à ses sanglots. Samantha resta ainsi très longtemps, inerte, hoquetant de rage et de douleur. Enfin, ses larmes se tarirent, elle s'essuya les joues et mit le moteur en marche. Elle rentra à l'auberge en roulant très lentement.

Dans sa chambre, elle se déshabilla et se coucha en travers du lit. Des images de la soirée lui revenaient avec une précision déchirante. L'explosion de lumière ; la course de Roy ; la police ; Jean-Paul s'avançant vers elle ; ses paroles savamment calculées pour induire Roy en erreur. Mais surtout, surtout, l'instant atroce où Roy avait perdu toute confiance en elle, où il avait sombré dans le gouffre du désespoir sous ses yeux.

L'espace d'un instant, elle voulut espérer l'impossible : Roy se souviendrait de leur nuit ensemble, de cette nuit où elle s'était donnée à lui par amour, par fidélité. Alors, il croirait à sa sincérité...

Mais non. Jean-Paul avait bien joué ; Roy verrait là une preuve supplémentaire de sa duplicité.

Un sanglot s'étrangla dans sa gorge, elle se roula en boule sur le côté. Elle *devait* contacter Roy, avant toute chose, lui faire admettre qu'elle ne l'avait pas trahi.

Il lui sembla sentir un poignard s'enfoncer dans son cœur. Que lui dirait-elle ? Quel moyen aurait-elle de le convaincre ? Des mots ? Accepterait-il seulement de l'écouter ? Elle, à sa place, comment réagirait-elle ?

La réponse à cette question la brisa. Roy ne se laisserait jamais persuader. Les paroles n'étaient pas des preuves, elles étaient la matière dont on fabrique les mensonges.

Samantha se retourna sur le dos. *Une preuve*. Jean-Paul seul pouvait la lui fournir. Lui savait qu'elle n'avait pas trompé Roy. Mais il n'accepterait jamais d'aller plaider sa cause auprès de son ennemi.

A moins... Une étincelle d'espoir s'alluma, grandit. Bientôt, la jeune fille fut en proie à une vive excitation. Son plan prenait forme, il s'imposait à elle.

Samantha avait une arme. Pour des gens comme Mme Edwige et Jean-Paul, la vérité était une simple affaire de commodité. On s'en servait si on en avait besoin, mais on n'hésitait pas à la déformer, à la piétiner le cas échéant. Ou à la négocier. Et Samantha y était prête. Elle combattrait le feu par le feu.

Tout était clair à présent ; elle savait exactement ce qu'elle avait à faire. Elle s'étira, le cœur gonflé d'espoir, impatiente soudain d'être au lendemain. La jeune fille se sentait mieux, cent fois, mille fois mieux. Elle parvint même à dormir.

7

L'ASCENSEUR du *Connaught* monta avec un chuintement discret. Samantha se réjouit d'être seule dans la cabine ; cela lui donnerait le temps de surmonter sa nervosité.

Le soleil se levait à peine quand elle avait quitté la petite auberge et pris la route de Londres. Elle s'était exhortée au courage, avait répété cent fois son discours pendant le trajet, elle s'était félicitée de son calme, de sa détermination, et même du choix de ses vêtements : un tailleur brun chiné de jaune, austère et élégant.

Et maintenant, à sa grande irritation, elle se sentait faiblir, céder à la peur. *Non ! il n'en est pas question !* décréta-t-elle en son for intérieur. Elle tiendrait bon.

L'employé de la réception avait prévenu Jean-Paul de son arrivée ; il l'attendait devant la porte de sa suite. Il la regarda approcher avec une évidente satisfaction. Samantha savoura par avance le moment où son sourire s'effacerait.

— Je suis très heureux de vous voir, ma chère, déclara-t-il en s'effaçant pour la laisser passer.

Tête haute, elle entra dans la pièce... et se pétrifia en découvrant Mme Edwige nichée dans un profond fauteuil, les yeux brillants.

La jeune fille déglutit péniblement, partagée entre son ancienne loyauté et sa colère actuelle, le ressentiment et le souvenir de son affection. Avec sa sagacité habituelle, Mme Edwige devina sa surprise.

— Visiblement, tu n'as pas averti Samantha de ma venue à Londres, feignit-elle de reprocher à son neveu sans quitter la jeune fille des yeux. Vous avez été très sotte, Samantha. Très sotte.

Ce ton protecteur attisa sa colère.

— Non, rectifia-t-elle, pas sotte. Naïve, confiante, mais pas sotte.

Mme Edwige la scruta attentivement en plissant les paupières.

— On vous a convaincue que j'avais volé *Enchanté* et poussé Howard Mannerley au suicide, paraît-il ?

Elle avait parlé avec juste ce qu'il fallait de chagrin, de dignité blessée. Samantha faillit se sentir coupable ; elle se ressaisit à temps.

— Avez-vous une autre version à me proposer ? lança-t-elle. Howard Mannerley n'a pas reçu un centime sur les ventes de son parfum. Ses héritiers non plus.

— Sentiments et affaires ne font pas bon ménage, déclara madame avec un haussement d'épaules.

— Il ne s'agit pas de sentiments mais d'honnêteté. Ce contrat était honteux.

— Je refuse de discuter d'une histoire qui n'a plus aucune importance. Il n'y a pas à revenir sur le passé.

— André Dessatain est bien actuel.

Les yeux de son employeuse s'embrasèrent d'un éclat dangereux.

— A partir d'aujourd'hui, mes affaires avec André Dessatain ne vous concernent plus !

— Samantha, pourquoi diable êtes-vous venue ici si vous êtes toujours aussi peu raisonnable ? intervint Jean-Paul.

Elle se tourna vers lui.

— Je suis venue dans un but précis. Vous allez dire à Roy Drummond que je n'ai absolument pas contribué à son arrestation.

Comme elle s'y attendait, il prit un air ironique.

— N'est-ce pas touchant ? La jeune fille accusée à tort venant exiger réparation !...

Il jeta un coup d'œil amusé à Mme Edwige et reporta son attention sur Samantha.

— ... Vous ne parlez pas sérieusement, j'espère ?

— Je ne plaisante pas du tout, lui assura-t-elle.

Jean-Paul se durcit instantanément. Il partit d'un rire cynique.

— Mon Dieu ! Je n'arrive pas à y croire !

— Eh bien, faites un effort. Vous allez dire à Roy que je ne suis en rien responsable.

— Vous êtes de plus en plus étonnante, ma chère Samantha. Ma tante et moi ne nous soucions nullement de vos petits problèmes personnels mais je l'avoue, je trouve votre témérité admirable !

— Détrompez-vous, mes problèmes vous concernent tous les deux, riposta-t-elle. Ou vous avouez la vérité à Roy, ou je m'en vais trouver André Dessatain et je lui raconte l'histoire de Howard Mannerley.

Je lui expliquerai comment vous vous apprêtez à l'escroquer de la même façon.

Elle vit la tante et le neveu échanger un regard et connut un bref instant de satisfaction. Mme Edwige prit la parole.

— Du chantage, Samantha ?

— Appelez cela comme vous voudrez. Pour moi, c'est une question de vérité…

Elle redressa le menton et affronta hardiment son interlocutrice.

— … Voilà mon marché. Rétablissez la vérité, sinon je dévoile vos manigances à André Dessatain, répéta-t-elle.

— Si nous cédons, que ferez-vous Samantha ? s'enquit Mme Edwige. Votre affection pour Drummond pourrait bien vous pousser à continuer votre manège.

— Je tiens toujours ma parole, *moi* souligna Samantha.

— Comme c'est louable ! la félicita Mme Edwige avec un sourire glacial. Néanmoins, nous n'aurons pas l'occasion de vérifier la justesse de cette belle déclaration, car nous refusons. Il n'y aura pas de marché entre nous.

La jeune fille dissimula de son mieux sa surprise. Elle s'était attendue à une contre-proposition, à des tentatives pour la faire changer d'avis, mais pas à ce rejet définitif.

— Je ne reviendrai pas sur mes intentions, insista-t-elle. J'irai bel et bien voir André Dessatain.

— Et vous ridiculiser encore davantage ? rétorqua

Mme Edwige. Ne trouvez-vous pas que cette comédie a assez duré ?

— Ne me parlez pas sur ce ton. Je ne suis plus une enfant !

— Ah non ? On ne le dirai guère à vous entendre. Des millions de dollars sont en jeu ; croyez-vous vraiment que je vais me laisser impressionner par les vaines menaces d'une petite idiote ? Croyez-vous vraiment que je m'intéresse aux états d'âme de Roy Drummond et que je sois prête à me plier à vos futiles exigences ?

— Elles ne sont pas futiles !

— Mais si. Roy Drummond est derrière les barreaux et il y restera. Il ne peut plus vendre *Tendresse,* il est réduit à l'impuissance. Je n'ai plus rien à redouter de lui et je me moque de ce que vous pourrez bien faire. Je contrôle entièrement la situation.

Samantha sentit son assurance s'effondrer. Elle était venue marchander, mais en fin de compte elle n'avait rien à échanger. Elle chercha désespérément une réponse et n'en trouva pas. Sa seule arme était chargée à blanc, elle était vaincue. Elle entendit à peine la voix de Mme Edwige.

— Je vous conseille de prendre le premier avion pour New York. Oubliez Roy Drummond si vous ne tenez pas à gaspiller votre jeunesse en pleurant sur un prisonnier. Rentrez chez vous et ressaisissez-vous. Le monde appartient aux ambitieux, ne l'avez-vous pas compris en travaillant avec moi ?

— Manifestement pas, rétorqua-t-elle.

— Rentrez Samantha. Je vous pardonnerai peut-être votre conduite déplorable. Allons, laissez-moi, partez ! Toute cette histoire m'a beaucoup agacée.

Les joues écarlates, Samantha baissa la tête. Il n'y avait plus rien à dire, elle avait essayé et échoué. Comme une automate, elle se dirigea vers la sortie. Jean-Paul lui ouvrit galamment la porte avec un sourire protecteur.

— Suivez l'avis de madame, très chère. Ce sera plus prudent.

— Des menaces ? le défia-t-elle.

— Non, Samantha, un conseil. Un simple conseil.

La jeune fille sortit sans se retourner. Quand elle atteignit l'ascenseur, elle appuya distraitement sur le bouton. Elle était à bout de forces, anéantie. Ç'avait été un échec cuisant. Ils avaient eu le dessus cette fois-ci, mais ils n'étaient pas venus à bout de sa colère et de sa détermination.

La présence de Mme Edwige l'avait désarçonnée, elle en avait conscience à présent. Néanmoins, cela avait eu un effet bénéfique : elle ne nourrissait plus aucun doute, elle était désormais convaincue de la cruauté de son ancienne protectrice.

Secrètement, elle avait espéré voir Mme Edwige manifester un quelconque remords, se montrer un tant soit peu humaine. Mais non, elle avait seulement dévoilé sa froideur calculatrice, sa cupidité sans bornes. Mme Edwige avait elle-même apporté la touche finale au portrait que Samantha avait refusé de voir si longtemps, aveuglée par sa loyauté.

L'ascenseur la déposa au rez-de-chaussée ; Samantha quitta l'hôtel en pensant à Jean-Paul. Il était encore plus abject. Sa tante avait au moins une certaine force de caractère ; lui n'était qu'un comparse de faible envergure.

Dehors, le soleil l'éblouit. La lumière du grand jour la tira de sa dépression et décupla sa fureur. Ils l'avaient traitée comme une enfant, ils l'avaient renvoyée dédaigneusement.

— Le mépris des puissants, murmura-t-elle en montant en voiture.

Elle serra les lèvres. Ils verraient ! Elle saurait leur faire payer leur arrogance !

Avant tout cependant, elle devait voir Roy. Elle arriverait les mains vides, sans aucune preuve de sa bonne foi, mais elle devait lui parler à tout prix.

Un agent de la circulation, lui indiqua le commissariat le plus proche, où un policier aimable l'accueillit.

— Il a été arrêté hier soir dans le Sussex, dites-vous ?...

Il prit un dossier et le consulta.

— ... On l'a amené à Londres. Voyons, Drummond... Drummond... Ah ! le voici ! Il est incarcéré au dépôt de Simpson Street.

Samantha le remercia et sortit en courant après lui avoir demandé le chemin. Hélas, l'officier de service à Simpson Street avait un règlement à respecter.

— Etes-vous une de ses parentes ? questionna-t-il.

— Non.

Elle regretta ses paroles en apercevant une expression navrée se peindre sur le visage du policier. L'honnêteté n'était pas toujours la meilleure des stratégies.

— ... Mais je dois absolument avoir une entrevue avec lui, insista-t-elle.

— Désolé, c'est impossible.

— Conduisez-moi auprès d'un responsable.

Elle dut argumenter avec un sergent, puis un lieutenant, et fut enfin introduite dans le bureau de l'inspecteur Higgins, un homme au visage austère.

— On n'autorise pas les visites aux prisonniers si tôt après leur arrestation, sauf s'il s'agit de leur avocat ou d'un membre de leur famille, naturellement, expliqua-t-il.

— Mais ils reçoivent pourtant bien des visiteurs ?

— Plus tard, après l'instruction de leur dossier. En outre, le cas de M. Drummond sort un peu de l'ordinaire. Il est recherché par la police américaine, nous avons agi en leur nom.

— Justement, je rentre aux Etats-Unis demain matin, déclara Samantha bien décidée à jouer le tout pour le tout. C'est pourquoi je dois le voir maintenant. C'est absolument impératif.

L'inspecteur réfléchit quelques instants, puis il poussa un soupir résigné.

— C'est bon, mais pas plus de cinq minutes, bougonna-t-il.

Un de ses adjoints amena la jeune fille dans une petite pièce sans fenêtre, coupée au milieu par une cloison vitrée. Deux chaises en constituaient tout l'ameublement.

Samantha s'assit, une porte s'ouvrit de l'autre côté de la vitre et Roy entra, le visage défait, marqué par une nuit sans sommeil. Mais quand il l'aperçut, une flamme brûla dans ses yeux. Il tourna les talons et repartit.

— Roy ! Attends !

La main sur la poignée, il lui jeta un coup d'œil furibond par-dessus son épaule.

— Quand on m'a annoncé quelqu'un, j'ai cru qu'il s'agissait d'un avoué.

— Je t'en supplie, Roy, écoute-moi.

— « Donne-moi des preuves, passe la nuit avec moi, Roy, ne me quitte pas »... railla-t-il amèrement. Et tout cela pour laisser à vos amis le temps d'arriver !

— Non, non ce n'est pas vrai !

Mais déjà, il poussait la porte.

— Elle a vraiment su vous modeler à son image, lança-t-il encore. Vous ne reculez devant rien pour atteindre votre but !

Le lourd battant d'acier se referma en résonnant. Samantha, debout, les deux mains posées à plat sur la vitre appelait encore le nom de Roy. Le policier de garde s'approcha d'elle et la tira gentiment en arrière.

— Allons, Miss, vous devez partir.

Samantha traversa précipitamment les bureaux, sortit dans la rue et monta dans sa voiture en luttant contre les larmes. La souffrance peinte sur le visage de Roy la bouleversait, mais elle n'avait pas le droit de céder au découragement. L'avenir dépendait d'elle, elle devait passer à l'action.

Ce serait à elle de rétablir la vérité, à elle de regagner la confiance de Roy, et même réparer l'injustice commise envers Howard Mannerley.

Samantha se dirigea sans tarder vers l'agence de location pour rendre la Mini. Chaque minute comptait.

8

L A voiture, une Renault 4 l'attendait quand elle atterrit enfin à Limoges. Elle avait tout organisé depuis Londres mais, comme d'habitude, il y avait eu des retards à la correspondance et son impatience avait été impuissante à hâter le cours des événements.

Samantha s'installa au volant dans la lumière grise du crépuscule et étudia la carte routière. Le mieux serait de prendre la direction du sud jusqu'à Périgueux. Là, une route secondaire la conduirait à Saint-Astier.

Samantha démarra et s'engagea sur la nationale. Elle était presque étonnée de retrouver le même paysage vallonné ; quelques jours seulement s'étaient écoulés depuis sa première venue dans le Périgord. Il lui semblait avoir vécu des siècles.

Tout en roulant, elle jeta un coup d'œil machinal dans le rétroviseur. Une Volkswagen, une Peugeot bleue et un camion orange et blanc la suivaient. Elle vit une Citroën noire déboucher d'un chemin et prendre la queue de la file.

Samantha conduisait vite, trop vite peut-être, mais la nuit tombait rapidement et elle tenait à arriver le soir même. Elle continuait à regarder de temps en temps dans le rétroviseur, par réflexe. La Volkswagen tourna vers Thiviers, les autres véhicules restèrent.

La jeune fille ralentit pour consulter encore la carte pendant qu'il faisait jour et s'assurer qu'elle était bien dans la bonne direction. Le semi-remorque la dépassa dans un grand bruit de ferraille.

Il faisait complètement nuit quand elle atteignit Périgueux, et elle alluma les phares. La Peugeot et la Citroën la suivaient toujours. A la sortie de la ville, elles accélérèrent et la dépassèrent. Samantha, penchée en avant pour mieux distinguer les panneaux indicateurs quitta la nationale pour s'engager sur une départementale.

Quelques instants plus tard, elle remarqua que la Citroën était à nouveau derrière elle. Au bout de quelques kilomètres, une nouvelle pancarte lui indiqua qu'elle devait tourner à droite. La grosse voiture noire vira dans son sillage.

Samantha fronça les sourcils et appuya sur l'accélérateur. La chaussée était droite, bien goudronnée, elle pouvait faire de la vitesse. La Citroën ne se laissa pas distancer…

Elle faillit dépasser le croisement suivant, vit la flèche à la dernière minute et prit le virage dans un crissement de pneus. Les phares de l'autre voiture apparurent presque aussitôt dans le miroir. La jeune fille se força à garder son calme. Après tout la Citroën allait peut-être à Saint-Astier, elle n'avait aucune raison de céder à la panique. Pourtant, le conducteur aurait eu plus d'une fois l'occasion de la doubler et il ne l'avait pas fait... Son front se plissa à nouveau.

L'obscurité était complète, on ne voyait rien de part et d'autre de la route. Zut ! marmonna Samantha, elle allait bien en avoir le cœur net.

Elle poussa le pied à fond, la Renault bondit en avant. En quelques secondes, la Citroën se rapprocha. Le doute n'était plus permis, elle était filée.

Une angoisse insidieuse s'empara d'elle. Le puissant véhicule gagnait rapidement du terrain. Samantha chercha des yeux une lumière, une maison, mais la campagne noire s'étendait à perte de vue. Une peur sans nom la gagna.

Une fois de plus, elle s'était montrée naïve. Aussitôt après son départ, Mme Edwige avait dû donner des instructions à Jean-Paul pour qu'il l'empêche par tous les moyens de contacter André Dessatain. Elle n'aurait jamais dû les menacer ouvertement : ils ne reculeraient devant rien pour protéger un contrat de plusieurs millions de dollars.

La Citroën était juste derrière elle. Brusquement elle la vit passer sur le côté. Ses mains se crispèrent sur le volant. Trois hommes étaient à l'intérieur, deux sur le siège avant et un à l'arrière.

La voiture la dépassa et se rabattit brutalement. Samantha freina pile, les roues de la Renault mordirent le bas-côté de la route et elle s'arrêta dans un fourré. La jeune fille remit le moteur en marche, voulut reculer, les pneus tournèrent à vide dans la terre meuble. Finalement, elle abandonna et resta assise, tremblant de tous ses membres.

Les portières de l'autre automobile s'ouvrirent, les inconnus descendirent et s'approchèrent rapidement. Le premier avait un nez aplati, cassé, comme un boxeur ; le second était grand avec un visage en lame de couteau, et le troisième, de taille moyenne, portait une barbe broussailleuse. Ils actionnèrent les poignées de la Renault mais Samantha les avait verrouillées.

— Ouvrez et sortez d'ici, lança un des hommes dans un anglais teinté d'un fort accent français. Si vous obéissez nous ne vous ferons pas de mal.

— Allons ! Ouvrez ! insista un autre.

Samantha releva le loquet et descendit lentement. Elle n'avait pas le choix. L'homme au nez cassé semblait être le chef. Il jeta un ordre bref au plus grand.

— Emmène-la dans la Citroën.

Son acolyte saisit Samantha par le bras. Elle se dégagea d'un geste sec.

— Je peux marcher toute seule.

— Comme vous voudrez.

Celui-ci était indubitablement américain. Le troisième grommela une phrase en français. Un trio international... Jean-Paul devait être bien introduit dans les milieux de la pègre.

L'homme au visage mince la fit monter sur le siège arrière et prit place à côté d'elle. Il contempla les longues jambes fuselées de la jeune fille d'un air insolent et laissa son regard s'attarder sur son buste. Son inquiétude s'accrut. Les mercenaires font souvent leur loi, elle était entièrement en leur pouvoir. Le barbu se mit au volant.

— Combien vous a-t-on payé pour ceci ?...

Ils avaient sûrement été engagés par Jean-Paul, avec l'accord de sa tante. Sa colère s'exacerba. Personne ne lui répondit, la voiture se mit en marche.

— ... J'espère qu'il s'agit d'une bonne somme, les enlèvements sont passibles d'assises.

Toujours pas un mot. Ils avaient fait demi-tour et emprunté une route inconnue d'elle. Elle guettait les panneaux de signalisation. Très vite, il devint clair qu'ils s'éloignaient de Saint Astier.

Ils roulaient depuis une heure environ quand ils s'engagèrent sur un chemin à peine assez large pour laisser passer un véhicule. Au bout de deux kilomètres, ils s'arrêtèrent devant une sorte de grange.

— Sortez ! ordonna le chef.

Cette fois encore, l'Américain la détailla ouvertement.

— Ravissant ! murmura-t-il en la suivant dehors.

Une ferme aux volets cloués se profilait derrière le hangar. Un des hommes ouvrit la porte du premier bâtiment et disparut à l'intérieur. Quelques secondes plus tard, une lueur jaune apparut.

— Entrez !

Samantha hésita.

— Qu'allez-vous faire de moi ?

— Vous garder. Vous serez notre invitée, ricana l'homme au nez cassé.

— Pendant combien de temps ?

— Jusqu'à demain, ou peut-être plus longtemps. Vous posez trop de questions, allons! avancez!

Il l'entraîna dans la grange. L'endroit était visiblement abandonné. Le sol était jonché de paille, une demi-douzaine de sacs de blé étaient posés contre la cloison. Une porte conduisait à la ferme.

— Vous ne pourrez pas vous échapper. Nous allons rester dans la pièce juste à côté, l'avertit son geôlier.

— Et si j'ai besoin de quelque chose?

— Appelez-nous, nous vous entendrons.

Ses complices avaient verrouillé l'entrée du bâtiment. L'Américain s'attarda pour jeter un dernier regard avide sur Samantha avant de rejoindre les deux autres.

Restée seule, la jeune fille tourna lentement sur elle-même en frissonnant. Il n'y avait pas de fenêtres, l'unique lucarne était condamnée. Elle perçut les voix assourdies de ses ravisseurs derrière le mur. Parfois, ils haussaient le ton, comme s'ils se disputaient.

Samantha se laissa tomber sur un sac en toile de jute, très faible tout à coup. Faisant un grand effort sur elle-même, elle se ressaisit et s'obligea à réfléchir.

Manifestement, le nouveau contrat avec André Dessatain n'avait pas encore été signé. On la maintiendrait captive le temps de régler cette affaire, puis les trois bandits la relâcheraient et disparaîtraient. Elle serait mise devant le fait accompli.

Samantha avait encore le temps de joindre le chimiste avant eux, mais ses quelques heures d'avance ne lui servaient à rien. Sauf si elle trouvait un moyen de s'enfuir.

Samantha se releva et examina encore la grange. Elle longea les murs, pesant sur les planches dans l'espoir d'en voir une céder sous la pression. Le bois était solide. Il lui faudrait donc réduire ses ravisseurs à l'impuissance. Elle aurait besoin d'une arme. Samantha fouilla tous les recoins sans rien dénicher qui puisse lui servir.

Découragée, elle allait se rasseoir quand elle aperçut le bout d'un objet coincé entre les sacs et la cloison. Elle se mit à pousser et à tirer de toutes ses forces et enfin, le souffle court, elle parvint à en déplacer un. La jeune fille réprima de justesse un cri de joie en découvrant un gros bâton.

Elle s'en saisit, le soupesa, en fouetta l'air... Parfait. Il ferait l'affaire. Il était assez solide pour briser un crâne. Cette idée la fit frémir de dégoût, mais elle s'exhorta à la fermeté. Après tout, ces brutes n'hésiteraient pas à lui faire du mal. Elle dissimula le bout de bois, se reposa un instant pour reprendre son haleine et se redressa, pleine de détermination.

Bien. Elle avait un redoutable gourdin. A présent, comment allait-elle l'utiliser ? Ils étaient trois, elle n'arriverait jamais à les assommer d'un coup. Elle devait donc les prendre un par un. L'Américain au visage en lame de couteau devrait être le plus facile à attirer.

Sans hâte, elle élabora son plan. Dans cette prison, le temps semblait s'être arrêté. Mais à sa montre, il était déjà minuit passé. Malgré sa répugnance, elle devait agir.

Samantha s'approcha de la porte de communication, prit une profonde inspiration, et frappa. Presque aussitôt, elle entendit le bruit de la serrure et le battant s'entrouvrit. L'Américain la dévisagea. Par-dessus son épaule, elle aperçut les deux autres attablés devant une bouteille de vin dans une cuisine poussiéreuse. Rassemblant tout son sang-froid, elle affronta le regard de son ravisseur.

— J'ai soif.

Il la détailla des pieds à la tête avec effronterie. Samantha, très droite, lui tourna le dos et s'éloigna, consciente qu'il ne la quittait pas des yeux. Enfin, il referma.

La jeune fille s'assit sur les sacs de blé et attendit. Elle prenait un risque terrible, elle en était consciente. Cet homme était dangereux, il ne savait certainement pas se dominer ; elle devrait manœuvrer très habilement pour le réduire à sa merci.

Au bout d'une éternité, la porte se rouvrit et l'homme apparut, une bouteille à la main. Il s'avança jusqu'à elle sans cesser de la détailler et tendit le bras.

— Prenez-la !... Allons ! prenez ! vous avez dit que vous aviez soif.

— Oui, c'est vrai.

Lentement, elle porta le goulot à ses lèvres. L'eau était tiède, elle avait un goût de vase, mais Samantha se força à boire. Puis elle scruta son ravisseur.

— Je veux vous faire une proposition, murmura-t-elle...

Il esquissa un sourire cruel.

— … Je veux sortir d'ici. Si vous m'y aidez, je vous paierai bien. Beaucoup mieux que ce qu'on vous a offert.

Il contemplait ouvertement sa gorge palpitante.

— Quand ? demanda-t-il.

— Dès que je serai dehors.

— Vous avez de l'argent sur vous ?

— Je peux m'en procurer.

— Vous savez ce que vous risquez si vous essayez de me jouer un mauvais tour ? menaça-t-il.

Samantha hocha la tête, la gorge nouée. Elle ne s'en doutait hélas que trop bien.

— Acceptez-vous de m'aider ? Ils ne vous ont sûrement pas si bien récompensé.

Il resta silencieux et la fixa intensément.

— Il faudra attendre, dit-il enfin.

— Quoi donc ?

— Qu'ils s'endorment.

— C'est bon. Revenez à ce moment-là. Faites-moi sortir et je vous paierai. Après tout, vous faites cela pour l'argent. Le mien vaut bien le leur.

Il acquiesça.

— Je reviendrai, assura-t-il. Soyez patiente.

Samantha le regarda tourner les talons et s'éloigner. Quand il fut sorti, elle exhala un profond soupir. Jusque-là, tout allait bien. Elle se pencha par-dessus les sacs et empoigna le bâton. Serait-elle vraiment capable de s'en servir ? Il lui faudrait agir vite ; si elle échouait, elle serait perdue.

Samantha reposa son arme et s'adossa à la cloison.

Elle était contente de disposer d'un délai pour affermir sa résolution.

Les heures passèrent. Samantha avait dû somnoler; quand elle consulta sa montre, elle s'aperçut qu'il était trois heures. L'inquiétude la gagna. Pourquoi ne revenait-il pas?

Samantha lutta contre la panique et se força à dormir encore. Elle se réveilla en tressaillant. Presque six heures! Mais où était-il donc? Avait-il changé d'avis? Non, il n'était pas homme à réfléchir.

Son cœur battit à grands coups sourds. La porte venait de grincer. Un rai de lumière se découpa sur le sol. Samantha passa un bras derrière son dos; ses doigts se refermèrent sur le bâton.

— Par ici, chuchota-t-elle.

La silhouette se glissa dans la grange et s'avança à pas de loup. L'homme s'arrêta à un mètre et lui fit signe de venir le rejoindre. Samantha jura intérieurement. Elle ne pouvait pas se lever avec son arme, il la verrait immédiatement.

— Venez ici, bon sang! murmura-t-il d'une voix rauque.

La jeune fille se laissa glisser en bas des sacs. Elle trouverait un moyen de revenir. Lentement, elle alla vers lui.

— Je me demandais si vous aviez changé d'avis.

— J'ai été obligé de patienter. Louis est resté éveillé toute la nuit. Il est parti téléphoner, il ne va pas tarder à revenir.

— Et l'autre?

— Il dort à poings fermés. Il en a pour un bon moment avant de se réveiller.

— Comment allons-nous partir d'ici ? Avez-vous une seconde voiture ?

— Nous ne partons plus, annonça-t-il avec un rire sarcastique. Vous n'espériez tout de même pas me convaincre avec vos histoires de récompense ?

— Mais… si, tout à fait, mentit Samantha…

L'homme redoubla de rire.

— … Pourquoi êtes-vous ici dans ce cas ?

— Parce que j'ai d'autres projets pour vous, ma jolie. C'est pour cela que j'ai attendu, pour être seul avec vous.

Il leva la main, l'approcha de son chemisier. Samantha l'écarta d'un coup sec et recula. Il ricana encore, bondit en avant. Cette fois, il l'agrippa sauvagement et lui fit faire demi-tour. Samantha le griffa au visage. L'Américain fit un saut en arrière, la joue ensanglantée. Samantha en profita pour se ruer sur les sacs de blé. Mais elle n'avait pas fait deux pas qu'il la rattrapa. La saisissant à la taille, il la fit tomber et roula sur le sol avec elle.

— Ah, tu préfères la manière dure ? gronda-t-il rageusement.

Déjà, il déchirait ses vêtements. Samantha lui décocha un violent coup de pied dans les côtes, se releva. Il lui barrait la route. Faisant demi-tour, elle se mit à courir vers l'autre bout de la grange. Jetant un coup d'œil par-dessus son épaule, elle le vit se lancer à sa poursuite, bras tendus, le visage déformé par la fureur. Affolée, elle fit un écart. Emporté par son élan, le bandit trébucha. Sa tête alla heurter le mur avec un bruit mat. Il s'écroula à terre, inanimé.

Prise de nausée, Samantha se força à s'approcher

de la silhouette inerte et à se pencher. Il respirait encore, mais il resterait sans doute évanoui un bon moment. Elle se redressa en tremblant. Cet épisode l'avait violemment ébranlée, mais elle n'était pas encore libre. Porter secours à cet homme la mettrait en danger.

Le cœur battant, elle se glissa jusqu'à la porte entrebâillée et regarda dans la cuisine. Le barbu était allongé sur un banc, recouvert d'une couverture. Des ronflements sonores et réguliers s'échappaient de sa bouche.

Sur la pointe des pieds, elle s'introduisit dans la pièce, et passa devant l'homme endormi sans le quitter des yeux, s'attendant à le voir se réveiller à tout instant. Mais il ne fit pas un geste. Samantha atteignit la porte d'entrée et se força à l'ouvrir tout doucement malgré son désir de se précipiter dehors.

Le soleil déjà levé lui fit cligner des yeux. La Citroën n'était pas là. Samantha se mordit nerveusement la lèvre. Elle allait être obligée d'attendre, les mains vides. Elle n'aurait jamais le courage de retourner prendre le bâton.

Un abreuvoir à bestiaux disparaissait à demi sous des buissons. La jeune fille courut se cacher derrière cet abri providentiel. De là, elle pourrait surveiller la route à travers les branches. Le chef au nez cassé allait sûrement revenir dans peu de temps. Il avait dû aller annoncer sa capture et prendre les nouvelles instructions...

Samantha perçut le bruit du moteur avant de distinguer la voiture. Au bout de quelques minutes, celle-ci apparut dans un nuage de poussière. Le conducteur se gara juste devant la ferme et descendit. Samantha retint son souffle. Dieu merci, il avait laissé les clefs sur le contact !

Elle le laissa entrer dans la maison. Dans moins de deux minutes, il allait découvrir son complice évanoui dans la grange. C'était à elle de profiter de ce court délai.

D'un bond, elle sortit de sa cachette, se précipita au volant de la Citroën et mit le moteur en marche. Le pied appuyé à fond sur l'accélérateur, elle tourna dans la cour et s'engagea sur le sentier. Dans le rétroviseur, elle vit le chef de la bande sortir de la bâtisse en agitant les bras, furieux et consterné.

Libre ! Elle était *libre !* Samantha avait envie de rire tant elle exultait.

Un coup d'œil à sa montre lui rendit son sérieux. Elle était à une heure, deux peut-être de Saint Astier, et elle ne connaissait pas les routes. Elle continua à rouler à vive allure, guettant les panneaux. Chaque seconde comptait.

Il était environ dix heures quand elle atteignit enfin le village. Epuisée, elle tourna dans la rue et se gara enfin devant la maisonnette au toit d'ardoise. Elle arrivait au but…

Le cœur lui manqua en apercevant une Peugeot de location dans la cour. Elle se pétrifia un instant, se précipita hors de la Citroën et courut jusqu'à la porte. Dédaignant la sonnette, elle tourna la poignée et se rua à l'intérieur.

André Dessatain était assis à la table de la salle de séjour, un stylo à plume à la main. Jean-Paul était debout derrière lui.

9

ANDRÉ Dessatain leva les yeux d'un air stupé-
fait.

— Samantha ! s'exclama-t-il.

La jeune fille jeta un rapide coup d'œil à Jean-
Paul. Il paraissait littéralement en état de choc. Le
contrat était posé sur la table, le chimiste tenait
toujours son stylo, juste au-dessus.

— Ne le signez pas ! s'écria-t-elle.

— Comment ?

— Ne le signez pas, vous perdriez tous vos droits !

Le regard perplexe d'André Dessatain alla de
Jean-Paul à Samantha.

— Que me racontez-vous là, Samantha ? De quoi
s'agit-il ?

— Il s'agit d'une escroquerie, d'une malhonnê-
teté.

— Il s'agit surtout d'une jeune personne bien
vindicative, intervint Jean-Paul.

Il avait retrouvé toute son assurance.

— Je ne comprends pas, grommela M. Dessatain
en fronçant les sourcils.

— Miss Coolidge essaie de se venger de Mme Edwige.

— Ne l'écoutez pas, vous ne devez surtout pas signer ce contrat ! répéta Samantha d'un ton désespéré.

Le chimiste s'agita d'un air irrité.

— Quelqu'un aurait-il la bonté de me mettre au courant ?

— Miss Coolidge s'efforce par tous les moyens de nuire à notre firme, expliqua Jean-Paul d'un air de patience résignée merveilleusement imité.

— Vraiment, Samantha ?

— Non !

— Ah non ? répéta Jean-Paul avec une pointe d'amusement.

— Enfin, pas de la façon dont il l'entend, assura-t-elle au chimiste.

Jean-Paul prit une expression de profond ennui.

— Travaillez-vous toujours pour les parfums *Enchanté ?* demanda-t-il.

— Non, admit la jeune fille en se sentant rougir.

— Vous avez été renvoyée, n'est-ce pas ?

— Oui, mais pas pour les raisons que vous laissez supposer.

— Qu'importe le motif, elle a été renvoyée, un point c'est tout. Pour tout vous avouer, elle a agi contre les intérêts de la compagnie.

— C'est faux ! j'ai essayé de défendre *vos* intérêts, monsieur Dessatain !

Il voulait la faire passer pour une petite peste malveillante aux yeux du chimiste. Affolée, elle

chercha désespérément le moyen de prouver sa
bonne foi.

— Mon Dieu quelle histoire ! soupira Jean-Paul
avec un petit rire ironique. Quand nous lui avons
signifié son congé, elle a juré de se venger par tous
les moyens. Elle a menacé ma tante de venir vous
trouver et de vous raconter des mensonges pour vous
dissuader de conclure notre accord. A vrai dire, je ne
l'en avais pas crue capable sur le moment. Manifestement je m'étais trompé.

Son calme était bien susceptible de convaincre
André Dessatain.

— Vous mentez, protesta encore Samantha, le
visage défait.

— Avez-vous oui ou non été congédiée par
Mme Edwige, jeune demoiselle ? s'enquit André.

— Oui... Mais ce n'est pas la raison de ma
présence ici.

— Au contraire, c'est justement à cause de cela
qu'elle est venue.

Le visage du chimiste refléta un profond désappointement. Reprenant son stylo plume, il traça des
lettres au bas de la page d'une main ferme.

— Je n'aime pas la rancune, déclara-t-il d'un ton
grave et triste.

Samantha contempla fixement la signature.
Echoué. Elle avait échoué. En jouant habilement sur
les mots, Jean-Paul l'avait mise dans le rôle d'une
harpie vengeresse, il avait jeté le doute sur toutes les
paroles qu'elle aurait pu prononcer. Elle vit une
lueur de triomphe briller dans ses yeux et une fureur

incontrôlable la submergea. C'était trop injuste, elle ne pouvait pas le laisser gagner !

Le contrat était toujours posé sur la table, l'encrier débouché à côté.

En un éclair, elle s'empara de la bouteille et la renversa sur le papier. L'encre se répandit sur les paragraphes imprimés, recouvrit le paraphe d'André Dessatain. L'espace d'une seconde, elle fut ivre de joie.

Le cri consterné du chimiste fut recouvert par le chapelet d'injures et d'imprécations de Jean-Paul. Samantha tourna les talons et s'enfuit.

Samantha laissa la Citroën là où elle l'avait garée ; Jean-Paul se chargerait de la rendre à ses propriétaires. Elle courut, courut jusqu'à être hors de vue de la maison, puis elle ralentit enfin pour reprendre son souffle.

Où la Renault pouvait-elle bien être ? A quelques centaines de mètres ? A des kilomètres ? Sans doute assez loin, hélas.

Un vieux camion vétuste arrivait sur la route, chargé de cages à poules. Samantha fit un signe et le chauffeur freina. La jeune fille lui expliqua de son mieux qu'elle voulait regagner sa voiture. Ouvrant la portière d'un geste large, il l'invita à monter.

— A votre service !

Elle se hissa sur le siège en prenant appui sur le rebord de la vitre. Ils avaient peut-être parcouru deux kilomètres quand elle aperçut la Renault sur le bas-côté.

— Merci, merci beaucoup !

Elle grimpa sur le talus pour laisser le conducteur

redémarrer, lui adressa un dernier salut de la main et
se laissa tomber derrière le volant en poussant un
soupir de soulagement. Elle avait gagné du temps. Il
faudrait au moins une semaine pour établir un nouvel
exemplaire et le faire parvenir au chimiste. Elle irait
le voir avant et ferait tout pour le convaincre. En
attendant, elle se cacherait dans la campagne.

Samantha jeta un coup d'œil à l'arrière pour
vérifier si ses bagages étaient toujours là, puis elle
tourna la clé de contact et manœuvra pour sortir les
roues du fossé. Une fois sur la chaussée, elle fit demi-
tour et se mit à rouler lentement, sans but précis,
évitant les grands axes. Ces dernières vingt-quatre
heures lui avaient appris une chose : tant qu'elle
représenterait une menace pour ses adversaires, elle
serait en danger. Samantha allait devoir rester sur le
qui-vive à chaque instant. Mme Edwige et son neveu
n'avaient pas hésité à employer les grands moyens
pour la combattre. Elle avait sous-estimé leur détermination, on ne l'y reprendrait pas une seconde fois.

Elle erra longtemps sur des routes secondaires
pour laisser à Jean-Paul amplement le temps de
prendre congé de M. Dessatain. Elle reprenait progressivement son calme et au bout d'un moment,
Samantha prit conscience de tiraillements dans son
estomac. Elle n'avait rien mangé depuis la veille ; la
faim commençait à se faire cruellement sentir.

Elle connut la joie du voyageur perdu dans le
désert et trouvant une oasis quand elle aperçut une
petite auberge dissimulée derrière un rideau d'arbres. Par prudence, elle gara la voiture dans la cour
derrière le bâtiment et entra.

Son premier geste fut de se diriger vers les toilettes. Rafraîchie, s'étant aspergé le visage d'eau froide et recoiffée, Samantha s'installa à une table.

Le restaurant était tenu par deux sœurs, de charmantes vieilles dames prévenantes et certainement gourmandes ; la carte de spécialités régionales qu'elles offraient en témoignait !

La salade au foie gras et le confit de canard étaient exquis. Samantha les arrosa d'un verre de « vin ordinaire » produit par une coopérative locale et qui était loin de mériter sa modeste appellation.

Reposée, rassasiée, Samantha redevint infiniment plus optimiste. Elle était certaine à présent de pouvoir convaincre André Dessatain. Jean-Paul n'étant plus là pour déformer toutes ses paroles, elle arriverait à se faire entendre.

Il y avait un téléphone dans l'entrée. La jeune fille consulta sa montre. Oui, Jean-Paul était certainement loin. Elle composa le numéro de téléphone du chimiste ; une voix de femme lui répondit.

— Je voudrais parler à M. Dessatain, s'il vous plaît.

— Monsieur est parti, l'informa son interlocutrice. Je suis sa gouvernante.

— *Parti* ? Il est sorti pour l'après-midi, voulez-vous dire ?

— Non, non, il est parti. Il était bouleversé ce matin, il a décidé de prendre des vacances. Je ne sais pas au juste quand il reviendra. Dans une semaine, sans doute, ou peut-être deux.

— Bien, merci, balbutia Samantha avant de raccrocher.

Cette nouvelle acheva de la décourager. Quinze jours ! c'était bien trop long ! Elle n'avait presque plus d'argent, elle allait devoir rentrer aux Etats-Unis prochainement. En outre, Jean-Paul avait très bien pu convenir d'envoyer le contrat à André Dessatain là où il se trouvait. Une fois de plus, ses efforts étaient réduits à néant.

Après avoir payé son addition et remercié ses hôtesses, Samantha regagna la Renault. Elle s'installa au volant mais ne démarra pas tout de suite. Elle avait besoin de réfléchir.

En allant trouver le chimiste, elle avait essayé de sauvegarder ses intérêts, mais également les siens propres. Si elle avait pu empêcher Mme Edwige d'escroquer l'inventeur du parfum, elle aurait eu une preuve tangible de sa bonne foi à apporter à Roy. Cela, elle ne devait plus y compter. Il ne lui restait plus qu'une solution : retourner à Londres, et tenter de lui parler à nouveau. Il lui restait juste assez d'argent pour le voyage.

La jeune fille mit le moteur en marche et reprit la route, ragaillardie par cette décision. Elle conduisait lentement et jetait de fréquents coups d'œil dans le rétroviseur. La vue d'une Citroën fit battre son cœur plus vite, mais elle se rassura : la voiture, grise, était occupée par une famille.

Arrivée à Limoges, elle rendit la Renault à l'agence et prit une navette pour gagner l'aéroport. Là, elle vécut une heure d'attente éprouvante ; tous ces visages inconnus lui paraissaient suspects, elle sursautait au moindre prétexte. En principe, elle ne courait plus aucun danger puisque André Dessatain était parti, mais elle n'en était pas moins d'une extrême nervosité. Elle finit par embarquer, sans cesser d'épier les passagers avec méfiance. Samantha ne se détendit pas avant de monter dans l'avion pour Londres.

Elle trouva une chambre d'hôtel sans trop de difficulté et se coucha immédiatement. Les événements des dernières quarante-huit heures et l'angoisse permanente l'avaient épuisée. La jeune fille sombra dans un sommeil lourd et agité.

Samantha se réveilla tard et se doucha hâtivement. Elle enfila sa robe-chemisier blanche soulignée d'un col et d'une ceinture roses. Roy, elle s'en souvenait, aimait particulièrement cette tenue. Elle la mit comme une sorte de talisman, un porte-bonheur. Un chauffeur la conduisit au commissariat de Simpson Street. L'inspecteur Higgins était toujours aussi laconique.

— Vous ne verrez certainement pas M. Drummond aujourd'hui, jeune demoiselle. Il est en route pour l'aéroport, on le ramène à New York.

— *A New York ?*

— Oui, il est extradé. Il doit prendre le vol de onze heures. Les autorités américaines l'ont réclamé. D'ici une demi-heure, il aura quitté le territoire britannique.

Sans se soucier des formules de politesse usuelles, Samantha partit en courant. Dehors, elle attendit cinq minutes en trépignant d'impatience avant de trouver un taxi. Une voiture s'arrêta enfin et elle s'engouffra sur le siège arrière.

— A Heathrow, s'il vous plaît. Je vous paierai le double de la somme inscrite au compteur si nous y sommes dans moins de trente minutes.

L'homme ne pouvait résister à une offre aussi alléchante. Il démarra en trombe et Samantha se cramponna à la poignée. Elle avait les billets à la main quand il freina enfin après une course folle.

Elle se rua à l'intérieur du bâtiment, évitant les chariots à bagages, manquant de bousculer plus d'un passager, les yeux rivés sur le comptoir de la *Pan-American*. Etait-il trop tard ? Roy était-il déjà monté dans l'avion ?

Une foule nombreuse se pressait contre la barrière de séparation pour dire un dernier adieu aux amis ou aux membres de la famille en partance. Samantha se fraya un chemin jusqu'au premier rang. Sa gorge se noua quand elle repéra enfin la haute silhouette couronnée d'une crinière blonde. Le détective Acheson se tenait à côté de lui ! Ils auraient pu être deux hommes d'affaires en voyage... on remarquait à peine la petite chaîne de métal qui unissait leurs poignets. La jeune fille, horrifiée, fixa les menottes. Ils s'approchaient d'elle sans la voir, ils allaient la dépasser...

— Roy !

Elle le vit s'arrêter, se retourner, scruter les visages, l'apercevoir. Puis il fit un pas vers elle, aussitôt suivi par son gardien. Il avait une expression d'animal aux abois, furieux et blessé.

— Alors, vous êtes venue vous réjouir du spectacle ? cingla-t-il durement. Pourquoi pas après tout ? Les vainqueurs ont le droit de triompher.

— Roy ! non !

Il jeta un coup d'œil derrière elle et son regard se fit vide, mort. Perplexe, elle se retourna : Jean-Paul était derrière elle, le sourire aux lèvres. La jeune fille refit volte-face pour appeler Roy, se justifier... mais il était déjà loin et avait franchi la porte d'embarquement.

La douleur lui transperça le cœur. Jean- Paul lui avait porté un coup fatal, il avait parachevé son œuvre, rendu impossible toute confiance entre Roy et elle.

— Pourquoi ? lui demanda-t-elle d'une voix brisée. Pourquoi tenez-vous absolument à me faire passer pour votre complice ?

— C'est une coïncidence, assura-t-il tranquillement. J'étais venu m'assurer du départ de Drummond et je vous ai vue vous précipiter vers lui.

— Vous avez fait exprès de vous mettre derrière moi. Vous saviez très bien ce qu'il en conclurait !

Il ne le nia pas.

— Rentrez chez vous, Samantha, tout est fini.

— Non, ce n'est *pas* terminé !

— Ne dites donc pas de bêtises. Nous seuls pouvons détromper Drummond et nous n'en avons pas l'intention. Espérez-vous donc le convaincre avec de simples mots ?

— Oui.

Elle baissa la tête, frappée elle-même par l'irréalité de son affirmation. Le rire de Jean-Paul lui fit l'effet d'une gifle.

— Vous verrez... Avec le temps, vous deviendrez plus raisonnable.

Tournant les talons, il s'éloigna et disparut bientôt dans la foule. Samantha se laissa choir sur un fauteuil, le regard vague. *Rentrez chez vous.* Oui, elle allait suivre ce conseil. De toute façon, elle n'avait pas le choix.

Après avoir réservé une place sur le vol de nuit, Samantha se sentit terriblement seule. Elle alla au bureau de poste de l'aéroport et envoya un télé-gramme à Amy. Avec le décalage horaire, elle arriverait à New York dans la soirée.

« Serai dans le vol Pan-Am 101 aujourd'hui. Viens me chercher. Baisers. Sam. »

Cela l'apaisa un peu. Elle avait terriblement besoin d'amitié, de compréhension, elle avait besoin de savoir que quelqu'un l'attendait, prêt à l'écouter, à réfléchir sans passion. La solitude peut engendrer la terreur, détruire l'équilibre, anéantir les capacités de raisonnement.

Samantha appela l'hôtel où elle avait passé la nuit et on promit de lui envoyer ses bagages. Ensuite, elle s'efforça de lire un magazine, mais elle y renonça bien vite et le jeta d'un geste impatient. Fermant les yeux, elle essaya de s'assoupir un moment. Les pensées tournoyaient sans relâche dans sa tête sans jamais aboutir où que ce soit. Cela ne servait à rien, se répétait-elle, rien ne servait plus à rien. L'arrivée du coursier et l'enregistrement de sa valise la tirèrent de sa prostration un moment, mais elle y retomba aussitôt après.

L'heure du départ arriva enfin. Samantha s'assit près du hublot et appuya la tête contre le coussin.

Dieu merci, la fatigue la terrassa, elle dormit pendant presque tout le voyage. Quand elle rouvrit les yeux, les hauts gratte-ciel de New York apparaissaient déjà. Bientôt, l'avion amorça sa descente.

Elle fut une des premières à descendre.

— Avez-vous quelque chose à déclarer ?

La formule habituelle lui arracha un sourire amer. Non, rien, seulement une dépression atroce, songea-t-elle. Mais elle ne dit rien, fit un signe de dénégation et se hâta vers la salle d'attente. Amy eut l'air épouvantée en la voyant.

— Que s'est-il passé ? s'enquit-elle immédiatement. Tu as une mine affreuse !

— Ce n'est pas étonnant, je *suis* dans un état affreux, répondit-elle en embrassant les joues rondes de son amie. Merci d'être venue, ajouta-t-elle avec gratitude.

— La voiture n'est pas loin, déclara Amy en l'entraînant. Après ta lettre, je m'attendais à te trouver rayonnante !

Rayonnante ? Ce mot lui fit mal. Rayonnerait-elle à nouveau un jour ? Elle s'installa sur le siège avant et Amy se mit au volant.

— Ça a donc mal tourné ?

— Mal tourné ? C'est une catastrophe, oui !

— Attendons d'être chez moi devant une bonne tasse de café. Nous serons mieux pour discuter.

Samantha acquiesça et contempla le paysage par la vitre. Les tours familières lui paraissaient différentes, trop grandes ; trop impersonnelles. C'était là un effet de son abattement, elle le savait. Elle se sentait dépassée, toute petite, insignifiante. Elle irait mieux après avoir parlé à Amy… Du moins, elle l'espérait.

Amy l'introduisit dans son appartement et mit immédiatement de l'eau à bouillir. Elle revint au bout de quelques instants, tendit à Samantha un mazagran brûlant et s'assit en face d'elle.

— Bien, je t'écoute. Il s'est révélé être un voleur, n'est-ce pas ?

— Non, pas du tout, nia la jeune fille d'une voix étranglée. J'avais entièrement raison de lui faire confiance…

Un sanglot l'étouffa, elle se tut.

— Allons, calme-toi. Nous avons tout notre temps. Commence donc par le début.

Samantha s'essuya les yeux, poussa un profond soupir et entama son récit. Elle parla de sa visite chez André Dessatain, de son escale à Londres, de sa rencontre avec Roy dans le Sussex… Evoquer ces brefs moments de bonheur lui fut particulièrement douloureux. A plusieurs reprises, elle dut s'interrompre pour se ressaisir et refouler ses larmes. Quand elle eut terminé, Amy la contempla d'un air grave.

— Quelle histoire ! Elle s'est bien mal terminée !

— C'est peu dire, riposta Samantha…

Un brusque accès de désespoir la submergea.

— … Oh Amy ! Que puis-je faire ? Quelle est la solution ? gémit-elle.

— Rentre chez toi, Sam. Mets-toi au lit. Tu réfléchiras mieux après t'être reposée. Pour le moment, tu es à bout de forces.

— Oui, tu as sans doute raison, acquiesça-t-elle à contrecœur.

— Ce n'est pas le genre de conseil que tu attendais, n'est-ce pas ? devina son amie.

— Non, en effet, avoua franchement Samantha. Je suis injuste, je le sais. J'ai tort de vouloir un miracle.

— C'est bien compréhensible, la rassura Amy. Tu espérais que j'aurais une idée de génie, une baguette magique capable de tout transformer... Je suis désolée, Sam, il s'agit d'un problème bien réel ; aucune fée ne pourra le résoudre.

— Personne n'y arrivera jamais.

Amy la secoua gentiment.

— Allons, voyons ! Cela ne te ressemble pas ! depuis quand es-tu une pessimiste ?

— Disons plutôt que je suis devenue réaliste, comme tu me l'avais si souvent conseillé.

— Je retire tout ce que j'ai bien pu affirmer. Reste romantique, Sam. Tu en as particulièrement besoin en ce moment. Et Roy aussi, même s'il l'ignore...

Elle se leva et aida Samantha à se redresser.

— ... Rentre et mets-toi au lit, c'est un ordre, répéta-t-elle. Rappelle-moi quand tu seras en état de parler. On n'arrive à rien de bon quand on est fatigué.

Samantha courba les épaules. Amy avait raison, elle était épuisée, tout lui paraissait insurmontable.

Une demi-heure plus tard, elle poussa la porte de son petit appartement, ouvrit grand les fenêtres pour aérer et défit sa valise. Ces tâches accomplies, elle se coucha. Le sommeil si longtemps repoussé ne fut pas long à reprendre ses droits. Elle dormit d'une traite jusqu'au surlendemain.

Quand elle ouvrit les yeux, elle regarda les rideaux et les meubles familiers avec le sentiment d'être une étrangère de passage dans une maison inconnue. Au bout d'un très long moment, elle se décida à sortir du lit et prit une douche. Au moins, ses cernes avaient disparu, constata-t-elle. Elle enfila un chemisier mauve, un jean et sortit faire des courses pour le petit déjeuner. Après avoir grignoté un toast et but un bol de thé, elle repartit porter son linge à la blanchisserie et acheter des serviettes de toilette dont elle avait besoin.

Les travaux domestiques, les petites corvées, les emplettes… autant d'alliés bienvenus, autant de détails pour s'occuper l'esprit, éviter à tout prix de penser. La nuit tomba ; Samantha appela Amy et lui demanda de venir.

Celle-ci arriva peu après, la dévisagea d'un œil critique, puis hocha la tête, visiblement rassurée.

— Je te retrouve enfin ! déclara-t-elle avec satisfaction. « La nuit qui abolit tout, fatigues et passions ». Quel était donc l'auteur de cette phrase ?

— Elle n'a pas aboli grand chose, en tout cas, maugréa Samantha.

— Hum… Tu es toujours aussi abattue, n'est-ce pas ?…

La jeune fille hocha tristement la tête. Amy tira une coupure de journal de son sac et la lui tendit.

— … Ceci ne t'aidera sûrement pas à aller mieux, mais j'ai jugé nécessaire de te le montrer.

Le titre de l'article décupla l'angoisse de Samantha.

« Un chimiste écroué pour vol.

Roy Drummond a été inculpé aujourd'hui et placé sous mandat d'arrestation. On l'accuse d'avoir dérobé la formule d'un parfum évalué à un million de dollars. Les avocats de la firme *Enchanté* entendent réclamer la peine maximale prévue par la loi. »

Samantha reposa le journal, les yeux agrandis d'horreur.

— La peine maximale, chuchota-t-elle.

— A quoi t'attendais-tu donc de la part de Mme Edwige ?

— Que risque-t-il au pire ? s'enquit-elle craintivement.

— J'ai discuté avec un avocat ce matin. Un vol de cette importance est passible de vingt-cinq ans de prison. Dans le meilleur des cas, il sera condamné à quinze ans de réclusion criminelle.

— Mon Dieu !…

Quinze ans, vingt-cinq ans, cela ne faisait guère de différence. De toute façon, sa vie serait irrémédiablement gâchée.

— … Mais il avait des excuses, de bonnes raisons, plaida-t-elle d'une voix blanche. Il voulait empêcher Mme Edwige de ruiner quelqu'un.

Amy s'assombrit.

— J'en ai également parlé à l'avoué. Je lui ai demandé si on ne pouvait pas invoquer des circonstances atténuantes. C'est sans espoir. La plupart des accusés ont de bons motifs à faire valoir.

— Il n'a pas pris *Tendresse* pour lui-même, insista Samantha.

— Les tribunaux n'ont que faire des Robin des Bois.

— Il allait seulement s'en servir pour faire pression sur Mme Edwige.

— C'est pire. C'est un vol assorti de chantage, m'a dit mon ami. A son avis, Roy s'est mis dans une situation extrêmement délicate. Mais il pense aussi qu'un très bon avocat pourrait arranger les choses. Si Mme Edwige acceptait de retirer sa plainte, Roy se tirerait d'affaire.

— Crois-tu qu'il y ait une chance…

— Pas la moindre. Mme Edwige ira jusqu'au bout de sa vengeance.

— Cela ne peut pas se passer ainsi, décréta Samantha. Je dois l'en empêcher. Regagner la confiance de Roy n'est plus suffisant dorénavant.

— Néanmoins, c'est tout de même ce que tu dois faire en premier, objecta Amy. Et je ne puis t'être d'aucune utilité dans ce domaine, Sam. Je me suis torturé l'esprit pour trouver une idée, mais cela n'a servi à rien. Je suis désolée.

Samantha se redressa.

— Je vais lui écrire, annonça-t-elle. Les prisonniers ont le droit de recevoir des lettres, n'est-ce pas ?

— Oui, tout à fait. C'est une excellente idée. Cela lui donnera le temps de réfléchir, de la relire.

— Ce n'est pas grand-chose, mais je ne vois pas d'autre possibilité pour l'instant, soupira la jeune fille.

— Tu réussiras, Sam, j'en suis persuadée…

Elle parvint à sourire. La conviction de son amie lui faisait du bien.

— … Je t'appellerai demain, ajouta Amy en se levant pour partir.

Une fois seule, Samantha éteignit toutes les lampes à l'exception de celle du bureau et sortit des feuilles et un stylo. Une heure passa. Elle avait déchiré six brouillons et elle était furieuse contre elle-même. Elle essayait de dire trop de choses à la fois, les mots se bousculaient et perdaient toute signification. Elle prit une nouvelle page et recommença.

« Roy, mon amour, je ne t'ai pas trahi. Je sais ce que tu as dû penser l'autre soir, dans le Sussex, puis à l'aéroport. Jean-Paul a tout fait pour t'induire en erreur.

Mais c'était faux, comment puis-je t'en convaincre ? Comment te le prouver ? Je n'en ai pas les moyens. Je puis seulement te citer ce vers du poète : « Laisse-moi t'énumérer toutes mes façons de t'aimer ».

Souviens-toi, Roy, et compte-les avec moi. Je te le demande : pouvais-je t'aimer autant et néanmoins te trahir ?

Samantha ».

Samantha relut sa lettre, la plia et la cacheta. Elle la posterait le lendemain matin. Elle écrirait chaque jour, décida-t-elle ; des lettres courtes, où elle interrogerait et elle offrirait, où elle parlerait de tendresse et d'amour. Elle éteignit la lumière et alla se coucher, toujours aussi malheureuse mais avec un tout petit peu plus d'espoir.

Le jour suivant, elle passa des heures au téléphone avant d'apprendre où Roy était détenu. Ayant enfin obtenu l'adresse, elle mit l'enveloppe à la boîte. Le soir, elle rédigea une autre missive. Amy vint la chercher pour l'emmener dîner au restaurant. Au cours du repas, elle s'efforça d'aiguiller la conversation sur des sujets pratiques.

— Penses-tu à trouver un nouveau travail, Sam ? Mme Edwige ne te donnera sans doute pas de lettre de recommandation, mais tout le monde dans la profession connaît tes capacités et personne ne s'étonnera que tu aies eu des problèmes avec Mme Edwige. Son caractère inflexible n'est pas un secret.

— Je n'envisage rien pour l'instant. Je ne puis guère me préoccuper de moi-même alors que Roy est sous les verrous. J'ai assez d'économies pour subsister quelques mois s'il le faut.

— Tu dois pourtant t'en occuper, insista Amy. C'est très important.

Samantha lui jeta un coup d'œil morose.

— Pour me soutenir si j'échoue à aider Roy ?... Amy évita son regard.

— ... Roy seul est important, Amy. Rien d'autre ne compte. Tu affirmais pourtant avoir confiance en moi l'autre jour ; que s'est-il passé depuis ? Tu as revu ton avocat ?

— Cela n'a rien à voir avec la confiance, se défendit Amy. Seulement, il faut savoir garder les pieds sur terre. Certains problèmes sont insolubles ; le monde n'est pas une boule de pâte à modeler malléable à merci.

— Ne m'as-tu pas exhortée à garder de l'espoir, à rester une romantique, à ne surtout pas devenir réaliste ?

— J'ai sans doute envie que tu sois les deux, soupira Amy... Une romantique avec un parachute.

Samantha esquissa un sourire.

— Tu demandes l'impossible. On est soit l'un, soit l'autre.

— Tu as raison, hélas. De toute façon, aucun parachute ne serait assez large pour amortir ta chute si le pire se produit.

— Allons, ne t'inquiète pas. Roy recevra mes lettres, c'est l'essentiel. Merci tout de même d'avoir essayé, acheva-t-elle en pressant la main d'Amy.

— Essayer n'est pas réussir.

— Voilà une parole digne d'une authentique réaliste !

L'optimisme de Samantha fut de courte durée. Toute une semaine passa sans nouvelles de Roy. Elle ne sortait plus de chez elle, guettait l'arrivée du facteur, frémissait d'impatience quand il avait cinq minutes de retard. Derrière sa porte, elle attendait qu'il soit reparti et se précipitait aussitôt pour ouvrir sa boîte aux lettres. Au bout de dix jours, elle cessa d'écrire. Elle n'avait plus confiance en elle, elle ne trouvait plus les mots pour exprimer son amour.

Le mercredi, la grosse enveloppe brune arriva. Le tampon de l'expéditeur était imprimé sur le rabat : « Maison de détention de Manhattan — 125, White Street. »

Samantha remonta chez elle en courant et déchira le papier. Toutes ses lettres tombèrent, déchirées en deux, le bord de l'enveloppe encore collé.

Un sanglot s'étrangla dans sa gorge. Elle se laissa tomber sur une chaise, les yeux fixés sur les papiers épars. « Il aura le temps de réfléchir, de les relire »,

avait dit Amy. Elle s'était trompée ; il ne les avait pas
lues du tout.

La jeune fille passa du désespoir à une sombre
détermination. Elle ne cèderait pas. Pas avant
d'avoir tout essayé. New York n'était pas Londres.
Ici, elle pourrait peut-être voir Roy dans une pièce
dont il lui serait impossible de sortir. Elle n'avait plus
rien à perdre.

Vingt minutes plus tard, un taxi la déposa devant le
sinistre bâtiment de la prison. La vue des hauts murs
aveugles la rendit pessimiste. Allait-elle échouer
encore une fois ?

Qu'importe, elle devait le faire. D'un pas décidé,
elle entra. Un policier l'arrêta, elle lui exposa sa
requête et il l'envoya au dixième étage.

Là, elle parcourut un long corridor froid et silencieux jusqu'à une porte blindée. Un homme en
uniforme leva les yeux vers elle quand elle pénétra
dans le bureau. A côté de lui, un vieux monsieur aux
cheveux argentés rangeait des papiers d'allure officielle dans une mallette.

— Je voudrais parler à M. Roy Drummond,
annonça Samantha.

L'officier de police lança un coup d'œil au vieil
homme. Celui-ci se retourna pour observer Samantha. Il avait les yeux très bleus, le teint vif et une
petite moustache soigneusement taillée. Son visage
était austère.

— Puis-je vous demander votre nom, Miss ?
demanda-t-il d'une voix sèche teintée d'un fort
accent britannique.

— Samantha Coolidge.

Son regard se durcit.

— Je vois. Je suis Alfred Drummond...

La jeune fille réprima un sursaut.

— ... Vous avez dû entendre parler de moi, je suppose ?

— Oui... oui bien sûr.

— Si vous êtes d'accord, j'aimerais bien avoir une petite discussion avec vous, Miss Coolidge. Dans un endroit plus privé. Descendons-nous ?

C'était un ordre et non une proposition. Samantha hocha la tête et se laissa entraîner dehors sans mot dire. L'ascenseur les déposa au rez-de-chaussée. La grande salle était vide. Alfred Drummond lui indiqua un coin reculé.

— Nous pourrions nous installer ici, si vous le voulez bien.

Il attendait une réponse, Samantha acquiesça encore.

— Oui, c'est très bien.

— Je suis content de vous voir, déclara-t-il en s'asseyant. J'avais justement l'intention de vous contacter...

Sa politesse immuable ressemblait presque à du mépris.

— ... Roy vient d'être relaché sous caution jusqu'au procès. J'ai payé la caution et je lui ai trouvé un avocat.

— Il est libre ? s'écria-t-elle, rayonnante.

Alfred Drummond resta d'une impassibilité glaciale.

— Vous ne devez chercher à le voir sous aucun prétexte, articula-t-il.

Samantha se rebella aussitôt.

— Je *dois* lui parler.

— Au contraire, vous ne devez surtout pas lui parler et vous ne le ferez pas.

— C'est à Roy d'en décider, monsieur Drummond.

— Il a déjà pris sa décision. Il a interdit à tout le monde de prononcer votre nom.

— Parce qu'il ignore la vérité, et vous aussi.

— *La vérité ?* Ce mot est bien déplacé dans votre bouche, Miss Coolidge. Roy m'a tout raconté.

— Il vous a raconté ce qu'il croit. Il se trompe du tout au tout, lança-t-elle avec véhémence.

— Sincèrement, c'est tout à fait secondaire pour moi. Je me soucie avant tout de l'état de Roy. Il est à bout de forces, profondément abattu par l'échec de son projet. J'ai été atterré quand j'ai appris ce qu'il avait tenté de faire, mais je l'avoue, je l'admire. Son plan était un mélange de naïveté, d'idéalisme et de volonté de justice. C'était de la folie, mais il aurait pu réussir. Roy, en tout cas, en est persuadé et penser à vous le plonge dans un profond désespoir. Il est au bord de la dépression nerveuse. Votre trahison l'a conduit là où il est.

— Mais je ne l'ai pas trahi !

— Pouvez-vous le prouver ?

— Si je l'avais fait, pourquoi essaierais-je de le convaincre du contraire ? Pourquoi tiendrais-je tant à me disculper à ses yeux ?

Alfred Drummond eut un sourire froid.

— Allons donc, Miss Coolidge. Il y a deux réponses possible à ces questions. L'une est charitable… et l'autre beaucoup moins.

— Expliquez-vous, le pressa Samantha.

— Vous pourriez avoir des remords. La conscience a un pouvoir terrible sur les êtres humains. La vôtre peut vous empêcher de dormir, vous harceler jour et nuit…

— Quelle est votre seconde hypothèse ?

— On peut supposer que vous êtes toujours au service de Mme Edwige. Dans ce cas, vous agiriez dans son intérêt à elle. Si vous regagnez la confiance de Roy, il vous dira où il a caché la bouteille de parfum. Mme Edwige doit redouter que des concurrents ne s'en emparent.

— C'est faux, tout cela est faux !

— Je ne m'attendais guère à vous entendre admettre l'inverse. Quoi qu'il en soit, vous ne verrez pas Roy. Il est trop fragile pour supporter une entrevue avec vous. Il vous aimait trop, c'est évident. Si vous vous souciez vraiment de lui, vous ne voudrez pas ajouter à son malheur.

— Mais je veux l'aider ! gémit-elle dans un sanglot.

— Non, vous voulez vous aider vous-même.

L'oncle de Roy se levait déjà, il s'éloignait. Samantha le rappela.

— Si Roy va si mal, il a besoin de compagnie, de quelqu'un pour le soutenir et le réconforter.

Alfred Drummond se tourna vers elle et la contempla d'un air pensif.

— Soit vous vous sentez terriblement coupable,

soit vous êtes terriblement intelligente, Miss Coolidge.

— Ni l'un ni l'autre, je…

— C'est sans importance. Je me suis déjà occupé
de ce problème. Une de mes petites-nièces ira le voir
tous les jours. Il la connaît depuis son enfance, c'est
une amie. En outre, il passera beaucoup de temps
avec son avocat. Je vous le répète, ne cherchez pas à
le voir.

Sur ce, il s'éloigna d'une démarche très raide.
Restée seule, Samantha serra les poings. Il n'avait
pas le droit, pas le droit ! Personne ne l'empêcherait
d'aller trouver Roy, de lui dévoiler la vérité.

Mais comment y parviendrait-elle ?

10

Les yeux d'Amy, au-dessus de sa tasse, étaient graves. Samantha poussa un soupir de désespoir.

— Que dois-je faire à présent ?

Elle était arrivée à la boutique quelques minutes après l'ouverture, le visage livide après une nuit sans sommeil. En quelques phrases hachées, elle lui avait raconté son entrevue avec Alfred Drummond.

— Décidément, tu poses toujours des questions difficiles, se plaignit Amy.

La jeune fille baissa la tête.

— Et s'il m'empêche de voir Roy uniquement parce qu'il est convaincu de ma culpabilité ? Si Roy n'est pas tellement abattu, contrairement à ses affirmations ?

— Et s'il l'est vraiment, riposta calmement Amy.

Samantha soupira à nouveau. Ses mains déchiquetaient nerveusement le napperon de papier posé sur la table.

— Je sais, je sais, c'est bien ce qui me rend folle.

Je ne veux pas le rendre encore plus malheureux, mais…

— Es-tu prête à prendre ce risque, Sam ? En es-tu capable ?

Samantha sentit sa gorge se nouer. Elle avala péniblement.

— Je suis sûre de pouvoir convaincre Roy si seulement j'obtiens de me faire entendre.

— C'est un « si » lourd de conséquences. En outre, tu n'es *sûre* de rien. Tu veux le croire, c'est différent.

Samantha se pressa les tempes des deux mains. Mais la vérité des paroles d'Amy était incontournable. Roy souffrait peut-être trop pour simplement pouvoir l'écouter.

— Amy, je dois trouver une solution, murmura-t-elle, les yeux brouillés de larmes.

— Pour l'instant, tu dois surtout attendre de voir dans quelle direction le vent va tourner.

— *Attendre* ? Attendre quoi ? De devenir folle ? De perdre tout espoir ? Non, cela n'est pas possible. Je dois agir tout de suite.

— Que feras-tu ?

— Je trouverai quelque chose…

Samantha pressa le bras de son amie.

— … Je suis désolée de venir t'ennuyer avec tous mes problèmes. Je me sens si désemparée !

— Je t'en voudrais beaucoup si tu ne le faisais pas, rétorqua Amy. Te souviens-tu que j'avais l'habitude de venir sonner à ta porte avant chaque examen ? Les épreuves me terrifiaient systématiquement, même si je connaissais parfaitement le sujet. Nous avons tous

besoin de nous tourner vers quelqu'un. Sois coura-
geuse, tu finiras par avoir une idée.

La sonnette de la boutique tinta ; plusieurs clients
venaient d'entrer. Samantha décida de partir. Elle fit
un petit signe d'adieu à Amy et se glissa dehors. De
retour dans son appartement, elle se blottit dans un
fauteuil. Elle mourait d'envie de courir retrouver
Roy, de se jeter dans ses bras sans tenir compte des
conseils et des interdictions. Mais les avertissements
d'Amy résonnaient encore à ses oreilles.

Pouvait-elle vraiment prendre le risque de blesser
Roy ? Cette seule idée lui déchirait le cœur. Elle ne
vivait plus que pour regagner son amour, elle voulait
bâtir, et non détruire ; son avenir tout entier était en
jeu. Elle ne pouvait pas le compromettre à cause
d'une impulsion.

Si elle allait le voir, lui ferait-elle du bien ou du
mal ? Elle imagina toutes sortes de façons de l'aborder. Calmement, en pleurant, avec des paroles
raisonnables, ferventes, des arguments logiques, des
déclarations d'amour... Des mots, toujours des mots
et rien d'autre. Cela ne suffisait pas. Elle en arrivait à
haïr les mots, leur inutilité, leur inconsistance. Mais
elle n'avait rien d'autre.

Samantha se réveilla en sursaut au petit matin,
après une nuit agitée. C'était vrai, les paroles étaient
insuffisantes. Néanmoins, elle pouvait faire autre
chose : aller voir par elle-même. Elle guetterait Roy,
l'observerait de loin et lirait la vérité sur son visage.
Et ensuite, elle pourrait prendre une décision.

Samantha se rallongea, gagnée par l'exaltation.
Elle ne dirait rien à Amy. Celle-ci serait horrifiée par

son projet, elle l'accuserait d'être une masochiste, de se faire souffrir inutilement. Mais ce n'était pas du tout le cas. D'apercevoir Roy, d'être près de lui l'aiderait à retrouver un peu de paix. Elle serait prudente, oh! très prudente. Il ne saurait jamais qu'elle était là. Elle se rendormit une heure. Quand elle rouvrit les yeux, le soleil brillait.

Roy avait certainement dû reprendre son appartement. Il n'avait pas eu le temps d'en chercher un autre, à moins que son oncle ne s'en soit occupé à sa place. La première chose à faire était donc de vérifier si son hypothèse était juste. Cela, elle n'oserait pas s'y risquer en plein jour ; elle allait devoir attendre la tombée de la nuit.

Samantha avait fait le ménage, ciré le plancher, dégivré le réfrigérateur et lavé toutes les vitres de la maison quand le soir arriva enfin. L'été touchait à sa fin, l'air frais et piquant de l'automne s'installait déjà sur la ville. C'était sa saison favorite. Toutes les couleurs semblaient ravivées, la ligne des immeubles se découpait avec plus de netteté sur le ciel bleu, les fruits et les légumes bigarrés s'entassaient sur les devantures. Mais elle ne trouverait aucun plaisir à ce foisonnement de couleurs et de parfums cette année. Pas avant d'avoir retrouvé l'amour de Roy.

Quand il fit tout à fait nuit, Samantha enfila un cardigan et sortit de chez elle. Roy habitait autrefois juste à côté de Central Park. Elle se hâta dans les rues relativement désertes, ne ralentissant pas avant d'être arrivée devant chez lui. Elle se posta sur le trottoir d'en face et vérifia que le concierge n'était pas dehors. Puis elle traversa, monta rapidement les marches du perron et consulta la liste des noms sur l'interphone... Roy Drummond — 3ᵉ G.

La jeune fille fit volte-face et repartir en courant. Il était bien là ! Elle n'aurait pas besoin de perdre des journées, des semaines à le chercher ! Pour la première fois depuis très longtemps, elle eut une bouffée d'allégresse. C'était un bon début, un bon présage.

Dès le lendemain matin, elle fut de retour, les yeux dissimulés derrière des lunettes de soleil, les cheveux ramassés en chignon et recouverts d'un foulard.

Elle s'adossa au mur d'un immeuble à une dizaine de celui de Roy. Plusieurs personnes entrèrent et sortirent au cours de cette première matinée, mais ce n'était jamais Roy. Qu'importe ! Elle avait prévu cette éventualité, elle était prête à attendre toute la journée s'il le fallait.

Peu avant midi, elle l'aperçut enfin. Il rentrait chez lui, un sac de papier brun plié à la main. Samantha sentit le cœur lui manquer. Il avait la démarche d'un homme accablé, son regard était morne, sans vie. Elle le regarda monter l'escalier d'un pas lourd et disparaître derrière la porte en verre dépoli. Puis, le front plissé, elle entra dans un café d'où elle pourrait observer la façade.

Alfred Drummond, hélas, avait dit vrai. Roy avait perdu tout entrain, toute énergie. Mais Samantha ne s'avouerait pas vaincue ; elle attendrait, elle continuerait à faire le guet. Elle serait près de lui. Pour l'heure, cela lui suffirait.

Toute la journée, elle fit la navette entre le bar et une porte cochère. Roy ne réapparut pas. Il faisait nuit quand elle se décida enfin à rentrer chez elle.

Le lendemain, Samantha reprit son poste. En fin de matinée, elle vit Roy pénétrer chez lui. Il portait encore son sachet plié sous le bras ; il avait toujours l'air aussi abattu. Il ne ressortit plus jusqu'au soir. La jeune fille passa de longues heures à examiner toutes les femmes qui entraient et sortaient du bâtiment en essayant de deviner laquelle lui tenait compagnie. Au crépuscule, elle repartit en luttant contre le découragement. Deux jours seulement s'étaient écoulés, elle devait tenir bon, être patiente.

Le téléphone sonnait quand elle ouvrit la porte de son appartement. C'était Amy.

— Où étais-tu donc passée ? s'exclama cette dernière. Je t'ai appelée cent fois depuis hier !

— Je suis désolée de t'avoir causé de l'inquiétude. J'ai simplement décidé de faire de longues promenades.

— Cela te fait-il du bien ?

— Oui, assura Samantha en se haïssant de devoir mentir.

Il était hors de question d'avouer la vérité à Amy ; pas encore. Les deux amies bavardèrent un moment de choses et d'autres avant de raccrocher. Samantha se coucha tôt pour pouvoir être sur place quand Roy sortirait de chez lui.

Il était trop tard quand elle arriva dans sa rue : pour la troisième fois consécutive, le jeune homme apparut au coin, son sac à la main et monta les marches. Où pouvait-il bien se rendre quotidiennement ? Elle se promit d'en avoir le cœur net.

Ce jour-là encore, il resta enfermé jusqu'au soir. C'était mauvais signe, s'inquiéta-t-elle en repartant.

Oh ! si seulement elle pouvait l'aider à sortir de sa prostration !

En se mettant au lit, elle régla la sonnerie de son réveil pour l'aube. Dans la lumière grise du petit matin, elle se leva d'un bond, s'habilla et reprit le chemin habituel en frissonnant de fatigue et de froid.

Très peu de temps après son arrivée, Roy apparut sur le perron. La jeune fille recula précipitamment sous le porche. Puis, quand il eut fait quelques pas, elle se mit à le suivre à bonne distance. Le sachet mystérieux semblait plein ce matin-là.

Sans hâte, le dos voûté, il se dirigea vers Central Park. Samantha y entra à sa suite, le plus loin possible. D'innombrables sentiers partaient en tous sens, il serait facile de le perdre de vue. Au bout de quelques minutes, le but de Roy devint clair : il allait au lac.

Quand elle en fut certaine, elle emprunta une allée qui débouchait derrière un bosquet d'arbres, de l'autre côté du plan d'eau. Elle se faufila entre les buissons et se cacha derrière un tronc.

Roy était accroupi sur la berge ; il tirait du pain sec et des biscottes de l'enveloppe de papier et les jetait aux canards et aux cygnes. Les yeux de Samantha se brouillèrent, elle les essuya du revers de la main.

Au bout d'une heure environ, le jeune homme se redressa, juste en face d'elle. Elle voulut l'appeler, crier son nom, mais son regard douloureux, l'en empêcha. Pas encore, pas encore.

Un moment après, elle s'installait dans le petit café

désormais familier, convaincue de devoir attendre encore inutilement jusqu'au soir.

En fin d'après-midi, elle arpentait le trottoir quand elle dut brusquement se réfugier derrière un kiosque à journaux. Roy venait d'apparaître. Elle le suivit jusqu'au supermarché du coin de la rue. Il en ressortit au bout d'un moment, un filet à provisions dans chaque main.

Une jeune fille l'attendait devant chez lui. Elle lui prit un des paniers, lui sourit et lui dit quelques mots. La gorge de Samantha se serra. C'était une très jolie femme brune, aux cheveux courts et aux yeux noirs. Elle se souvint l'avoir aperçue plusieurs fois sans vraiment faire attention à elle. Inexplicablement, elle s'était attendue à voir une personne plus âgée. Son erreur lui laissa un goût de cendres dans la bouche. Quel genre de relation la nièce d'Alfred Drummond entretenait-elle avec Roy ?

La nuit tomba, mais Samantha ne parvenait toujours pas à partir. Enfin, vers dix heures, la porte de l'immeuble s'ouvrit et la compagne de Roy descendit les marches. Au moins, elle ne partageait pas son appartement avec lui…

Les jours se suivirent, tous semblables. Roy allait nourrir quotidiennement les canards du lac. Son amie d'enfance venait lui rendre visite environ quatre fois par semaine. Elle passait l'après-midi avec lui et le quittait vers neuf heures. Une fois, elle les vit aller faire des courses ensemble. Ils ne se tenaient pas par le bras ; Samantha se raccrocha à cette maigre consolation.

Un soir, en rentrant chez elle, elle trouva Amy devant sa porte.

— Tu te promènes vraiment beaucoup, observa-t-elle en entrant.

— Cela me plaît.

— Tant mieux, répondit Amy d'un ton incrédule. Tu ne lis sans doute pas les journaux, ces temps-ci, n'est-ce pas ?

Samantha acquiesça sans répondre. Son amie lui tendit un court article entouré de rouge par ses soins.

« L'affaire du vol du parfum.

Le juge Orrin Hallman vient de fixer la date du procès de Roy Drummond, accusé d'avoir volé un parfum de plus d'un million de dollars. Le tribunal siègera à partir du dix octobre. »

La jeune fille écarquilla les yeux, horrifiée.

— Mais c'est dans moins d'un mois ! balbutia-t-elle d'une voix étranglée.

— Je sais. Que cela ne te pousse pas à commettre une folie.

— Que veux-tu dire ? se rembrunit-elle.

— Roy a besoin de beaucoup de calme.

— Tu parles comme son oncle.

— Sans doute, oui. Et j'ai raison, tu le sais pertinemment. Cesse de te torturer, Sam. Ce sera plus sage.

— Tu n'y comprends rien !

Mais après le départ d'Amy, Samantha affronta la réalité. Cette situation ne pouvait plus durer ; le guet permanent ne la menait à rien. Elle devait parler à Roy ou abandonner. Ces deux perspectives la terrifiaient. Encore un jour ou deux, temporisa-t-elle. Un dernier répit, un dernier réconfort. Ensuite, elle prendrait une décision.

Une pluie fine et froide tombait sur New York quand elle se réveilla. Elle s'habilla chaudement, enfila un imperméable à capuche et sortit. Elle avait pris l'habitude de se rendre directement au petit lac et d'y attendre l'arrivée de Roy.

Un moment, elle se demanda s'il viendrait ce jour-là. Le crachin persistant l'en dissuaderait peut-être ? Elle s'installa derrière le tronc d'arbre. La pluie voilait les gratte-ciel, adoucissait les contours et les couleurs. Les canards et les cygnes s'étaient déjà assemblés près de la berge. Au bout de quelques minutes, Roy apparut. Il portait un ciré, sa tête était nue. Des boucles de cheveux blonds se plaquaient sur son front. Les gouttes froides ne semblaient pas le gêner.

Samantha appuya sa joue contre l'écorce humide, petite silhouette grise dans la grisaille ambiante. Elle sursauta en voyant quelqu'un déboucher précipitamment du sentier. L'amie de Roy ! Celle-ci courut vers lui, lui tendit une enveloppe bleue assez épaisse puis l'embrassa sur la joue. Roy se releva et prit une allée qui contournait l'étang. Samantha, quittant son abri, s'éloigna dans le dédale de chemins en faisant un détour pour atteindre la sortie après lui. Brusquement, elle s'immobilisa en poussant un faible cri. Roy venait de surgir juste devant elle. La stupeur et le désarroi se peignirent sur son visage quand il l'aperçut.

Atterrée, tremblante, elle s'efforça de parler. Mais

déjà, la colère et la douleur étincelaient dans les yeux du jeune homme.

— Pour l'amour du ciel, n'avez-vous donc aucune pitié ? lança-t-il d'une voix sourde. Devez-vous donc me torturer encore ? N'en avez-vous pas fait assez ?

Il recula de trois pas sans cesser de la regarder, puis tourna les talons et s'éloigna à grands pas.

— Roy ! Ecoutez-moi !

Il s'arrêta net, très raide, et lui fit face lentement.

— Non, non, assez ! chuchota-t-il comme pour lui-même.

Et il reprit sa marche. Samantha resta pétrifiée l'espace d'une seconde. Elle avança, machinalement, l'esprit embrumé. Une silhouette apparut devant elle et lui barra la route. C'était la compagne de Roy.

— C'était un accident ! Je ne voulais pas qu'il me voie ! gémit-elle, affolée.

— Vous êtes Miss Coolidge, je présume, articula la jeune fille d'une voix glaciale.

— En effet, Miss, rétorqua Samantha en se redressant.

— Je m'appelle Margaret Haney. Ainsi, vous espionnez Roy pour le compte de votre employeuse à présent ?

— Je ne l'espionnais pas !

— Non, bien sûr, vous vous promeniez là par hasard. Et vous ne l'avez pas dénoncé non plus. On n'a raconté vos protestations d'innocence.

— C'est vrai ! cria-t-elle d'une voix déchirée par un sanglot.

Margaret Haney haussa les épaules.

— C'est sans importance.

— Mais si ! C'est vital pour moi et pour lui !

— Absolument pas. Vous êtes responsable de la capture de Roy, que vous l'ayez voulu ou non.

— Comment pouvez-vous affirmer une chose pareille ?

— C'est la vérité. Supposons un instant, contre toute probabilité, que vous n'ayiez pas trahi Roy. Vous avez tout de même conduit ses poursuivants jusqu'à lui. Vous les avez sottement laissés vous suivre, vous avez insisté pour avoir des preuves, vous l'avez retardé et cela leur a donné le temps d'agir. D'une façon ou d'une autre, vous êtes coupable. Et le résultat est le même.

Samantha se sentit prise de vertige.

— Non ! Ce n'est pas la même chose ! vous êtes injuste !

— Les faits sont là. Roy est aujourd'hui dans une situation très grave par votre faute.

La jeune fille tressaillit comme si elle avait reçu un coup de fouet. Elle chercha désespérément une réponse sans en trouver. Margaret se détourna d'un air dédaigneux.

— Je veux *aider* Roy !

— Votre façon de l'aider l'a déjà fait suffisamment souffrir, je crois.

Restée seule, Samantha lutta contre les larmes. Mais très vite, elle abandonna. L'épaule appuyée contre un arbre, elle se mit à pleurer à gros sanglots en fouillant dans la poche de son imperméable pour en sortir un mouchoir. Quand elle se fut un peu apaisée, Samantha se remit en route, poussée par un vent violent et froid. Elle marchait à l'aveuglette, courbée pour se protéger un peu des rafales de pluie, inconsciente de l'endroit où elle était. Elle finit par arriver chez elle après s'être trompée deux fois de direction.

Des coups sourds lui martelaient les tempes, un mot résonnait, lancinant, insupportable : les *faits* Les faits insouciants de la vérité, ennemis des mots, des explications, grands vainqueurs en dépit de toutes les circonstances atténuantes. Margaret Haney avait dit vrai. Les raisons ne comtaient pas.

Les heures passèrent. Samantha, prostrée sur un fauteuil, ne voyait rien, n'entendait rien. La pluie ruisselait sur les vitres, il faisait sombre dans l'appartement. La nuit tomba.

Les violentes accusations de la jeune Anglaise lui lacéraient le cœur, la brûlaient comme une marque au fer rouge. Samantha était une victime, victime des circonstances. Elle était innocente, et pourtant, elle était coupable.

Quand elle ferma enfin les yeux, l'aube pointait déjà, toujours aussi humide et grise. La culpabilité aussi est grise, songea-t-elle. Elle est comme un pieu aigu, fiché dans l'esprit, impossible à arracher. La vérité elle-même est impuissante à la combattre.

11

SAMANTHA se réveilla tard. La pluis se calmait, quelques gouttes coulaient encore sur le carreau, lentement, comme à regret. Elle se leva avec des gestes machinaux, se doucha, enfila un peignoir, but une tasse de thé malgré sa gorge serrée. Amy l'appela peu après dix heures.

— Tu n'as pas l'air d'aller bien, déclara-t-elle aussitôt d'un ton soucieux. En fait, tu as l'air d'être dans un état épouvantable.

— Cela me passera, assura Samantha d'une voix blanche.

— Que fais-tu en ce moment?

— Je fais le point, j'affronte la réalité. C'est parfois très douloureux, Amy, trop.

— Dans ce cas, arrête. Tu ne vas tout de même pas te détruire parce que tu n'arrives pas à aider Roy. Cesse de t'accabler de reproches, tu n'es pas responsable de ce qui lui arrive.

Samantha eut une moue amère.

— Ah non?

— Que veux-tu dire pour l'amour du Ciel?

— Nous en parlerons plus tard, pas tout de suite. Demain, peut-être. Pour le moment, je n'en ai pas la force.

Elle raccrocha malgré les protestations d'Amy et s'allongea sur son lit. Samantha voulait être seule, seule avec la terrible vérité, seule avec son amour pour Roy.

Moins d'une demi-heure plus tard, la sonnette de la porte d'entrée tinta. Ce devait être Amy, furieuse, et à juste titre d'ailleurs, qu'elle lui ait raccroché au nez. Avec un soupir, Samantha traversa l'appartement et ouvrit.

— Je suis désolée, murmura-t-elle en ouvrant...

Le reste de sa phrase mourut sur ses lèvres... Jean-Paul se tenait devant elle.

— ... Que faites-vous ici ? souffla-t-elle enfin.

— Bonjour, Samantha... Vous êtes toujours aussi ravissante, tous mes compliments.

— Que voulez-vous ?

— Vous voir, ma chère.

Il souriait tranquillement, comme s'il ne s'était rien passé. Une brusque colère s'empara d'elle.

— Je n'arrive pas à le croire !

— C'est pourtant vrai, je suis là, en chair et en os !

— Quelle... quelle arrogance ! partez d'ici immédiatement ! Laissez-moi !...

Elle allait refermer violemment la porte, mais Jean-Paul l'en empêcha.

— ... Sortez d'ici !

— Ne faites pas l'enfant, ma chérie, je suis venu vous parler.

— *L'enfant ?* répéta-t-elle, scandalisée. Je n'ai

plus rien à vous dire. Si vous ne vous en allez pas tout de suite, j'appelle la police.

Le sourire de Jean-Paul se durcit imperceptiblement.

— Ce serait stupide. Je suis envoyé par Mme Edwige.

Intriguée, elle hésita. Contre toute vraisemblance, un espoir se faisait jour en elle. M^{ma} Edwige avait-elle changé d'avis ? Avait-elle finalement des remords ? Essayait-elle de s'excuser, de réparer ses fautes ? Non, ce serait impossible… Cependant, les gens avaient parfois des revirements étonnants, des miracles se produisaient. Elle ne pouvait négliger aucune chance. Faisant un pas en arrière, elle s'effaça.

— C'est bon, je vous écoute. Entrez…

Il s'exécuta avec une nonchalance étudiée. La fureur de Samantha s'aiguisa. Il n'avait pas le droit d'être si tranquille, si sûr de lui !

— … Allons ! parlez ! De quoi s'agit-il ?

— Mme Edwige veut que vous reveniez travailler pour elle, annonça-t-il d'un air ravi, comme s'il venait lui offrir une récompense.

La jeune fille le considéra sans répondre, interloquée, incapable d'en croire ses oreilles.

— Vous n'êtes pas sérieux !

— Mais si, tout à fait. Mme Edwige veut que vous acheviez la campagne publicitaire de *Tendresse*.

— Ce n'est pas possible, elle ne peut pas me demander une chose pareille. Si c'est une plaisanterie, je la trouve de très mauvais goût…

Jean-Paul hocha la tête en signe de dénégation.

— ... Mais c'est incroyable ! Après tout ce qui s'est passé ? Après tout ce qu'elle a fait ? Elle vous envoie me demander de *revenir* ? C'est ignoble !

— Les récents événements n'ont rien à voir avec la proposition de Madame.

— Je ne suis pas de cet avis. Vous êtes d'un égoïsme et d'une dureté insupportables. Sortez d'ici.

— Vous ne pouvez pas vous permettre de refuser, déclara Jean-Paul tandis que son sourire s'effaçait.

— C'est pourtant bien mon intention. Vous devez être fous pour avoir imaginé autre chose.

— Il est toujours regrettable de prendre des décisions trop hâtives. Vous feriez bien de jeter un coup d'œil à ceci, très chère.

Il sortit une liasse de feuilles de sa poche et la lui tendit. Sourcils froncés, Samantha déplia la première. C'était un papier officiel. En haut, plusieurs mots s'étalaient en grosses lettres noires : Assignation à comparaître. Son nom, Samantha Coolidge, était dactylographié dessous. Elle leva les yeux vers Jean-Paul. Celui-ci arborait une expression patiente et détachée.

— Ne vous donnez pas la peine de déchiffrer toutes ces formules légales compliquées, suggéra-t-il. Ceci est un acte d'accusation rédigé par nos avocats sur la demande de ma tante. Vous êtes accusée de vol, de complicité, d'aide à un criminel poursuivi par la justice et de deux ou trois autres méfaits de moindre importance.

— Mais c'est entièrement faux ! haleta-t-elle.

— Vraiment ?

— Vous le savez bien !

— Malheureusement, n'importe quel jury refusera de vous croire. Vous avez rencontré Roy avant le crime, la veille pour être plus précis. Puis, vous êtes partie en Europe pour un voyage d'affaires et vous en avez profité pour le rencontrer secrètement. Vous avez décidé avec lui de faire chanter Mme Edwige, vous l'avez aidé à échapper à la police, vous l'avez caché dans votre chambre à l'auberge. Au moment où on l'a appréhendé, vous étiez avec lui. C'est largement suffisant pour vous faire condamner, conclut-il triomphalement...

Le choc la terrassa. A la façon dont il présentait les choses, sa culpabilité était indéniable. Aucune explication ne justifierait jamais ses actes. Jean-Paul vit la détresse, puis le découragement se peindre sur son visage.

— Voilà qui est mieux. Il est toujours bon de voir les choses en face.

— Mais pourquoi ? balbutia-t-elle. Pourquoi Mme Edwige tient-elle à me réemployer ? Elle doit bien savoir ce que je pense d'elle, de vous tous !

— Madame est une femme généreuse, elle peut pardonner...

Voyant la fureur étinceler dans les yeux de la jeune fille, il se reprit.

— ... Très bien, tenons-nous en aux aspects pratiques. Vous êtes sans doute la personne la plus qualifiée dans votre profession pour diriger une opération de marketing. En outre, la campagne de *Tendresse* est le fruit de votre travail. Vous en connaissez tous les détails, vous en avez conçu l'organisation, vous seule pouvez la mener à bien.

Enfin, ma tante vous a tout appris, elle a beaucoup investi de temps et d'argent pour vous. Elle ne veut pas perdre les bénéfices d'un tel investissement.

Samantha faillit éclater de rire en entendant ses explications. Et elle avait cru un instant que Mme Edwige était bourrelée de remords ! quelle naïveté.

— ... Donc, vous allez accepter notre proposition, conclut Jean-Paul.

— Une *proposition* ? Dites plutôt une menace !

— Mettons que vous n'avez pas vraiment le choix.

— Comment pouvez-vous me faire une pareille suggestion en sachant que je vous haïrai à chaque seconde ?

— C'est un inconvénient mineur, nous nous en arrangerons. La promotion de *Tendresse* passe avant tout. D'ailleurs, avec le temps, vous redeviendrez raisonnable, j'en suis convaincu.

Samantha tomba sur le divan, les lèvres étroitement serrées. Jean-Paul s'assit à côté d'elle.

— Ne prenez donc pas cet air atterré, murmurat-il. Tout se passera bien, croyez-moi.

Il lui caressa la joue. Samantha se dégagea et leva la main pour le gifler. Mais déjà, il s'était emparé de sa bouche, il l'embrassait durement, avidement, en la poussant en arrière pour l'obliger à s'allonger. Il glissa une main dans l'encolure de son chemisier. Samantha le repoussa de toutes ses forces, ivre de dégoût, et s'essuya les lèvres. Jean-Paul haussa les épaules.

— Oui, ma chère Samantha, je vous désire toujours. Plus que jamais, même.

— Vous n'arriverez à rien avec moi !

— Oh mais si ! Il suffit d'être patient et de trouver les bons arguments... Bien, pour en revenir à notre affaire, Madame vous suggère de reprendre vos fonctions lundi prochain.

— Et si je refuse ?

Il parvint à prendre une expression peinée.

— Dans ce cas, nous vous ferons arrêter. Nos avocats sont sûrs de pouvoir vous faire inculper. Roy Drummond et vous ne partagerez pas la même cellule, mais vous connaîtrez le plaisir douteux de passer presque autant de temps que lui derrière les barreaux. Avouez-le, ce serait dommage, et bien inutile.

— J'ai besoin de réfléchir.

— Volontiers, si cela peut vous rasséréner. Je repasserai demain soir... Vous ne nous décevrez pas, n'est-ce pas ?

Il reprit l'acte d'accusation, lui envoya un baiser de loin et sortit. Samantha fixa très longtemps la porte fermée. Ce n'était pas possible, c'était invraisemblable... Et pourtant, c'était vrai. Son cœur lui dictait impérieusement une réponse : refuse. Fais-leur front. Qu'ils mettent donc leur menace à exécution. Refuse, se répétait-elle, furieuse d'entendre une autre petite voix s'insinuer, s'imposer. Refuser pour quoi ? Pour aller en prison avec Roy ? A quoi cela l'avancerait-il ? Il serait enfin convaincu de sa loyauté, mais cela ne leur rendrait leur liberté ni à l'un ni à l'autre. Mme Edwige serait la vraie gagnante.

Les lèvres de Samantha se plissèrent en une moue amère. Si elle contribuait au succès de *Tendresse*,

Mme Edwige et Jean-Paul triompheraient encore. Ils déroberaient à l'inventeur les bénéfices de sa création. Cette perspective lui donnait la nausée.

Mais avait-elle le choix ? Elle ne pourrait plus du tout aider Roy si elle était enfermée. Possédait-elle seulement un moyen d'y parvenir ?

En gémissant, elle gagna sa chambre et se jeta sur son lit.

Céder serait odieux, refuser serait inutile. Le dilemme restait entier, aucun argument ne pouvait faire pencher la balance. Samantha avait l'impression d'être un animal traqué par les chasseurs.

Elle sombra dans un demi-sommeil, se réveillant en sursaut, tirée de sa torpeur par des projets qui tous s'avéraient irréalisables après réflexion. Les puissants ont des armes imparables : la détermination, la cruauté, l'égoïsme. Pas de principes, pas de moralité pour les retenir. Non, vraiment, ils avaient tous les atouts.

Etait-ce bien le cas ? Cette question la fit tressaillir. Mme Edwige avait-elle tous les atouts en main ? Elle avait besoin d'elle pour mettre au point la promotion de *Tendresse*. Elle avait *besoin* d'elle. Sa présence était nécessaire. C'était même pourquoi ils avaient mis un si grand soin à lui tendre un piège ; pour être sûrs de la tenir. Son cœur se mit à battre plus fort. Oui, elle avait entièrement créé la campagne de *Tendresse*. Personne ne la connaissait comme elle. Le marketing est un dangereux exercice d'équilibre, la moindre erreur est fatale. *Mme Edwige et Jean-Paul ne pouvaient pas se passer d'elle.*

Tout était simple tout à coup ; elle savait exacte-

ment quoi faire. Elle détenait l'atout maître, elle
l'utiliserait pour sauver Roy. Pour la première fois
depuis plusieurs semaines, elle dormit à poings
fermés cette nuit-là.

Pendant toute la journée, elle se prépara à son
entrevue avec Jean-Paul. Elle songeait parfois à
André Dessatain et son cœur se serrait alors doulou-
reusement. Samantha allait devoir contribuer à lui
faire du tort, malgré elle. Mais elle n'y pouvait rien,
elle devait penser à Roy avant tout.

Samantha compta les heures en répétant chacune
de ses paroles, chacun de ses gestes pour leur donner
tout leur poids. Elle se vêtit d'un chemisier vert
bouteille à col montant et d'un pantalon bleu marine.
Rien de doux, de séduisant. Pour sortir victorieuse
de son rendez-vous avec Jean-Paul, elle devait en
donner le ton.

Samantha était prête quand la sonnette tinta, bien
décidée à garder l'entier contrôle d'elle-même. Elle
ouvrit la porte et fit un pas en arrière, le visage
fermé, hostile. Jean-Paul s'arrêta au milieu de la
pièce et prit une expression de tolérance bienveil-
lante.

— Eh bien, ma chère Samantha ?

Comme il était sûr de lui ! Elle le regarda bien en
face, sans ciller.

— J'accepte de revenir...

Elle le vit sourire.

— ... A une condition.

Jean-Paul arqua un sourcil.

— Une condition ? Vous voulez poser vos conditions ? Vous n'en avez guère la possibilité, je le crains.

— Ne parlez pas si vite. Je reviendrai et j'assurerai le succès de *Tendresse*. Mais seulement si vous retirez votre plainte contre Roy.

Le jeune homme s'empourpra.

— *Comment ?* Vous devez plaisanter !

— Je n'ai jamais été plus sérieuse. Abandonnez les poursuites et je me charge de la campagne publicitaire, déclara-t-elle en redressant le menton.

— Jamais ! C'est hors de question !

— Dans ce cas, occupez-vous vous-même de la promotion.

— Vous irez en prison, je vous le garantis !

Samantha haussa les épaules.

— Certaines cellules ont des barreaux, d'autres non. Cela ne fait pas une grande différence.

— Madame n'acceptera jamais. Vous êtes trop exigeante.

La voix de Jean-Paul tremblait légèrement. Samantha en conçut un surcroît d'assurance.

— C'est mon dernier mot.

— Je pourrais peut-être la convaincre de demander une peine moins lourde, de la ramener à quelques années ?

Elle éclata d'un rire dur.

— Vous êtes trop généreux ! Quelques années ! comme c'est gentil !

— J'essaie d'être réaliste, de trouver un compromis, grommela-t-il d'une voix grinçante.

— Il n'y aura pas de compromis. Je vous ai donné mes conditions, c'est tout ou rien.

— Je vous l'ai dit, ma tante ne sera jamais d'accord. Elle se moque de vos désirs et de la liberté de Roy Drummond.

— Il ne s'agit pas de *mes* désirs mais des *siens.* Il s'agit d'un million de dollars et non de la liberté de Roy. Dites-le-lui bien.

— Vous avez appris à frapper fort et au bon endroit, semble-t-il, murmura-t-il en plissant les paupières.

— J'ai eu d'excellents professeurs. Madame sera ravie de constater que je suis une bonne élève, ne croyez-vous pas?

Il hocha lentement la tête.

— Peut-être. Nous verrons, mon cœur, nous verrons. Je reviendrai demain matin.

— Je vous attendrai. Mais je vous préviens, je ne reculerai pas d'un pouce.

Il tourna les talons et sortit sans un regard en arrière, sans prononcer une parole. A peine la porte fermée, Samantha sentit ses genoux se dérober sous elle; elle se mit à trembler de tous ses membres et se laissa tomber sur la chaise la plus proche.

C'était fait, elle avait tenu bon. Jean-Paul était reparti, vaincu. Mais comment Mme Edwige réagirait-elle? Elle tenait à faire mettre Roy en prison, par rancune d'une part, et aussi par mesure de sécurité.

D'un autre côté, *Tendresse* représentait une somme considérable; son échec serait un véritable désastre. Le parfum devait conquérir le marché très vite. Sinon, les concurrents auraient tôt fait de trouver un produit identique.

La jeune fille se releva en s'exhortant à la

confiance. La cupidité serait-elle plus forte que le désir de vengeance ? Samantha en avait pris le pari ; dans quelques heures, elle saurait si elle avait gagné.

Elle se réveilla de bonne heure, s'habilla et se prépara une tasse de café. Elle achevait tout juste de le boire quand Jean-Paul arriva. En lui ouvrant, Samantha remarqua tout de suite une étincelle inquiétante dans ses prunelles. Un frisson la parcourut. Jean-Paul avait retrouvé toute son assurance.

— Vous demandez trop et vous n'offrez pas assez en échange, annonça-t-il d'emblée.

— Je vous offre ce dont vous avez besoin.

— C'est insuffisant.

— Est-ce la conclusion de Mme Edwige ?

— Oui, et la mienne également. Nous en avons discuté presque toute la nuit.

— Je n'ai rien d'autre à vous proposer, murmura-t-elle en luttant contre une sourde crainte.

— Je n'en suis pas si sûr. La libération de Roy Drummond vaut beaucoup plus cher.

— Que voulez-vous ?

— Vous, lâcha-t-il durement. Je vous veux pour moi. Je veux vous épouser. Votre compagnie fera mon bonheur, et elle est inestimable pour la firme.

— Vous êtes fou !

— Absolument pas. C'est à ce prix que vous achèterez la liberté de Drummond. Ma tante profitera de vos talents, et moi de vous.

Samantha le scruta intensément, cherchant à percer son masque impassible.

— Vous savez que je ne veux pas de vous ; vous

savez que je ne vous aime pas. Comment pouvez-vous avoir envie de m'épouser ?

— Vous êtes très belle et très désirable, ma chère Samantha. Tous les hommes seraient fiers de vous posséder.

— Mais je ne pourrai jamais rien ressentir pour vous ! Jamais ! Cela ne compte-t-il donc pas pour vous ?

— L'amour ? répéta-t-il avec un petit sourire ironique.

— Oui, l'amour.

— Une illusion d'adolescents. Vous devez grandir, Samantha, apprendre à devenir raisonnable, à ne plus croire aux contes de fées.

— En d'autres termes, vous me suggérez de devenir autre. Comment une telle chose est-elle possible à votre avis ?

— Songez à toutes ces jeunes femmes qui ont fait des mariages de raison. Les princesses épousent des inconnus pour rendre service à leur pays, d'autres se marient pour régler des dettes de famille, pour monter dans l'échelle sociale.

— Ce genre d'union n'en est pas moins haïssable.

— Croyez-moi, l'amour n'a pas grand-chose à voir là-dedans. La plupart des couples se forment pour d'autres raisons, assura-t-il avec un rire sarcastique.

— Lesquelles ?

— L'opportunisme, les pressions sociales, l'argent, l'ambition, la sécurité.

— Votre cynisme me confond. Mais venant de vous, j'aurais dû m'y attendre.

— Votre puérilité me sidère, riposta-t-il. Les sentiments ne m'intéressent pas. Je me préoccupe uniquement de plaisir, j'ai pour principe d'acquérir tout ce qui me tente, un beau tableau, un bon vin, une belle femme. J'ai envie de vous, Samantha, et je vous aurai... Mais toutes ces pensées philosophiques nous entraînent trop loin de notre affaire, ne croyez-vous pas ? reprit-il après une pause. Je vous répète nos conditions : la liberté de Drummond contre votre promesse de mariage.

Samantha contempla le beau visage cruel de son ennemi. Elle s'entendit poser la question comme si une autre prononçait ces paroles.

— Vous retirerez la plainte ? Vous abandonnerez toutes les poursuites ? Roy pourra rentrer en Angleterre et vivre comme il l'entendra ?

— Absolument. Mais si vous refusez, il végétera en prison. A vous de choisir, très chère.

Choisir ! Elle n'avait pas le choix. Toute la journée, elle s'était armée da courage pour pouvoir conclure ce marché ; en retournant travailler pour Mme Edwige, elle convaincrait Roy de sa trahison une fois pour toutes. Elle n'aurait plus aucun espoir de rétablir la vérité. Cela, elle l'avait déjà accepté. Cette nouvelle exigence ne changerait pas grand-chose à la situation, sinon pour elle...

Roy ne resterait pas en prison. Mais quelle serait sa vie à elle ? Rien, un gouffre infini, une mort avant la mort. Elle n'avait pas le choix.

— Je suis d'accord, si vous tenez parole de votre côté, déclara-t-elle d'une voix étonnamment ferme.

Jean-Paul eut un sourire victorieux.

— Naturellement, acquiesça-t-il.

— Vous annulerez le procès avant que je revienne travailler.

— Comme vous voudrez.

Un vertige la saisit ; l'irréparable était commis. Pour lutter contre la panique, elle s'efforça de réfléchir à des problèmes pratiques, des détails matériels.

— Comment puis-je revenir après tout ce qui s'est passé ? Que penseront mes collègues ?

— Personne ne soupçonne votre rôle dans cette affaire. Ma tante et moi nous sommes montrés parfaitement discrets. Tout le monde croit que vous vous reposez pour surmonter le choc.

— Décidément, vous avez pensé à tout, soupira-t-elle amèrement.

— Il faut être prévoyant… Vous venez de prendre une excellente décision, ma chère Samantha, ajouta-t-il en lui caressant la joue. Vous vous en rendrez compte tôt ou tard…

Il se dirigea vers la porte et l'ouvrit. Puis il se retourna avec un sourire protecteur.

— … A lundi, donc.

Il était trop tard, elle ne pouvait plus revenir en arrière. Samantha ne se sentait pas capable d'envisager l'avenir. Elle alla à la cuisine se préparer encore du café ; elle en avait bien besoin.

La jeune fille faillit crier en entendant la sonnette de la porte. Non ! plus d'exigences ! plus rien ! Elle ne voulait plus rien entendre !

Elle entrebâilla à peine le battant. Amy était sur le seuil, l'air préoccupé.

— Bonjour, Sam ! devine qui j'ai cru voir sortir de chez toi ?

— Tu as bien vu, soupira Samantha en s'écartant pour la laisser entrer.

— Sam, qu'as-tu fait ?

— Le seul geste qui me permettra de me regarder à nouveau dans un miroir sans me détester.

— Je n'aime pas cela… Je n'aime pas cela du tout.

— Je n'en pouvais plus, Amy, je ne pouvais plus supporter de me savoir responsable.

— Tu… quoi ? Une petite minute, Sam, de quoi parles-tu ?

— C'est vrai, affirma-t-elle avec véhémence. C'est de ma faute. Je les ai conduits jusqu'à Roy. Ils m'ont suivie, je n'ai pas songé une seule seconde qu'ils pourraient le faire.

— Mais c'est normal ! s'écria Amy. Tu ne pouvais pas t'en douter !

— Si, je n'aurais pas dû être aussi naïve. J'aurais dû me méfier de Mme Edwige. Il y avait toutes sortes d'indices, mais je refusais de les voir. Elle m'avait déjà mise sous surveillance ici, à New York ; elle savait que je défendais systématiquement Roy contre les accusations ; je lui avais parlé de Howard Mannerley. Si j'avais été sur mes gardes, j'aurais trouvé curieux qu'elle accepte de me laisser partir en vacances sans difficulté.

— D'accord, tu aurais peut-être pu être plus vigilante, concéda Amy. Mais cela ne te rend pas responsable de la capture de Roy.

— A mes yeux, si. Quand je l'ai rencontré dans le Sussex, je n'ai pas voulu le laisser repartir tout de suite. J'ai exigé de voir des preuves. Il est resté un jour de plus pour me les fournir. Si je l'avais cru, si je n'avais pas tant insisté, il n'aurait jamais été arrêté. Tout serait différent aujourd'hui.

— Mais tu ne l'as pas fait délibérément, Sam. Il le croit peut-être, mais tu sais que c'est faux !

— Quelle différence cela fait-il ? Volontairement ou pas, j'ai tout gâché. C'est toi la grande réaliste, Amy, tu ne peux pas me contredire. Les faits sont les faits. Roy va aller en prison à cause de moi. Du moins, il a bien failli, jusqu'à ce matin.

Une vive appréhension se peignit dans les yeux d'Amy.

— Qu'as-tu fait, Sam ? Quelle solution as-tu trouvée ?

— La seule. Roy est libre, Mme Edwige va retirer sa plainte.

— Ne me cache rien.

En phrases courtes, hachées, Samantha lui raconta toute l'histoire ; l'acte d'accusation rédigé contre elle, les conditions qu'elle avait voulu imposer, le marché finalement conclu. Quand elle eut terminé, Amy la contempla d'un air horrifié.

— Mais tu ne peux pas faire ça ! s'exclama-t-elle. C'est impossible !

— C'est le seul moyen, répondit-elle calmement.

— Non, non ! Tu joues ta vie entière, tu vas passer le restant de tes jours dans une prison odieuse.

— Quelle serait donc mon existence si Roy restait derrière les barreaux par ma faute ? J'ai gâché l'existence de l'homme que j'aime le plus au monde.

Me crois-tu vraiment capable de supporter cette
pensée jour après jour ?

— Alors tu préfères te sacrifier ? Non, Sam, tu ne
peux pas !

— Le sacrifice est une preuve d'amour. Je l'aime,
Amy, et je lui ai fait du mal. Tu appelles cela un
sacrifice. Pour moi, c'est de l'amour.

— N'as-tu pas l'impression d'exagérer ?

— Crois-tu ? L'amour est toujours une exagéra-
tion. On aime un autre plus que soi-même, on lui
donne tout, on va jusqu'au bout pour lui.

— Sam, il ne faut pas. Pars, sauve-toi, quitte le
pays quelque temps. Donne-toi le temps de trouver
autre chose.

— Je devrais donc déserter Roy en plus du reste ?
Non, sûrement pas. D'ailleurs, il n'y a pas d'autre
solution.

— Prends le voile, entre au couvent, si tu as tant
besoin de te punir ! lança Amy, exapérée.

— Cela pourrait m'aider, mais ça ne serait d'aucune utilité pour Roy.

— Tu ne peux pas faire une chose pareille, Sam,
répéta-t-elle encore d'une voix implorante.

— Je le peux, et je le dois. Je suis désolée de ne
pas arriver à te le faire comprendre, décréta Samantha d'un ton net et définitif.

— Non, ne t'excuse pas. C'est moi qui refuse de
comprendre, soupira Amy en se levant.

Les deux jeunes filles s'étreignirent longuement.
L'amitié, la vraie, est irremplaçable, songea tristement Samantha après le départ d'Amy. Elle y
puiserait le courage, le réconfort. Dorénavant, elle

aprendrait à chérir tous les moments de bonheur, de chaleur qu'elle avait connus. Elle les garderait soigneusement dans son cœur, comme un écureuil fait des provisions à l'automne. Oui, elle aurait besoin de tout cela pour le long hiver de sa vie.

12

L E lundi arriva, trop vite. Samantha se leva avant même d'entendre la sonnerie du réveil. Elle revêtit une jupe en crêpe de Chine d'un bleu chatoyant et un chemisier de soie blanche ; elle voulait être particulièrement en beauté. Cela ferait partie dorénavant de sa discipline quotidienne.

La jeune fille avait passé ces derniers jours à se préparer pour affronter son sort. Elle aurait besoin de toute son assurance, de toute sa confiance en elle, de toutes ses ressources.

Samantha partit donc pour le bureau comme s'il s'agissait d'une journée de travail ordinaire, semblable à toutes les autres. Elle refusait de penser à ce qui l'attendait ; cela ne servirait à rien. Elle vivrait au jour le jour.

En arrivant devant l'immeuble des parfums *Enchanté,* elle prit une profonde inspiration, carra les épaules et poussa la porte d'entrée, assaillie aussitôt par un flot de souvenirs.

Tony Bianco la croisa dans le couloir. Il jeta les

bras autour de son cou et l'embrassa sur les deux joues.

— Eh bien ! je suis vraiment content de vous voir, Samantha ! Tout est resté en suspens depuis votre départ, j'ai une foule de détails à discuter avec vous.

— Plus tard, Tony. Je vous appellerai quand je serai prête.

Il fit un pas en arrière et la contempla avec admiration.

— Vous êtes resplendissante. Ces vacances vous ont fait du bien.

Elle sourit et s'éloigna rapidement. Comme il était facile de jeter de la poudre aux yeux !

Jean-Paul l'attendait dans son bureau. Lui aussi fut dûment impressionné par sa toilette.

— Magnifique ! murmura-t-il…

Samantha passa devant lui, tête haute et s'assit à sa table. Trois dossiers s'y empilaient déjà.

— … Tout est prêt pour votre retour. Les différents départements nous ont remis le résultat de leurs recherches. Mais avant de vous y mettre, vous devriez peut-être passer voir Mme Edwige ?

— J'y vais tout de suite… Seule.

— Comme vous voudrez.

Elle se releva et se dirigea vers la grande pièce blanche où elle était allée si souvent. Elle hésita à peine une fraction de seconde, frappa et entra. Mme Edwige trônait à sa place habituelle, vêtue d'une robe vert émeraude. Ses yeux noirs étincelaient.

— Bienvenue ici, mon petit !

Samantha resta de marbre.

— Ce terme me paraît mal choisi.

— Mais pas du tout ! Nous sommes ravis de vous revoir !

— Cessons cette comédie, nous savons l'une et l'autre pourquoi je suis ici.

— Vous êtes revenue parce que vous vous accrochez encore à de sottes illusions romanesques, rétorqua la directrice en se durcissant.

— Oui, c'est sans doute vrai.

— L'amour, la loyauté, le sacrifice ! Des sornettes ! Vous finirez bien par le comprendre un jour.

— Peut-être bien, en effet. Mais pour vous, les principes, la moralité et l'honnêteté ne valent guère mieux, si je ne m'abuse ?

— Je vois que nous nous comprenons... Je suis convaincue d'une chose en tout cas : vous assurerez le succès éclatant de *Tendresse*.

— Comment pouvez-vous en être si sûre ?

Mme Edwige eut un sourire confiant.

— D'abord, vous avez conclu un marché, et vous êtes incapable de revenir sur une parole donnée. Ensuite, vous avez votre fierté. Le triomphe de *Tendresse* rejaillira sur vous.

Samantha maudit intérieurement la trop grande perspicacité de la présidente.

— Vous avez également une promesse à respecter. Quand la plainte sera-t-elle retirée ?

— Nous avons déjà donné des instructions dans ce sens à nos avocats. Cela prendra un peu de temps. Il faut avertir le tribunal, se plier à toutes sortes de formalités...

— Ce ne sera pas trop long, n'est-ce pas ?

— Non, non, juste quelques jours...

La jeune fille se retourna pour partir. La voix de Mme Edwige la retint.

— ... Jean-Paul a également une affaire d'ordre personnel à régler avec vous, je crois ?

— Il vous en a parlé, je m'en doutais. Veuillez m'épargnez vos vœux de bonheur.

— Hoho ! Nous voilà bien acerbe !

— Nous apprenons à le devenir, riposta Samantha.

De retour dans son bureau, elle lutta contre un accès de désespoir. Il y aurait d'autres moments similaires, et plus pénibles encore. Elle devait absolument s'endurcir, résister. Se redressant, elle prit le premier dossier de la pile. Le travail serait sa protection la plus efficace ; il occuperait son esprit et l'empêcherait de réfléchir.

Elle referma le dernier classeur en milieu d'après-midi. L'équipe du laboratoire avait produit une grande quantité de parfum à partir du nouvel échantillon fourni par André Dessatain. La pré-campagne publicitaire était déjà bien avancée ; le matériel de promotion s'entassait dans les dépôts, prêt à être distribué sur son ordre.

Samantha relut ses notes ; elle avait quelques questions à poser, des détails à vérifier, des problèmes mineurs à résoudre. Elle appela Tony Bianco par l'interphone et celui-ci arriva avec deux grands cartons à dessin sous le bras.

Le résultat de ses efforts était amplement satisfaisant. Il avait bien saisi le concept initial du projet et l'avait parfaitement exprimé dans les affiches et le choix des modèles.

— C'est excellent, Tony. Nous commencerons avec ces deux photos et continuerons avec les autres. Nous réserverons celle-ci pour les magazines de luxe.

La jeune fille rentra chez elle à pied. Finalement, cette première journée s'était mieux passée qu'elle ne l'avait espéré. Elle avait tout de même l'estomac noué et se coucha sans manger.

Le lendemain, elle s'enferma du matin jusqu'au soir dans son bureau avec Frank Silberman, le directeur des ventes. Au moment où elle s'apprêtait à partir, Jean-Paul entra.

— Tout va bien, paraît-il ? lança-t-il gaiement en lui caressant la joue. Je n'en attendais pas moins de vous...

Samantha ne fit pas de commentaire.

— ... Nous rediscuterons bientôt de nos autres projets, ma ravissante Samantha. Je ne les ai pas oubliés.

— Le contraire eût été trop beau.

Très droite, elle sortit et gagna la rue en respirant profondément pour essayer de se calmer.

Les journées se succédèrent sans incident notoire. A la fin de la semaine, Samantha s'enquit de Roy. La procédure touchait à sa fin, apprit-elle. Enfin, un soir, Mme Edwige la fit appeler. Jean-Paul était avec elle, comme à l'accoutumée. La jeune fille ne le gratifia pas d'un regard.

— Votre M. Drummond est libre, annonça sèchement Madame.

Samantha se raidit pour ne pas trahir sa joie.

— ... Naturellement, il y a certaines conditions.

— Lesquelles ? s'enquit-elle, aussitôt sur ses gardes.

— Il doit quitter le pays et nous remettre la bouteille de parfum. Toutes les charges contre lui sont abandonnées. Mais il restera sous surveillance, et je pourrai redéposer une plainte à n'importe quel moment pendant une période de deux ans.

— C'est injuste ! pourquoi faire planer cette menace sur lui ?

Jean-Paul intervint, d'une voix dangereusement douce.

— En réalité, elle ne plane pas vraiment sur *lui* ma chère enfant.

Elle comprit aussitôt.

— Je vois.

— Nous voulons seulement nous assurer que vous tiendrez votre promesse… sur tous les plans.

— Je vous en ai donné ma parole.

— Eh bien, c'est une garantie supplémentaire.

— Serez-vous informés de la date de son départ ?

— Bien entendu. Nous y tenons beaucoup.

— J'aimerais en être avertie également.

— Pourquoi donc ? s'étonna Jean-Paul avec une moue de dédain. Pour lui souhaiter bon voyage ? Je ne vous le conseille pas ; il a certainement entendu parler de votre retour chez nous.

— Je voudrais le savoir, insista-t-elle.

— Ce sera une bonne chose pour Samantha, décréta Mme Edwige. Cela l'aidera à tourner la page.

La jeune fille resta silencieuse ; une fois de plus ; Madame avait vu juste. Il n'y avait plus rien à ajouter, Roy était libre et elle... elle venait de mourir un peu.

Ce soir-là, chez elle, Samantha s'aperçut qu'elle ne pouvait plus ni pleurer ni sourire. Il fallait avoir de l'espoir, être encore capable de sentir pour connaître de telles émotions.

Samantha se déshabilla et se mit au lit. L'obscurité était devenue son amie, l'obscurité extérieure et celle de l'intérieur.

Un vent de panique souffla sur la firme les jours suivants. Une des chaînes de production du parfum était tombée en panne, il fallut réorganiser la distribution dans tout le pays et donner de nouvelles instructions aux détaillants. Samantha vint à bout de cette crise imprévue au prix d'un effort surhumain. A la fin d'une journée particulièrement épuisante, Jean-Paul vint dans son bureau, l'air très satisfait.

— Roy Drummond part demain. Il s'envolera à neuf heures du matin à bord d'un courrier de la *British Airways*...

Elle acquiesça, le cœur battant.

— ... Tournez la page, mon cœur. Tournez-la bien, répéta-t-il.

Après son départ, elle s'affaissa sur sa chaise en frissonnant nerveusement. Pourquoi s'accroche-t-on encore quand il n'y a rien à quoi se raccrocher ? Pourquoi est-on si désemparé quand l'inéluctable arrive ?

Samantha attendit que son émoi s'atténue un peu et rangea ses affaires pour partir. Sa décision était prise. Peut-être l'était-elle depuis longtemps. Une dernière fois ; une dernière vision de lui à emporter, à garder pour l'avenir.

Amy l'appela dans la soirée.

— Demain ! lança Samantha sans préambule. Roy s'en va demain.

— Pars, Sam. Sauve-toi. Tu n'es plus liée par rien, tu ne leur dois rien.

— Non, j'irai jusqu'au bout. Ils me tiennent encore.

— Ecoute, Sam, je veux discuter sérieusement avec toi. Je passerai te voir demain.

— Non, plus tard. Nous parlerons, je te le promets.

Elle aurait besoin d'être seule.

Samantha quitta son bureau assez tôt et passa chez elle se changer. Elle enfila une robe de laine grise et cacha ses cheveux blonds sous un chapeau gris à larges bords.

Le trajet jusqu'à l'aéroport lui parut interminable. Elle dut ensuite parcourir des kilomètres de couloirs avant d'arriver au guichet de la *British Airways*. Un large pilier blanc lui permit d'observer la foule sans être vue.

Les voyageurs s'assemblaient lentement pour embarquer, ils passaient la barrière l'un après l'autre. Les mains de Samantha se crispaient nerveusement sur la bandoulière de son sac, mais elle ne s'en apercevait pas.

Elle le vit enfin, il dépassait d'une tête la plupart des passagers, ses mèches dorées retombaient en désordre sur son front, comme toujours. Cette seule vue la bouleversa jusqu'au plus profond de son être.

Alfred Drummond et Margaret Haney l'entouraient, un troisième homme portait sa valise, sans doute son avoué. Tous bavardaient et riaient, sauf Roy. Il paraissait très lointain, isolé à l'intérieur du petit groupe. L'avocat s'écarta, il ne faisait pas partie du voyage. Les deux compagnons de Roy franchirent la barrière ; le jeune homme fut le dernier à passer. Il les rejoignit sans hâte.

— Adieu, mon amour, adieu, murmura Samantha.

Mais elle n'arrivait pas à partir, pas encore. Brusquement, Roy s'arrêta, se retourna, scruta la foule. Retenant son souffle, elle recula derrière le pilier et risqua un coup d'œil prudent. Roy n'avait pas bougé, il semblait chercher quelqu'un. Elle ? La cherchait-il elle ? Ou jetait-il un dernier regard au pays où il avait tant souffert ?

Il tourna lentement les talons et disparut.

Samantha appuya sa tête contre la colonne, paupières closes. Elle sentit de grosses larmes rouler sur ses joues. Le vrombissement des moteurs de l'avion la ramena à la réalité. Alors, elle se mit à courir, à courir entre les silhouettes anonymes, en bousculant quelques-unes, aveugle, les mains plaquées sur ses oreilles pour ne plus entendre ce bruit. Un taxi la ramena chez elle.

Elle était seule. Roy était parti, il était libre. Cette pensée lui servirait de soutien, l'aiderait à combler le vide de ses jours.

La pendule indiquait cinq heures quand elle s'endormit enfin.

Le lendemain, elle se cloîtra dans son bureau toute la journée pour cacher ses yeux cernés. Un jour s'écoula encore. Jean-Paul entra dans l'après-midi, sans frapper.

— Je passerai chez vous ce soir, annonça-t-il d'un ton sans réplique.

Samantha se hérissa aussitôt, exaspérée par tant d'arrogance.

— Tout simplement ? Sans me demander mon avis ? Et si j'ai déjà un rendez-vous pour ce soir ?

— Annulez-le. J'ai des choses importantes à vous dire.

Samantha le regarda sortir sans mot dire. Il voulait certainement lui parler du mariage. Elle n'y échapperait pas, c'était clair, mais elle le retarderait par tous les moyens. Pour l'instant, elle disposait d'un argument de taille : la sortie de *Tendresse*. Les préparatifs d'un mariage nécessitaient une grande attention, il fallait y consacrer beaucoup de temps et d'énergie. Or, pour réussir le lancement du parfum, elle devait assurer une présence constante.

Oui elle avait des faits solides à opposer aux menaces de Jean-Paul. Il ne pourrait pas se permettre de les réfuter. Pleinement rassurée, elle souriait presque quand le jeune homme sonna à sa porte peu après huit heures.

Il la contempla avidement en entrant. Très bien, songea-t-elle cyniquement. Sa frustration serait d'autant plus grande

— Je me demandais quand vous alliez aborder le sujet, déclara-t-elle immédiatement.

— Impatiente, ma douce Samantha ? C'est bon signe.

— Résignée me semble plus juste.

— Peu importe. Puisque vous avez deviné le but de ma visite, ne perdons pas de temps.

— Vous faites allusion au mariage...

— Pas vraiment, l'interrompit-il. Nous ne pouvons guère y songer avant la fin de la campagne publicitaire, n'est-ce pas ?

Il la toisait d'un air de reproche, comme si sa question était vraiment absurde. Une main de glace étreignit le cœur de la jeune fille.

— Mais alors... pourquoi êtes-vous venu ?

— Pour passer la nuit avec vous, mon cœur.

— Que dites-vous ? Il n'a jamais été question de cela ! Vous vouliez m'épouser.

— Cela viendra, chaque chose en son temps. En attendant, nous devons apprendre à nous connaître. On n'achète pas un costume sans l'essayer.

— Vous êtes abject !

— Epargnez-moi vos compliments. Vous avez accepté le marché, très chère. J'ai dit que je vous désirais, je n'ai pas parlé d'attendre la cérémonie.

Samantha chercha fébrilement une réponse et n'en trouva aucune. Le moment tant redouté venait d'arriver. Elle ne l'avait pas prévu si tôt, mais elle ne pourrait pas se dérober. Jean-Paul reprit la parole d'une voix suave.

— Si vous refusez, Roy Drummond se retrouvera dans une cellule anglaise dès demain matin.

Soudain, il l'attrapa par le poignet et l'attira brutalement contre lui.

— Vous me faites mal, protesta-t-elle d'un ton où l'on sentait la capitulation proche.

Jean-Paul desserra lentement les doigts. Elle massa son avant-bras douloureux en baissant la tête.

— Voilà qui est mieux, acquiesça-t-il... A présent, laissez-moi vous regarder.

Elle garda la tête obstinément penchée. Le prix à payer venait trop vite, elle n'avait pas eu le temps de s'y préparer suffisamment... Après tout, était-ce important ? Parviendrait-elle un jour à se durcir suffisamment pour supporter l'insupportable ? Cent ans, mille ans lui paraîtraient sans doute encore trop courts.

— ... Déshabillez-vous, ma très belle, montrez-vous à moi tout entière.

Samantha se redressa ; il la dévorait des yeux. Lentement, elle posa la main sur le premier bouton de son chemisier. Tôt ou tard, elle devrait bien s'exécuter. L'humiliation serait la même, ce soir ou n'importe quel autre jour. Elle songea aux gladiateurs envoyés combattre sans armes dans l'arène. Le courage, la résignation n'étaient pas encore assez. Elle aurait besoin de toute sa fierté, de tout son respect d'elle-même pour endurer cette épreuve.

Avec une exclamation impatientée, Jean-Paul s'approcha et lui retira lui-même ses vêtements. Elle le laissa faire sans un geste, inerte, prostrée, fixant le vide pour se soustraire à son regard avilissant. Quand elle fut nue, il l'enlaça et la serra contre lui.

Samantha ne bougeait toujours pas. Seuls ses

poings crispés trahissaient son dégoût. Elle ne voyait rien, elle regardait un point dans le vague. Il la souleva et l'emporta sur son lit. Puis, s'allongeant près d'elle, il s'empara de ses lèvres. Elle n'était plus là, Samantha n'existait plus, même pas à l'état de souvenir. Ses doigts agrippaient convulsivement le drap, elle ne s'en apercevait pas.

Et soudain, une boule de feu explosa dans sa tête. La rage, la fureur déferlèrent en elle comme un ouragan. C'était trop, trop, trop !

— *Non !*

Ses ongles labourèrent le visage de Jean-Paul. Elle se débattit, lui asséna des coups de pied et de poing, se dégagea et courut enfiler un peignoir dont elle noua étroitement la ceinture.

— Sortez d'ici ! Sortez ! je vous hais !

Il se redressa, livide de colère.

— Nous avons conclu un marché, ne l'oubliez pas.

— Pas pour cela, pas pour un essai ou quoi que ce soit de semblable. Je vous épouserai, mais il ne se passera rien avant, *rien !* m'entendez-vous ?

Jean-Paul se leva, elle lui tourna le dos tandis qu'il passait dans la pièce voisine. Elle s'efforça de retrouver une respiration plus régulière, de cesser de trembler. Il revint, ayant rajusté sa chemise et enfilé sa veste. Elle lui fit face, les yeux étincelants.

— Si vous touchez à un seul cheveu de Roy, je ne vous épouserai pas. Vous ne m'aurez jamais !

Il la contempla un instant, puis haussa les épaules.

— Je peux attendre. De toute façon, j'ai trouvé ce que je cherchais. Votre flamme, votre passion méritent qu'on soit patient...

Il se dirigea vers la porte, s'arrêta encore.

— … Vous voulez attendre jusqu'au mariage ? Soit, j'en fixerai la date. Je vous obligerai à tenir votre parole, ma belle, n'en doutez pas.

Il sortit en refermant doucement derrière lui. Restée seule, Samantha se laissa glisser sur le sol et appuya sa tête contre le montant d'un fauteuil. Elle avait échoué. Elle avait été incapable de supporter passivement la torture, de payer son dû. Pour cette fois, elle avait obtenu un délai ; mais il n'y aurait pas d'autres répits. Elle serait forcée de suivre son destin.

Avec un long soupir, elle se redressa, regarda le lit défait. Aussitôt, elle fut prise de nausée. Arrachant les draps, elle les jeta dans le panier de linge sale et les remplaça. Son heure viendrait, mais pas ici, elle se le jura. Pas dans cette chambre où elle avait rêvé de Roy, connu la douceur de l'espoir et de l'amour. Pas ici.

Samantha avait décidé d'éviter Jean-Paul au bureau ; ce ne fut pas nécessaire : sa tante l'avait envoyé à Boston. Elle travailla d'arrache-pied toute la journée puis rentra chez elle se doucher et se changer. Amy avait insisté pour l'emmener voir une pièce de théâtre. « Quelque chose de drôle », avait-elle précisé.

Samantha fit de son mieux pour prendre plaisir à cette comédie légère, mais elle ne parvenait pas à se concentrer et perdait régulièrement le fil de l'histoire. En sortant, Amy l'entraîna vers un petit bar-restaurant.

— Hum ! Le spectacle ne t'a guère déridée !

— Je suis désolée, Amy. J'ai vraiment essayé de m'amuser, mais...

— Mais tu étais ailleurs.

— Je ne me suis pas encore remise de ma soirée d'hier, soupira Samantha.

— Hier ? Que s'est-il passé ?

— Jean-Paul est venu me voir.

L'horreur se peignit sur les traits de son amie.

— Pour réclamer son dû ?

La jeune fille hocha la tête sans un mot.

— Oh Sam ! Sam ! Je suis désolée !

— Ne le sois pas. Pas encore. Je n'ai pas pu aller jusqu'au bout. C'est très difficile de se transformer en coquille vide. Il doit falloir de l'entraînement, j'imagine.

— Certainement pas. Tu n'y parviendras jamais. Cesse donc de vouloir te punir ! Roy est en Angleterre, il ne risque plus rien.

— Si seulement c'était vrai ! gémit-elle. Hélas, ce n'est pas le cas. Non, j'ai simplement besoin de plus de temps pour m'accoutumer à cette idée.

— C'est absurde, Sam. Tu ne pourras jamais faire abstraction de tes sentiments, t'endurcir à ce point.

— Il le faut pourtant. Ils me tiennent en leur pouvoir.

— Pour l'amour du ciel, Sam, qu'attends-tu donc pour t'enfuir ? Pars, je t'aiderai.

La jeune fille secoua la tête.

— Non, j'ai gagné du temps hier soir, je tâcherai de l'employer à bon escient. Ou peut-être un miracle se produira-t-il !

Elle n'avait pas pu empêcher sa voix de trembler amèrement en prononçant cette dernière phrase...

Moins de cinq minutes après son arrivée au bureau, Mme Edwige la fit appeler. Samantha réprima difficilement un frisson de dégoût en voyant Jean-Paul à côté d'elle.

— Bonjour, Samantha, Jean-Paul vient de me communiquer une excellente idée. Nous allons célébrer votre mariage le jour du lancement de *Tendresse*. Ce sera l'événement de l'année, la presse va s'en emparer avidement.

— Mais c'est la semaine prochaine ! s'exclamat-elle, très pâle tout à coup.

— En effet. Comme vous le savez, nous organisons une réception fabuleuse *chez Pierre* pour la présentation du parfum. Votre union avec Jean-Paul en sera la touche finale. Un mariage *Tendresse !* On en parlera pendant des mois !

La pièce se mit à tournoyer devant ses yeux, des coups sourds martelèrent ses tempes. Elle avait cru disposer de deux mois, trois peut-être. Mais une semaine ! Elle chercha fébrilement des arguments.

— Il y aura encore fort à faire après la mise sur le marché de *Tendresse,* la campagne publicitaire, les...

— Ce sera superflu, vous avez tout organisé de main de maître, assura Mme Edwige, rayonnante.

— Il y a toujours des problèmes inattendus.

— Ils ne surgiront pas avant au moins un mois.

— Huit jours, balbutia-t-elle encore... Je n'aurai même pas le temps de trouver une robe !

— Celle que vous porterez à la réception fera

parfaitement l'affaire. Vous l'avez déjà achetée, n'est-ce pas? Vous me l'avez dit l'autre jour.

Samantha sortit comme une somnambule. Une semaine. Elle avait gagné en tout et pour tout une semaine. Autant dire rien. Elle contemplait le calendrier pour la centième fois quand Jean-Paul entra. Son sourire sardonique réveilla sa colère.

— Vous voyez, ma chérie, j'obtiens toujours ce que je veux. Vous aurez votre mariage et je vous aurai, vous.

Il frôla ses seins avec insolence. Samantha le gifla de toutes ses forces. Une marque rouge apparut sur la joue du jeune homme. Il y porta la main; son sourire s'accentua, se fit glacial.

— Bientôt, mon cher cœur, bientôt. J'attends notre nuit de noces avec impatience!

Samantha partit en fin d'après-midi. Dehors, l'air froid et piquant la fit frissonner. Elle rentra chez elle en courant presque et se prépara une boisson chaude. Puis elle la but lentement. Un calme étrange, incompréhensible, l'envahissait.

— Huit jours, murmura-t-elle, et ensuite, l'humiliation et l'horreur...

Elle repensa à la dernière visite de Jean-Paul. Le souvenir de ses doigts, de ses lèvres.

— ... Non, c'est trop abject.

Amy avait dit juste. On ne peut s'astreindre à l'insensibilité. Une vie entière n'y suffirait pas. Il est des engagements que même l'amour ne peut pas faire respecter.

Samantha comprit enfin d'où lui venait cette

sensation de paix intérieure. Avant même d'en être consciente, elle avait pris sa décision.

Le cœur est rapide ; l'esprit a du mal à le suivre. Il cherche encore des justifications et des raisons quand tout est déjà décidé.

Samantha but la dernière gorgée de son thé et posa sa tasse. Il était temps de s'organiser.

13

— A MY, puis-je me cacher chez toi ?
Au bout du fil, la voix d'Amy se
teinta aussitôt d'inquiétude.

— Que se passe-t-il ?

— Finalement, je vais suivre ton conseil. Je m'en-
fuis.

Il était dix heures passées. Samantha avait mis au
point un plan après des heures de réflexion. Il était
encore imparfait, incomplet, mais le temps pressait.

— Ouf ! Tu te décides enfin à m'écouter !

— Je vais avoir grand besoin de ton aide. Tu
agiras à ma place.

— Où ? Quand ? Comment ?

— D'abord, tu chercheras l'adresse de Roy.

— Où la trouverai-je ?

— Ses avocats l'ont certainement. Nous invente-
rons une histoire plausible pour obtenir ce renseigne-
ment. Il est probablement chez son oncle, dans le
Sussex, mais je dois m'en assurer. Ensuite, tu lui
enverras immédiatement un télégramme.

— Pour lui dire quoi ?

— De se sauver. La plainte contre lui va être à nouveau déposée dès qu'ils apprendront ma disparition. Tu m'achèteras aussi un billet d'avion pour Londres.

— Viens vite, Sam. L'agent spécial Amy Foster t'attend ! s'exclama joyeusement son amie.

Samantha raccrocha. Son sac était déjà prêt. Elle y ajouta un chandail et descendit l'escalier en courant. Elle atteignait le coin de la rue en cherchant un taxi libre des yeux, quand la portière d'une voiture s'ouvrit brusquement à côté d'elle.

Deux hommes descendirent sur le trottoir et s'approchèrent d'elle.

— Veuillez retourner chez vous, Miss Coolidge, déclara le plus grand.

Samantha sentit la peur la gagner. Elle décida de tenter le tout pour le tout.

— Otez-vous de mon chemin.

Ils ricanèrent durement.

— Vous feriez mieux d'obéir, conseilla le second.

— Je suis libre d'aller où je veux.

Tournant les talons, elle poursuivit son chemin. Au bout de trois pas à peine, elle sentit une poigne de fer lui encercler le bras et l'obliger à faire brutalement demi-tour. L'inconnu l'entraîna sans ménagement vers l'entrée de son immeuble.

— Rentrez, s'il vous plaît.

Samantha se dégagea d'une secousse et toisa ses agresseurs. Puis elle monta les marches, tête haute. Mais une fois dans son appartement, elle s'affaissa en tremblant de tous ses membres. Au bout de quelques instants, elle décrocha le téléphone et composa le

numéro de Jean-Paul. En entendant sa voix onc-
tueuse, elle éclata.

— Comment *osez-vous* ? Comment osez-vous me
faire surveiller ? Je ne le tolérerai pas !

— Où alliez-vous, Samantha ?

— Cela ne vous regarde pas !

— Allons, allons ! Ces hommes sont là pour veiller
à votre confort. Ils vous emmèneront là où vous le
désirerez... dans les limites du raisonnable, naturellement.

— Et ils vous feront leur rapport aussitôt ! Des
chauffeurs ! Ce sont vos hommes de main, oui ! Vous
ne ferez pas de moi votre prisonnière.

— Tss, tss ! Quel vilain mot ! Et bien mal approprié, croyez-moi. J'ai craint un acte déraisonnable de
votre part, c'est pourquoi j'ai organisé une garde
permanente devant votre porte.

— Vous n'avez pas le droit !...

— C'est une simple précaution, mon cœur. Cela
ne durera pas longtemps, à peine quelques jours.
Jusqu'au mariage. Essayez de voir le bon côté des
choses : je vous aide à tenir votre promesse.

Samantha raccrocha brutalement et reprit immédiatement le combiné. Amy répondit à la première
sonnerie.

— Je ne viens pas. Je suis surveillée.

— Jean-Paul ? s'exclama Amy.

— Bien entendu.

— Le monstre ! Tu ne vas pas te laisser faire ? Va
voir la police dès demain matin.

— A quoi bon ? Il niera catégoriquement et je

n'aurai pas de preuves. Il n'y a pas d'issue, je n'ai plus qu'à accepter mon sort.

— Non! Laisse-moi réfléchir. Reste chez toi demain matin, je t'appellerai.

— Entendu, soupira Samantha d'une voix morne.

Le désespoir et la peur la tinrent éveillée presque toute la nuit. Son tourment ne prendrait-il jamais fin? N'y avait-il aucune limite à la rouerie et à la cruauté de Jean-Paul et de Mme Edwige?

Samantha resta au lit assez tard dans la matinée. Elle n'avait plus goût à rien et n'avait même pas envie de se lever. A quoi bon? Toutes ses journées se ressembleraient désormais. Ce serait un long défilé d'horreur et de tristesse.

Elle alla enfin sous la douche et se força à avaler une tasse de thé. La sonnette de la porte d'entrée lui donna un coup de fouet. Jean-Paul oserait-il venir la narguer jusque chez elle? Carrant les épaules, elle alla ouvrir, un flot d'insultes à la bouche.

Amy se tenait sur le seuil, une petite valise posée à ses pieds.

— Ferme la porte, déclara-t-elle en entrant d'un pas décidé.

— Que fais-tu ici? Tu devais m'appeler.

— J'ai été trop occupée toute la matinée. A propos, je n'ai vu personne devant chez toi.

— Ils sont quelque part dans la rue, sois-en sûre, soupira Samantha.

— Aucune importance, nous allons te sortir d'ici de toute façon…

Ouvrant la mallette, elle en extirpa une robe grise informe et une perruque noire toute bouclée.

— ... Avec l'aimable concours du théâtre de l'Empire, annonça-t-elle d'un ton grandiloquent. Et voici le dernier accessoire indispensable.

Elle brandissait une paire de lunettes noires d'une forme excentrique.

— Es-tu sérieuse ?

— Tout à fait. Enfile ce déguisement, personne ne te reconnaîtra.

— Que ferai-je ensuite ?

— Va chez moi et attend-moi. Nous exécuterons le plan que tu as mis au point hier soir. Elémentaire, ma chère Samantha !

La jeune fille contempla les fausses boucles, tiraillée entre l'espoir et l'incrédulité.

— Pourquoi pas, après tout ? murmura-t-elle enfin.

— Mais oui ! s'impatienta Amy. Allons, dépêche-toi !

Avec des gestes maladroits, elle mit la robe et recouvrit sa chevelure. Ainsi vêtue, et avec les lunettes noires, elle était méconnaissable.

— Parfait, approuva Amy. A présent, en route ! Voici mes clefs, je t'apporterai tes affaires dans cette valise. Je vais rester ici une heure puis je te rejoindrai. Non ! j'ai une meilleure idée ! Appelle-moi dès que tu seras arrivée et je viendrai tout de suite.

Samantha inspecta une dernière fois sa tenue et sortit après avoir embrassé son amie. Elle s'arrêta sur le perron de l'immeuble, jeta un coup d'œil à droite puis à gauche... Trop de voitures. Ses geôliers étaient là, invisibles. Elle regarda encore autour d'elle puis se dirigea vers le coin de la rue en s'efforçant de ne pas courir. Après le tournant, elle reprit confiance et poursuivit sa marche, de plus en plus assurée. Elle arriva sans encombre chez Amy et faillit danser de joie en ouvrant la porte de son appartement.

Elles avaient réussi ! Samantha ôta ses lunettes, la perruque et agita la tête pour rendre leur gonflant à ses cheveux. Elle se sentait infiniment légère.

S'asseyant sur une chaise, elle composa son propre numéro.

— Je suis chez toi ! Tu es un génie !

— C'est le résultat de longues années d'apprentissage à la CIA, plaisanta Amy. Je vais attendre encore un moment, ils ont pu me voir entrer avec la valise. Mieux vaut ne pas éveiller leurs soupçons.

— Tu as raison. A bientôt.

Après avoir raccroché, elle prit un carnet de notes et entreprit de composer un télégramme pour Roy. Après plusieurs essais, elle fut enfin satisfaite du résultat et reposa son stylo. Presque au même instant, des coups furent frappés à l'entrée.

— Bienvenue chez toi !…

Sa joyeuse exclamation s'étrangla dans sa gorge. Jean-Paul la contemplait d'un air froid, paupières plissées. Un des gardes se tenait derrière lui.

— Vous feriez bien de m'accompagner, Samantha. Mme Edwige veut régler quelques détails avec vous au bureau.

Il s'avança. Samantha se recroquevilla, se raccrocha au chambranle pour ne pas perdre l'équilibre.

— Comment avez-vous su ? chuchota-t-elle d'une toute petite voix.

— Mes hommes sont des professionnels, expliqua-t-il avec un sourire indulgent. D'abord, ils ont vu Miss Foster entrer dans votre immeuble.

— Elle aussi était sous surveillance ?

— Non, mais je le leur avait décrite. Nous connaissons vos liens d'amitié, vous risquiez de faire appel à elle. Environ un quart d'heure plus tard, une femme est sortie. Elle portait manifestement une perruque et a soigneusement regardé autour d'elle avant de s'éloigner...

La jeune fille serra les lèvres. Une fois de plus, elle avait agi en amateur.

— Mes... amis m'ont appelé, vous connaissez la suite. Vous alliez certainement venir vous réfugier ici. Allons, suivez-moi à présent, nous avons à faire au bureau. Et sincèrement, vous devriez cesser toutes ces sottises. Cela devient lassant à la longue.

Sans un mot, elle descendit l'escalier derrière lui. Le troisième complice les attendait dans la voiture ; il les conduisit jusqu'à l'immeuble des parfums *Enchanté*. Jean-Paul la guida jusqu'à son bureau personnel et poussa la porte.

— Entrez.

Une brusque colère l'envahit.

— Si vous ne retirez pas immédiatement vos gardiens, j'appelle la police. J'en ai assez ! Vous n'avez pas le droit de me faire surveiller !

— La police, vraiment ? répéta-t-il en arquant un sourcil.

— Parfaitement ! et tout de suite !

Il lui tendit un télégramme.

— Je vous conseille vivement de lire ceci avant d'agir à la légère.

« Faites arrêter Roy Drummond. Détenons nouvelles preuves contre lui et sa complice. »

Samantha reposa le message d'une main tremblante.

— Naturellement, reprit Jean-Paul, notre conseil-
ler à Londres l'a déjà reçu. Il a ordre de ne pas le
remettre aux autorités avant que je ne le lui dise...
Encore une tentative comme celle de ce matin et je
lui fais signe. Roy Drummond sera sous les verrous
moins d'une heure plus tard. Me suis-je bien fait
comprendre ?

Posant les mains bien à plat sur sa table, il se
pencha en avant d'un air menaçant. Samantha poussa
un long soupir. Il avait gagné, tout était fini. Elle
s'entendit poser une question inutile.

— Mme Edwige est-elle au courant ?

— Ma tante juge parfaitement naturel de protéger
ses intérêts par tous les moyens... Mais pour parler
de choses plus agréables, nous avons annoncé notre
mariage à toutes les personnes invitées à la réception
chez Pierre. Plusieurs journalistes nous ont déjà
téléphoné pour nous demander plus de renseignements afin de pouvoir rédiger des articles.

Tournant les talons, elle sortit en s'efforçant de
rester très droite. Une fois dans son bureau, elle
s'effondra sur une chaise et se couvrit le visage des
mains. Elle avait l'esprit et le cœur vide, sa gorge
était sèche. Samantha avait l'impression de tomber
en tournoyant dans un gouffre sans fin.

Elle se redressa en entendant la porte s'ouvrir.
Jean-Paul apparut.

— Une dernière chose, mon cœur, laissez votre

amie, Miss Foster en dehors de tout cela. Je vous le rappelle, elle est une des détaillantes des parfums *Enchanté*. Nous pouvons nous passer de ses services à tout moment. Et de plus, nous pouvons persuader toutes les autres firmes de lui retirer leur clientèle.

— Laissez Amy tranquille ! cria-t-elle.

— Cela dépend uniquement de vous. Si vous devenez raisonnable, elle n'aura rien à craindre de nous. Sinon...

Il laissa planer la menace. Samantha baissa la tête, vaincue.

— ... J'étais sûr que vous comprendriez, railla Jean-Paul. L'amitié est une belle chose, n'est-ce pas ?

Il referma vivement le battant : Samantha venait de jeter un lourd cendrier de toutes ses forces. Il se brisa contre le bois. La jeune fille sortit immédiatement et rentra chez elle.

Après avoir ôté la robe grise et enfilé un peignoir, elle appela Amy.

— Sam ! Où diable es-tu ? J'ai cru devenir folle d'inquiétude !

— Amy, je suis désolée, cela n'a pas marché. Nous avons essayé, mais nous avons perdu. Si je tente encore quoi que ce soit, ils feront arrêter Roy. Je ne peux pas, Amy. Roy est ma seule raison de vivre, je ne peux pas mettre sa liberté en danger.

— Je t'en supplie, ressaisis-toi ! Nous trouverons bien autre chose ! J'arrive tout de suite.

— Non !...

Elle ne voulait pas lui faire courir de risque, elle devait la protéger.

— ... Laisse-moi seule, je t'en prie.

— Que se passe-t-il ? insista Amy, intriguée.

— Rien, rien, mais reste à l'écart, ne te mêle plus de cette histoire. S'il te plaît, Amy, fais-le pour moi.

— Sam, tu me caches quelque chose.

— Tu ne peux pas m'aider, personne ne le peut.

Elle raccrocha sans écouter les protestations de son amie. A quoi bon discuter ? Elle se versa un verre de sherry, le leva comme pour porter un toast.

— A Roy, murmura-t-elle. A l'amour.

Et au bonheur qu'elle avait connu. Cela, rien ni personne ne pourrait jamais l'en déposséder. Elle but la liqueur d'un trait, s'en versa encore et vint contempler la soupière au couvercle orné de champignons.

— Où sont donc vos fameux pouvoirs magiques ? maugréa-t-elle... Pardon, reprit-elle d'une voix contrite. Après tout, vous avez fait du bon travail. Roy est libre, point final. Il est libre.

Elle finit son sherry et s'écroula sur son lit.

Samantha s'étonna de se sentir si calme en se levant le lendemain matin. Peut-être s'était-elle enfin résignée à son sort ? En arrivant au bureau, elle se plongea dans des tâches mécaniques. Peu avant midi, Mme Edwige vint la voir.

— Je vais chez le coiffeur, annonça-t-elle. Vous n'avez pas oublié le dîner chez moi ce soir, n'est-ce pas mon petit ? A sept heures.

La jeune fille jeta un coup d'œil sur son agenda. La date était bien marquée, mais elle n'y avait plus pensé. Elle avait eu elle-même l'idée de ce repas, dans le cadre de la campagne publicitaire. Les plus grands noms de la mode et de la presse y avaient été conviés, ce serait une sorte d'avant-première exclusive.

— Jean-Paul passera vous prendre à six heures et demie. Tenue habillée, naturellement. Mais je n'ai pas besoin de vous le préciser.

Sa journée de travail finie, la jeune fille rentra se doucher et se laver les cheveux. Elle se devait d'être particulièrement élégante : cette soirée déciderait en fait du succès ou de l'échec de *Tendresse*. On remettrait à chacun des invités un flacon de parfum, mais seule Mme Edwige en porterait sur elle. Ainsi, tous auraient la surprise de voir la senteur s'accentuer au cours des heures. Madame, elle s'en souvenait, avait vivement applaudi à cette suggestion. Ce serait un véritable coup de théâtre, avait-elle affirmé.

Samantha sortit de sa penderie une longue robe de soie blanche au col profondément échancré. L'étoffe souple moulait ses formes harmonieuses et s'évasait légèrement vers le bas. Une mince chaînette d'or scintillait doucement à son cou. Elle hocha la tête en s'examinant dans le miroir, satisfaite du résultat.

Jean-Paul arriva, resplendissant dans son costume de fin lainage noir. Combien de femmes seraient fières d'être aperçues en sa compagnie ! songea-t-elle amèrement. Mais elle voyait la laideur derrière sa beauté, le mal derrière son sourire séduisant. Il la contempla en se rengorgeant. Croyait-il donc qu'elle s'était habillée pour lui plaire ? Il en serait bien capable ! Elle faillit rire devant tant de vanité.

Samantha eut un sursaut en distinguant un des deux gardes sur le siège arrière de la voiture.

— Ce télégramme ne vous semble donc pas une précaution suffisante ? l'apostropha-t-elle.

— On n'est jamais trop prudent. Je vais être très occupé ce soir.

Elle esquissa un sourire sans joie. Jean-Paul avait au moins appris à la redouter.

Ils se garèrent devant le grand immeuble moderne où Mme Edwige demeurait, dans la cinquième avenue. Un dais rouge menait à l'entrée ; des portiers en uniforme leur ouvrirent la porte en s'inclinant respectueusement.

L'appartement, un duplex, convenait parfaitement à ce genre de réception élégante. De nombreux invités se pressaient déjà dans le grand salon bleu et or. Samantha connaissait la plupart d'entre eux. Madame avait bien fait les choses, elle avait fait venir des personnalités des quatre coins du pays.

— Vous n'aurez pas besoin d'escorte ici, lui murmura Jean-Paul à l'oreille. Je vous laisse, je dois jouer le maître de maison jusqu'à l'arrivée de ma tante.

Celle-ci devait faire son entrée un peu plus tard, quand tout le monde serait là. Samantha ôta sa cape et fit le tour de la pièce en échangeant quelques mots avec chacun.

— On chuchote partout que ce parfum sera le plus révolutionnaire de ces dix dernières années, déclara Arlene Shail, directrice d'un des plus grands magazines de mode des Etats-Unis. Vous avez mis au point une campagne de lancement magistrale, paraît-il.

— J'y ai beaucoup travaillé en effet, acquiesça la jeune fille.

— Et vous allez épouser Dumont. Cela va devenir une affaire de famille.

— Si cela dure, riposta-t-elle.

La stupeur se peignit sur les traits de son interlocutrice. Samantha s'éloigna rapidement pour lui éviter d'avoir à trouver une réplique appropriée. Un léger sourire aux lèvres, elle reprit la ronde des salutations.

Brusquement, son sourire se figea. Elle fixa, incrédule, le petit homme replet aux cheveux poivre et sel et aux yeux brillants qui s'entretenait avec Betty Ferris, directrice de marketing d'une importante firme de produits de beauté.

S'étant ressaisie, elle partit à la recherche de Jean-Paul, le trouva en grande conversation et l'entraîna à l'écart sans même s'excuser.

— André Dessatain est là ! chuchota-t-elle d'une voix furibonde. Pourquoi ne m'en avez-vous pas avertie ?

— Mme Edwige l'a invité ; elle pourra le présenter à tout le monde comme le créateur de *Tendresse*. N'est-ce pas une idée merveilleuse ?

— Le créateur qui va être ruiné ! riposta-t-elle.

Jean-Paul prit un air peiné.

— Comme vous êtes injuste ! Tout dépendra des ventes, vous le savez bien !

— Je sais surtout autre chose, rétorqua-t-elle. Mais là n'est pas la question. Que dois-je lui dire ? Vous lui avez annoncé mon renvoi lors de notre dernière rencontre... Peut-être devrais-je lui raconter la vérité ? ajouta-t-elle en plissant les yeux.

— Il vous trouverait bien rancunière. Officiellement, vous nous avez supplié de vous reprendre et

nous avons généreusement accepté. Ne vous inquiétez pas, il ne s'étonnera nullement de votre présence.

Samantha lui tourna le dos. Elle ne pouvait
absolument pas parler au chimiste ici. L'histoire
serait trop longue à lui expliquer. Mais elle pouvait
peut-être trouver un moyen de le voir plus tard, en
tête à tête ? Elle y réfléchissait en sirotant un cocktail
quand une voix toute proche la ramena à la réalité.

— Ah ! Samantha ! J'avais hâte de vous voir !

André Dessatain lui souriait gentiment. Ses yeux
bruns étaient très gais. Il paraissait plus ouvert, plus
confiant que jamais.

— Bonsoir, dit-elle simplement.

— Je suis si heureux d'avoir de nouveau l'occasion
de bavarder avec vous ! assura-t-il en lui embrassant
la main. Il paraît que vous vous mariez bientôt ?

— Il paraît, oui.

Il fronça les sourcils.

— Cela ne semble guère vous rendre heureuse.

Un serveur en livrée passait avec un plateau chargé
de coupes de champagne. Samantha en prit une et la
leva avec un petit salut.

— Le bonheur est une illusion inventée pour les
fous et les enfants, déclara-t-elle.

André Dessatain l'observa un moment sans rien
dire. Puis il lui tapota le bras.

— Ne vous inquiétez pas, mon petit, vous ne serez
pas obligée d'agir contre votre désir.

Ce fut au tour de Samantha d'être intriguée.

— Qu'avez-vous dit ?

— André ! André ! Venez un instant s'il vous
plaît ! héla Jean-Paul de loin.

Le chimiste fit un signe d'assentiment.

— Excusez-moi, Samantha.

Et il s'éloigna de sa curieuse démarche gauche. La jeune fille le suivit des yeux. Quelle étrange remarque ! Peut-être avait-elle mal entendu ?

Un petit gong au timbre argentin retentit ; le brouhaha de voix s'atténua aussitôt. Tous les visages se tournèrent vers l'escalier intérieur qui menait à l'étage.

Mme Edwige apparut, resplendissante dans un caftan pourpre brodé d'or. Ses lourdes boucles d'oreilles, plusieurs bracelets et des pendentifs jetaient mille feux. Elle tenait à bout de bras une immense boîte en forme de flacon de parfum. Une salve d'applaudissements salua son entrée. Seule, Samantha resta immobile.

Madame descendit les marches lentement, comme une reine. Son neveu l'accueillit, lui prit la fausse bouteille des mains et l'ouvrit. Il en sortit d'innombrables flacons de *Tendresse*. Les serviteurs se chargèrent de les distribuer. La foule se pressait autour de la maîtresse des lieux. Celle-ci saluait chacun, échangeait quelques mots, se tournait pour répondre à une phrase en riant. Apercevant Samantha, elle lui fit signe d'approcher.

La jeune fille sentit bientôt l'arôme familier, doux et rêveur, captivant et subtil. Elle vit Arlene Shail humer l'air profondément, puis hocher la tête.

— Merveilleux ! très original !

— Passons à table, voulez-vous ? proposa l'hôtesse. Jean-Paul s'assiéra à ma droite, André Dessatain à ma gauche. Quant à vous, Samantha, vous serez l'autre voisine de M. Dessatain. Je compte sur vous pour le charmer.

La menace était claire sous son sourire. Le chimiste acquiesça joyeusement et tendit son bras à Samantha. Il n'était pas dans son élément, au milieu de tous ces gens élégants et raffinés, mais cela ne paraissait pas le gêner le moins du monde.

— C'est vraiment plus agréable que notre dernière entrevue, n'est-ce pas mon enfant ?

— En quelque sorte, oui, répondit Samantha.

La longue table était recouverte d'une nappe damassée d'un blanc immaculé. On avait disposé des petits bouquets de fleurs dans plusieurs vases d'argent, en alternance avec de hautes bougies rouge sombre. Les assiettes étaient rouges, filetées d'or, les verres de cristal étincelaient.

André tint galamment la chaise de sa compagne et l'aida à s'asseoir. Le léger parfum de *Tendresse* imprégnait discrètement l'atmosphère.

Le dîner fut parfaitement réussi. Les mets étaient délicats et recherchés, les vins d'excellent cru. Après la mousse de fruits glacés, les convives revinrent lentement vers le salon. Quelques-uns prirent congé en s'excusant : ils avaient un emploi du temps chargé, ils devaient assister à des vernissages ou d'autres réceptions.

Vers dix heures, il ne resta plus qu'un petit groupe. Samantha et André Dessatain s'installèrent côte à côte sur le divan. Jean-Paul venait d'apporter un verre de liqueur à Arlene Shail quand Samantha perçut vaguement une odeur désagréable.

Elle jeta un coup d'œil à Mme Edwige, assise non

loin d'elle en compagnie de Bob Forrest. Personne ne semblait avoir remarqué quoi que ce soit.

Haussant imperceptiblement les épaules, la jeune fille demanda un Grand-Marnier, en but une gorgée, et fronça les sourcils. L'odeur devenait plus forte, elle était âcre, comme rance. Elle vit Mme Edwige regarder autour d'elle, se pencher vers son neveu et lui murmurer quelques mots à l'oreille. Il s'éloigna vers la cuisine, revint au bout de quelques instants en secouant négativement la tête. La puanteur devenait insupportable.

André Dessatain demeurait parfaitement serein. Il souriait placidement, d'un air satisfait.

— Que diable se passe-t-il? lança enfin Bob Forrest, exprimant à voix haute la question que chacun se posait tout bas.

Samantha aspira encore… cela provenait de Mme Edwige. Celle-ci dût le comprendre au même instant car son front se barra d'un pli profond. Bob Forrest s'inclinait vers elle.

— C'est ce maudit parfum! s'exclama-t-il.

Jean-Paul se leva avec une expression horrifiée, s'approcha de sa tante. Elle entrebâillait l'encolure de sa robe pour respirer. Son visage était devenu gris.

— Ce n'est pas possible! Ce n'est pas possible! balbutia-t-elle. C'est terrible!

— C'est pestilentiel, rectifia Arlene Shail.

L'attention de tous se porta sur André Dessatain. Il souriait de plus belle.

— Oui, c'est *Tendresse,* acquiesça-t-il presque fièrement.

— Oh mon Dieu ! mon Dieu ! Quelle catastrophe ! gémit Mme Edwige d'une voix rauque.

Miss Shail se leva.

— Nous ferions mieux de partir, je crois... Je ne parlerai pas de *Tendresse* dans mon magazine. Vous comprendrez pourquoi, ajouta-t-elle à l'intention de son hôtesse.

Bob Forrest partit avec elle, quelques autres les suivirent rapidement, en se bousculant devant la sortie et en échangeant des commentaires railleurs et indignés. Bientôt, il ne resta plus que quatre personnes dans la pièce : Mme Edwige, Jean-Paul, Samantha et André Dessatain, toujours aussi radieux.

— Je suis ruinée ! éclata Madame en foudroyant le chimiste du regard. Qu'avez-vous fait ?

— Vous pouvez encore retirer le parfum du marché, rétorqua-t-il tranquillement. Vous disposez de deux jours avant sa sortie officielle.

— Cela me coûtera des centaines de milliers de dollars, c'est une catastrophe ! Mais pourquoi ? Que s'est-il passé ?

— J'ai changé la formule du deuxième échantillon, expliqua posément André Dessatain. Après avoir signé le nouveau contrat.

— Que dites-vous ? s'écria Jean-Paul. Pour l'amour du ciel, que signifie tout ceci ?

— L'autre jour, quand Samantha a voulu m'empêcher de signer, j'ai cru à votre histoire de revanche. Mais ensuite, elle a renversé de l'encre sur la feuille et cela m'a troublé...

Il se tourna vers la jeune fille. Celle-ci le dévisageait avec des yeux stupéfaits.

— ... C'était un geste de désespoir, un recours ultime. Samantha n'a pas agi en personne vindicative. Elle était réellement atterrée, elle était prête à tout. Quand je suis parti, j'y ai beaucoup réfléchi. J'ai contacté Roy Drummond par l'intermédiaire de ses avocats et j'ai rencontré son oncle, Alfred Drummond. Celui-ci m'a parlé de Howard Mannerley et de la façon dont vous l'aviez ruiné...

Samantha jeta un coup d'œil vers Mme Edwige. Celle-ci était prostrée sur son siège, sa mâchoire inférieure s'affaissait, elle était hagarde.

— ... J'ai décidé de mettre un terme à vos agissements, madame. J'ai transformé la composition du parfum. A présent, au bout de quelques heures, il dégage une odeur terriblement repoussante comme vous avez pu le constater.

Il sourit à la manière d'un petit garçon, fier d'avoir réussi un exploit. Impulsivement, Samantha lui jeta les bras autour du cou et l'embrassa sur les deux joues.

— Pourquoi ne s'est-on aperçu de rien au laboratoire ? gémit Mme Edwige. Comment une telle chose a-t-elle pu passer inaperçue ? A quoi pensaient donc ces idiots ?

— Ne les blâmez pas, cette propriété ne pouvait pas apparaître sur une analyse de laboratoire. Elle ne prend effet qu'au bout d'un certain temps, au contact de la peau.

— Je suis ruinée, ruinée !... Annule la réception *chez Pierre,* ajouta-t-elle, ivre de rage, en se tournant vers son neveu. Fais retirer toutes les bouteilles du marché ! Sois au téléphone dès la première heure demain matin !… Je vous poursuivrai en justice ! Je vous écraserai !

— Cela m'étonnerait. J'ai gardé mon exemplaire du contrat, il est entièrement illégal. En outre, vous n'aimeriez certainement pas voir ressurgir l'affaire Howard Mannerley, n'est-ce pas ?…

Mme Edwige agita les lèvres puis les referma sans prononcer une parole. André Dessatain se tourna vers Jean-Paul.

— Pendant que vous y serez, annulez également votre mariage avec Samantha… Vous déchirerez le contrat, poursuivit-il. Sinon, je dénoncerai publiquement vos crimes. Vous ne tenez plus personne en votre pouvoir, ma chère amie. Ni moi, ni Samantha ni Roy Drummond. Tout est fini, pour vous et votre détestable neveu…

Il se leva et tendit la main à Samantha.

— … Partons, voulez-vous ? Il y a ici une odeur détestable, et elle ne provient pas d'un parfum.

La jeune fille lui prit le bras et se serra contre lui jusqu'à ce qu'ils soient dehors. Sur le trottoir, le sinistre individu engagé par Jean-Paul s'approcha d'un air menaçant.

— Allez au diable, vous venez de perdre votre emploi ! lui lança-t-elle dédaigneusement.

L'homme hésita, parut jauger la situation, puis s'éloigna en haussant les épaules. Samantha se tourna vers son compagnon.

— Je ne sais pas quoi dire, murmura-t-elle d'une voix émue. Je suis trop heureuse pour pouvoir l'exprimer.

André Dessatain héla un taxi et la raccompagna chez elle.

— Faites votre valise, lui enjoignit-il gentiment. Emportez suffisamment d'affaires pour un long séjour. Nous partons pour le Périgord. Vous vous reposerez et vous ferez tout ce dont vous aurez envie, aussi longtemps que vous en aurez envie.

Les yeux brillants de larmes, elle acquiesça.

— Ce sera merveilleux. J'ai tant de choses à vous dire ! Tant de questions à vous poser aussi ! Accordez-moi une heure pour me préparer.

— A tout de suite.

La jeune fille l'étreignit, ouvrit la portière et monta les marches en courant. Sortant sa plus grande valise du placard, elle y jeta des vêtements en vrac sans prendre le temps de les choisir. Elle achèterait ce dont elle aurait besoin en France.

Samantha fut prête bien avant le délai fixé et décrocha son téléphone pour un dernier appel. La voix ensommeillée d'Amy lui répondit.

— Je pars en vacances, Amy ! Je pars avec André Dessatain ! s'exclama-t-elle en riant.

Amy se réveilla aussitôt.

— Es-tu ivre ?

— Ivre de joie ! riposta Samantha en redoublant de rire. Ce serait trop long à t'expliquer maintenant, je n'en ai pas le temps. Mais je t'écrirai très vite. Je suis libre, Amy ! Libre !

— Sam, tiens ta promesse et écris-moi. Je ne vais plus pouvoir fermer l'œil avant d'avoir reçu ta lettre.

— C'est juré. Je t'embrasse très fort, Amy, à bientôt !

Elle raccrocha, prit sa valise et la traîna jusqu'au palier. Dieu qu'elle était lourde ! Dédaignant l'escalier, elle appela l'ascenseur. André Dessatain l'attendait déjà dans un taxi. Le chauffeur posa son bagage dans le coffre arrière. Samantha s'adossa au coussin du siège. Le chimiste arborait un petit sourire tranquille.

Le trajet jusqu'à l'aéroport lui parut durer à peine quelques minutes. Elle monta dans l'avion et s'installa près du hublot. André s'assit à côté d'elle et la dévisagea gentiment. Il avait remarqué son expression soucieuse.

— Quelque chose vous préoccupe encore, mon enfant ?

— Oui, soupira-t-elle. Je dois retrouver Roy et le convaincre que je ne l'ai jamais trahi. Mme Edwige a pris bien soin de lui annoncer que je travaillais toujours pour elle ; il me croit sa complice.

— Chaque chose en son temps, Samantha, pas de précipitation ! Vous devriez d'abord vous reposer quelque temps.

Elle secoua fermement la tête.

— Non, Roy passe avant tout. Je dois absolument le voir et lui parler. J'ai des preuves à présent.

Son compagnon sourit avec bienveillance.

— L'amour est impatient ! murmura-t-il… Je vais dormir pendant le voyage, ajouta-t-il en lui pressant affectueusement la main.

Samantha acquiesça et ferma les yeux à son tour. Quand elle se réveilla, il faisait grand jour. André Dessatain lui secouait doucement l'épaule. Elle s'étira et accepta le verre de jus d'orange qu'il lui tendait.

— Nous arrivons au-dessus de Paris, annonça-t-il. Nous atterrirons juste à temps pour prendre l'avion pour Limoges.

Samantha alla faire une rapide toilette à l'arrière de la carlingue. Elle avait eu la bonne idée de mettre un chemisier rouge cerise et une jupe blanche. Tout bien considéré, elle était présentable, décida-t-elle avec un petit hochement de tête approbateur après s'être lavé le visage et recoiffée.

Le trajet jusqu'à Limoges lui parut très court.

— Je commence à me sentir chez moi ici ! plaisenta-t-elle tandis qu'ils roulaient sur la route familière.

Elle frissonna légèrement en voyant le tournant où les trois bandits l'avaient enlevée, songea un instant à la grange... Bah ! Tout cela était loin, elle était en sécurité et ses ennemis étaient vaincus.

André freina devant la maisonnette au toit d'ardoise.

— Ma gouvernante est en congé, annonça-t-il. Entrez et installez-vous, j'ai quelques courses de dernière minute à faire.

Il resta au volant tandis que la jeune fille sortait sa valise du coffre. Elle remonta l'allée de graviers, poussa la porte et laissa tomber son fardeau dans le vestibule. Derrière elle, elle entendit le bruit de la Peugeot qui démarrait.

Ayant repris son souffle, elle s'avança jusqu'au salon... et poussa un cri étouffé.

Roy fit volte-face, rejetant en arrière une mèche

de cheveux blonds. En deux bonds, il fut devant elle et la prit dans ses bras. Samantha ferma les yeux, les rouvrit en se demandant si elle ne rêvait pas. Mais il était bien là, elle sentait sa joue chaude appuyée contre sa tempe, c'était bien vrai…

— Mon amour ! Mon amour ! chuchota Roy d'une voix altérée par l'émotion. Nous avons tant de choses à nous dire !…

Et elle acquiesça, paupières closes, incapable de prononcer une parole. Roy s'écarta légèrement pour mieux la contempler et caressa doucement ses cheveux d'un air émerveillé.

— … Je savais tout, depuis longtemps. Mais je ne pouvais pas t'en avertir. Quand André est venu me voir, j'ai deviné ce que tu avais fait pour moi. Tu n'étais pas retournée chez eux volontairement, tu l'avais fait pour moi.

— C'était le seul moyen de te libérer.

— J'aurais tant voulu pouvoir te parler à cette époque ! Mais c'était impossible et j'en avais le cœur brisé. Vois-tu, quand nous avons mis au point notre revanche, André et moi, il nous est apparu clairement que nous ne devions surtout pas éveiller leur méfiance. Le moindre faux-pas, la moindre erreur auraient tout fait échouer. Je ne devais donc sous aucun prétexte communiquer avec toi, pour pouvoir jouer mon rôle jusqu'au bout. Pardonne-moi, ma chérie, c'était le seul moyen.

— Cela n'a plus d'importance à présent, assura-t-elle en l'étreignant tendrement.

— J'aurais dû le savoir depuis le début, se reprocha-t-il amèrement, te faire confiance, comprendre…

— Ne dis pas cela, l'interrompit-elle en lui posant les doigts sur les lèvres. Tout le monde aurait réagi comme toi. Jean-Paul avait bien manœuvré.

— Je voulais croire en toi, poursuivit-il d'un air douloureux. Tu t'étais donnée à moi avec tant d'abandon, tant de sincérité ! Mais je ne pouvais plus voir la vérité, je me persuadais que tu avais seulement souhaité gagner du temps pour Mme Edwige. Samantha, comprends-moi, mon projet, préparé depuis des années venait de s'anéantir, mon univers s'écroulait, je ne pouvais plus réfléchir, c'était trop affreux !

— Je comprends, mon amour.

— Si je ne t'avais pas tant aimée, je n'aurais pas autant souffert, poursuivit-il en lui prenant le visage dans les mains.

— C'est fini à présent, n'y pense plus.

Ils s'embrassèrent très longuement, avec une sorte de fébrilité d'abord, comme deux êtres affamés à qui l'on offre enfin de se restaurer, puis plus calmement, sans hâte, savourant l'instant présent, s'émerveillant de leur propre bonheur.

— Quand j'ai quitté les Etats-Unis, demanda soudain Roy au bout d'un moment, étais-tu à l'aéroport ?

— Oui...

Elle revit les détails de cette matinée. Roy s'était arrêté après avoir passé la barrière, il s'était retourné, avait cherché...

— ... Tu le savais, n'est-ce pas ?

— Oui, j'étais sûr de sentir ta présence. Je me suis traité d'idiot, je me suis convaincu que j'étais victime de mon imagination, mais mon impression persistait malgré tout.

— Et maintenant, mon amour, que comptes-tu faire ? demanda-t-elle doucement.

— Repartir à New York, monter une maison de parfums avec André Dessatain. Nous avons décidé de commercialiser nous-mêmes *Tendresse*. Mon oncle est prêt à nous avancer les fonds nécessaires... Mais auparavant, j'ai un projet bien plus important.

— Lequel ?

— T'épouser... Si tu le veux bien.

Samantha rit gaiement.

— Demande-t-on au jour s'il veut bien se lever ?

Alors le jeune homme la souleva de terre et se dirigea vers l'escalier en la serrant très fort contre lui.

— Roy ! protesta-t-elle. André Dessatain va revenir !

— Pas avant une semaine ou dix jours. La maison est à nous, l'avenir aussi.

Emue, Samantha noua ses bras autour de son cou et lui donna un très long baiser.

Le cauchemar était terminé, une nouvelle existence pleine de bonheur s'annonçait...

LE SAVIEZ-VOUS?

New York . . . le centre d'affaires le plus important du monde occidental, est connu pour son rythme de vie effréné, ses innombrables groupes ethniques et le plus célèbre quartier de toutes les grandes métropoles: Manhattan.

Saviez-vous que c'est au début du 17ième siècle qu'un hollandais, Peter Minuit, acheta l'île de Manhattan aux Indiens pour une valeur de $24 en bibelots? Ce n'est qu'en 1664 que la ville, initialement baptisée *New Amsterdam*, revint aux Anglais—on lui donna alors son nom actuel, en l'honneur du Duc York.

Manhattan est réputé pour ses beaux magasins—en particulier le *Centre Rockefeller*—ses galeries d'art et musées, *Broadway* et ses théâtres . . . et la foule colorée et animée qui se presse sur la 5ième Avenue.

Manhattan, c'est encore les impressionnants gratte-ciel comme l'*Empire State Building*, au sud de ce magnifique parc qu'on appelle *Central Park*.

New York, c'est aussi le *World Trade Centre* et la fameuse statue de la Liberté à l'entrée du grand port.

New York, enfin, est une ville de contrastes, une ville où tout peut arriver—même la plus belle histoire d'amour comme celle de Samantha et Roy!

LE FORUM DES LECTRICES

Vous êtes toujours plus nombreuses à nous dire, chaque mois, combien vous aimez notre belle collection Harlequin Seduction et nous vous en remercions! L'une d'entre vous écrit:

''C'est avec grande joie que j'ai découvert la collection de romans Harlequin Séduction, à ajouter à tous les Harlequin que je possède déjà.

Harlequin est un monde d'évasion où je me retire quelques heures par jour pour retrouver solitude et romantisme. Harlequin, c'est mon compagnon de tous les jours. Il me transporte dans un rêve, un monde à part. Il est, pour moi, un don précieux, un moment inoubliable. Il me transporte dans un jardin de rêves où ma tranquillité n'est troublée que par le murmure de deux coeurs qui battent à l'unisson . . .

Harlequin Séduction a, comme tous les autres Harlequin, une place spéciale dans ma bibliothèque . . . et surtout dans mon coeur!

Je vous prie de continuer le beau travail que vous faites. Félicitations!''

''Une amie lectrice très romantique,''
Nicole Morissette, Ste-Rosalie, P.Q.

HARLEQUIN SEDUCTION

Egalement, ce mois-ci . . .

UN ETE POUR NOUS

Depuis des années, Mona vivait dans l'ombre de sa sœur Claire, dont le charme éblouissant trompait bien des hommes. Mais elle n'y accordait guère d'importance, préoccupée qu'elle était par ses études et sa carrière…

Jusqu'à l'arrivée de Jim Garrett—la dernière conquête de Claire. Lorsque celle-ci part en vacances, Jim invite Mona dans son ranch de River View. Mona est conquise : Jim est un ami séduisant, rieur mais tendre aussi. L'entente profonde qui les unit se transforme bientôt en amour.

Pourtant, l'anxiété de Mona va grandissant : Claire allait rentrer de vacances pour découvrir que sa sœur l'avait trahie— une épreuve qui risquait d'ébranler ce merveilleux amour...

Des histoires d'amour sensuelles et captivantes

INTERLUDE SUR UNE MER D'OPALE,
E. Mesta

Même pour une archéologue, il était rare de pouvoir travailler dans un paradis exotique aussi riche en histoire que St Domingue. Mais après avoir rencontré Scott Stevens, son patron, Marion n'était plus certaine d'avoir autant de chance...

LA MADONE AUX CHEVEUX DE LUNE,
L. Ward

En tant que femme et artiste, Gemma était profondément émue par la beauté plastique des sculptures de Jordan di Mario. Elle avait souvent rêvé de rencontrer le maître de ces créations sensuelles... Mais Jordan était-il comme dans son rêve?

A PARAITRE

HARLEQUIN SEDUCTION vous
réserve des histoires d'amour aux
intrigues encore plus captivantes! En
voici quelques titres évocateurs:

Collection Harlequin

Les chefs-d'oeuvre du roman d'amour

Recevez chez vous 6 nouveaux livres chaque mois...et les 4 premiers sont GRATUITS!

Associez-vous avec toutes les femmes qui reçoivent chaque mois les romans Harlequin, sans avoir à sortir de chez vous, sans risquer de manquer un seul titre.

Des histoires d'amour écrites pour la femme d'aujourd'hui

C'est une magie toute spéciale qui se dégage de chaque roman Harlequin. Écrites par des femmes d'aujourd'hui pour les femmes d'aujourd'hui, ces aventures passionnées et passionnantes vous transporteront dans des pays proches ou lointains, vous feront rencontrer des gens qui osent dire "oui" à l'amour.

Que vous lisiez pour vous détendre ou par esprit d'aventure, vous serez chaque fois témoin et complice d'hommes et de femmes qui vivent pleinement leur destin.

Une offre irrésistible!

Ce que nous vous offrons est fort simple. Vous n'avez qu'à remplir et poster le coupon-réponse. Vous recevrez, *sans aucune obligation de votre part,* quatre romans Harlequin tout à fait *gratuits!*

Et nous vous enverrons chaque mois suivant six nouveaux romans d'amour, au bas prix de $1.75 chacun (soit $10.50 par mois), sans frais de port ou de manutention.

Mais vous ne vous engagez à rien: vous pourrez annuler votre abonnement à tout moment, quel que soit le nombre de volumes que vous aurez achetés. Et, même si vous n'en achetez pas un seul, vous pourrez conserver vos 4 livres gratuits!

Vous avez donc tout à gagner, en profitant de cette offre de présentation au merveilleux monde de Harlequin.

6 des avantages de vous abonner à la Collection Harlequin

1. Vous recevez 6 nouveaux titres chaque mois. Vous ne risquez pas de manquer un seul des volumes de vos auteurs Harlequin préférés.

2. Vous ne payez que $1.75 chacun (soit $10.50 par mois), sans frais de port ou de manutention.

3. Vous pouvez annuler votre abonnement à tout moment pour quelque raison que ce soit… ou même sans raison!

4. Vous n'avez pas à sortir de chez vous: de nouveaux volumes vous sont livrés par la poste chaque mois.

5. "Collection Harlequin" est synonyme de "chefs-d'œuvre du roman d'amour": vous ne risquez pas d'être déçue.

6. Les 4 premiers volumes sont tout à fait GRATUITS: ils sont à vous, même si vous n'achetez pas un seul volume de la collection!

Découpez et retournez à: Service des livres Harlequin
649 rue Ontario , Stratford, Ontario N5A 6W2

Certificat de cadeau gratuit

OUI, envoyez-moi le ROMAN GRATUIT "AUX JARDINS DE L'ALKABIR" de la Collection **HARLEQUIN SEDUCTION** sans obligation de ma part. Si après l'avoir lu, je ne désire pas en recevoir d'autres, il me suffira de vous en faire part. Néanmoins je garderai ce livre gratuit. Si ce livre me plaît, je n'aurai rien à faire et je recevrai chaque mois, deux nouveaux romans **HARLEQUIN SEDUCTION** au prix total de 6,50$ sans frais de port ni de manutention. Il est entendu que je peux annuler à n'importe quel moment en vous prévenant par lettre et que ce premier roman est à moi GRATUITEMENT et sans aucune obligation.

NOM _____
(EN MAJUSCULES. S V P)

ADRESSE _____ APP _____

VILLE _____ PROV _ _____ CODE POSTAL ☐☐☐ ☐☐☐

(Si vous n'avez pas 18 ans, la signature
SIGNATURE _____ d'un parent ou gardien est nécessaire.)

Cette offre n'est pas valable pour les personnes déjà abonnées. Prix sujet à changement sans préavis. Nous nous réservons le droit de limiter les envois gratuits à 1 par foyer
Offre valable jusqu'au 31 mai 1984. **394-BPD-6ABK**

Éternelle jeunesse du roman d'amour!

On a l'âge de son esprit, dit-on. Avez-vous jamais songé à vérifier ce dicton?

Des romancières célèbres telles que Violet Winspear, Anne Weale, Essie Summers, Elizabeth Hunter… s'inspirant du vrai roman d'amour traditionnel, mettent en scène pour votre plus grand plaisir héros et héroïnes attachants, dans des cadres romantiques qui vous transporteront dans un monde nouveau, hors de la grisaille du quotidien. En partageant leurs aventures passionnantes, vous oublierez soucis et chagrins, vous revivrez les émotions, les joies…la splendeur…de l'amour vrai.

Six romans par mois… chez vous… sans frais supplémentaires… et les quatre premiers sont gratuits!

Vous pouvez maintenant recevoir, sans sortir de chez vous, les six nouveaux titres HARLEQUIN ROMANTIQUE que nous publions chaque mois.

Et n'oubliez pas que les 6 vous sont proposés au bas prix de $1.75 chacun, sans aucun frais de port ou de manutention.

Et cela ne vous engage à rien: vous pouvez annuler votre abonnement n'importe quand, pour quelque raison que ce soit.

Pour vous assurer de ne pas manquer un seul de vos romans préférés, remplissez et postez dès aujourd'hui le coupon-réponse sur la page suivante.

Rien n'est plus pratique qu'un abonnement *Harlequin Romantique*

1. Vous recevrez les 4 premiers livres en CADEAU puis 6 nouveaux titres chaque mois, dès leur parution. Vous ne risquez donc pas de manquer un seul volume Harlequin Romantique.

2. Vous ne payez que $1.75 par volume, sans les moindres frais de port ou de manutention.

3. Chaque volume est livré par la poste, sans que vous ayez à vous déranger.

4. Vous pouvez annuler votre abonnement à tout moment, pour quelque raison que ce soit…nous ne vous poserons pas de questions, et nous respecterons votre décision.

5. Chaque livre Harlequin Romantique est écrit par une romancière célèbre: vous ne risquez donc pas d'être déçue.

6. Il vous suffit de remplir le coupon-réponse ci-dessous. Vous recevrez une facture par la suite.

✂